生命护卫神

沈开成和他的爱特福

何建明 著

84

作家出版社

何建明

　　著名作家，出版家，中国作家协会第七、八、九届副主席，中国作家协会报告文学委员会主任，茅盾文学院院长，上海大学博士生导师，中国创意写作研究院院长，全国劳动模范。当代中国报告文学领军人物，中国报告文学终身成就奖获得者。首位获得俄罗斯国家图书奖的中国作家，国务院特殊津贴专家，中宣部"四个一批人才"，全国新闻出版领军人才，第十二届全国政协委员。

　　创作出版60余部作品，在国内外产生重大影响。代表作有：《革命者》《炼狱》《浦东史诗》《我心飞扬》《雨花台》《南京大屠杀全纪实》《诗在远方》《国家》《我的天堂》《落泪是金》《中国高考报告》《国家行动》等。有15部作品被改成电影电视，系《战狼2》《国家行动》《命运的承诺》《高山清渠》《百姓书记》《西行囚车》等影视作品的原著者。三次获鲁迅文学奖，六次获中宣部"五个一工程奖"，三次获《人民文学》特等奖，四次获徐迟报告文学奖，六次获"中国好书奖"。

目录

序
万鸟归巢处

在一个不起眼的地方，会有让人叹为观止、勾魂摄魄的一幕：不是巨瀑，但胜似巨瀑，且是从天而下的巨瀑；不是天幕，却又比天幕更灿烂炫目；不是海中白浪，但远比白浪惊心骇神；不是交响，但更加荡气回肠，催人泪奔……

它千变万化，它洪流滚滚，它铺天盖地，它掩天蔽地，它挟雷推云，它拂面春风，它暴风骤雨，它牵阳落霞，它卷尘挥气，它低吟如泣，它仰嚎似歌，它起舞如风，它落枝如雪，它碎语如市，它眠若静谷，它唤霞如血……

它在他的地方。

他是它的天堂。

它从不迷失方向。它也从不将就凑合。它的选择，就是一种说明。这个说明饱含了适宜与深沉的爱，以及博大的相互包容，共存又独立。

是的，他靠他的汗水与智慧、虔诚与炽热，让每一棵草木盛开生命的香气；让每朵鲜花散发明艳的笑容；让溪水清澈，鱼儿欢跃，水草茂盛。当然，还让枝头的果实饱满，让绿廊两头的燕窝，从不被骚扰……

　　它喜欢他的呵护，而他把这种呵护视为它每一天的生命中多了一支乐曲，多了一张测验情感深度的试卷：仅仅合格是不行的，只有优秀才能算满意。

　　它一直在云端窥测着他和他这里的每个季节、每一日朝夕、每一秒时光里所发生的一切……而他也在大地上默默且深情地播种并催发着一片片心灵之花的盛开，使花色、花香更迭与提味，直到倾国倾城。

　　这就是他，要想一件事，就把它想透、做到极致。

　　他把他的人生做成了时代的他。时代又为他构架了一片紫气东来、万物皆生财的茂盛之天地……

　　于是我们在他的那片天地里，可以观万鸟聚集、千树比肩、百花争艳的奇景神采，以及你很少见到的"当惊世界殊"。

那些鸟唱着歌、结着群，东方拂晓时，迎日而行，唤醒他新一天的征程；傍晚落日时，如白云拂面，为他在星夜披上一层厚厚棉被，让他养精蓄锐……

它是他的财运，更是他的护身符。

它在远方时，为他啼鸣引航新征程的方位；它在他身边时，伴他充实而舒爽地流过每分每秒……

今有白鹭伴，明朝长相守。

"84""84"——

"84""84"——

那天，我站在千林绿园的树荫下，神奇地听到头顶如海涛般的啼鸣声，那声音有节律地欢呼着同一个声音，令我惊诧，令我灵魂出窍……

"84"？！这里真的是"84"之地、"84"圣地？！

我们一起去领略这片神秘土地上的那些神秘故事吧——

第一章

尧地开成

　　传说万国争雄的远古时代，有位尧氏天子，他团结亲族、联合友邦，征伐四夷，统一了华夏，后被推举为"万国联盟首领"，深得民众拥戴。《史记》说，尧帝"其仁如天，其知如神，就之如日，望之如云"。意思是，他的仁德如青天昊昊，他的智慧如神明，洞察人间一切事理。接近他的人如感受到阳光一般温暖，仰望他如云霞一样灿烂。"能明驯德，以亲九族。"尧在世时，天下洪水汤汤，他用鲧治水，鲧九年无功，后尧用禹，于是天下从此安宁，才有了大江南北的广袤丰饶而美丽的水泽土地。

　　尧帝被列入中华民族的"龙祖"之一。"龙"是中华民族的象征，也是中国农耕社会的图腾。

　　"龙能大能小，能升能隐；大则兴云吐雾，小则隐介藏形；升则飞腾于宇宙之间，隐则潜伏于波涛之内。方今春深，龙乘时变。"龙为祥瑞之物。

　　2024 年，又是个"龙年"。而这一年，属龙的沈开成，迎来了他的本命年。有种说法：人在花甲之年后的首个本命年里，定会福星高照，事业呈巅峰之势。

　　实业家沈开成的光芒何在？我印象中的他，一直是第一次见面的模样：相貌平平，个头不高，若在茫茫人海中，你或许根本不会在意他的存在。但如果与其近距离接触，则完全会是另一种感觉：此人双目有光，炯炯逼人，头上虽无几多毛发，但发亮的脑袋，恰如一个装

全球荷花面积最大
总种植500多个品种
THE WORLD'S LARGEST LOTUS AREA
TOTAL PLANTING MORE THAN AND 500 VARIETIES

三皇五帝——"尧帝"

金湖万亩荷花荡

荷花仙子

满智慧的宝库。

此君不一般。这是我的第一印象，后来一直没有改变过。深入接触之后，我的这一判断得到了证实。现实中有许多这样的人：平常，他们并不那么抢眼，但在某一领域，他们却是叱咤风云、游刃有余的大鳄。

沈开成属于这样的人。

他的出生地金湖县，地处江苏中部，是淮安市下属的一个县。金湖与其他苏中地区不太一样的是，这里有与苏南相近的丰富水域。全县拥有的水面达 420.08 平方公里，由白马湖、宝应湖和高邮湖三大湖面环抱着，又有淮河入江水道自西而东穿越腹地，可谓境内水面广阔，河网密布，长堤环绕，尤其是今天的金湖，所到之处，尽可见一派江南式的水乡风光。

据说"金湖"的县名，是当年周恩来亲自给起的，寓意资源丰富，日进斗金。这是因为少有那么好、那么多的湖水，所以堪称"金湖"。金湖向来以"人好、地方好"著称，可谓物华天宝，人杰地灵。

四千多年前，中华民族的先帝之一尧帝就生于此。尧被司马迁誉为"完美之君"。他在部落中德高望重，人民倾心于他。平时他严肃恭谨，任劳任怨，光辉普照四方，思虑至于天地，又为人简朴，勤劳自律。尧帝在位七十年，原本可以让儿子继承的，但民间有更好的人可以胜任，他通过察审，以为舜是人才，便不拘一格，推舜为接班人，使中华民族古文明时代有了尧舜盛世的好年景。

金湖大地上，尧的精神传承一直深植于这里的人们的血脉之中。沈开成便是一位特别有"尧心"的人，他视尧为自己的上祖之神。"我们的血脉里流淌着尧的基因……"他经常这样说。

尧在沈开成的家乡江苏省金湖县和山东地区创造过辉煌业绩。然而尧之后的一代又一代君王并没有像他一样具有爱民之心。尤其是近现代时期，这里的人们饱受的是贫穷、落后与饥饿之苦……

少年沈开成

　　沈开成出生时，新中国成立才两三年。沈氏宗谱上有好几页是"沈开成"的文字，此处截取开头两句：

　　　　开成公，1952 年 10 月 21 日出生于今陈桥镇，大学学历，
　　　　高级工程师……

　　沈开成的家在陈桥下属的一个叫沈庄村的地方，他小时候是百分之百的农村孩子。"50 后"的人孩提时吃的苦、受的罪，现在的年轻人根本不相信，今天的农村籍的少儿及青年人听我们这些"50 后"说自己在五六岁就出去干活的事，他们会笑掉牙，说我们是"吹牛"。其实我们根本不是在"吹牛"，说的都是事实。

　　20 世纪五六十年代的中国人，尤其是农民们和他们的孩子，经历的苦才是真正的苦，沈开成比我大几岁，感受的和吃过的苦更深刻些。他还有一个比一般农民孩子更倒霉的事是他的家庭成分不好——富裕中农。这在当年的农村属于紧挨"坏人"的"半坏人"，因为地主、富农是"阶级敌人""牛鬼蛇神"，富裕中农就是紧挨这类"坏人"的"半坏人"。你说可怕吧！

　　在讲"政治"和"政治"能杀人断肠的一切按"阶级"划分好与坏的年代，被划为"牛鬼蛇神"的人，本来就很苦的日子更可想而知了。

　　不用说，像我们这个年龄的人，都能想象出小时候的沈开成和他家人在公众面前的形象——别人可以昂着头走路，你只能低着头、看着脚尖小心翼翼地走路；别人可以为所欲为地号一声、唱一曲，但你不能，你唱了号了，会让人猜测"这是不是阶级斗争新动向"。同样，你不能怒，也不能沉默，因为你怒了你沉默了，就会叫人怀疑你是不是又在"准备向无产阶级革命队伍反攻倒算"……总而言之，作为"地富反坏"分子和富裕中农的子女，你就是低人一等，你必须"永远不得翻身"，才可能有生存的空间，否则你将被"踏上一只脚"，过不好

每一天。

"其实我家的成分是被错划了。后来查清是我的大爷家是富农，结果在那个混乱的年代，因为办事人的粗心大意，我大爷是'富农'，让我们家落了个'富裕中农'的成分，害得我们一家白受了二十多年的阶级斗争之苦……"沈开成告诉了我这样一段荒唐的往事，而像这样荒唐的事在那个荒唐的年代完全是可能的。

那个年代，地主、富农家庭属于敌对阶层，富裕中农是被边缘化的人，中农是"中间分子"，处在"不好不坏"的位置，只有贫下中农才是"好人"，享受着政治上的和其他如上学、就医等的优越条件。

农村的孩子本来就苦，落后地区的农村孩子就更苦了。落后地区的在政治上被边缘化的"富裕中农"的孩子——沈开成自然更苦了。五六岁时，沈开成就已经要给大人出把力了，比如放牛、割草，做点家务，当然最重要的是去生产队参加劳动，赚工分……

赚工分是当时"人民公社社员"的工作及报酬。"工分"是中国进入社会主义初级阶段后的合作社和人民公社的一种报酬计算单位。我记得一个壮劳力一天的报酬——工分，是 10 分，这是男劳动力的标准计算分数。妇女一般少两分左右。然而按你干了实打实的一天时间还是半天或四分之一劳动时间，来折算你这一天劳动的报酬。当然有些地方在劳动繁重的下种与收成时，会按劳动量多少适当加出一些工分。农村的孩子一般干一天挣一两个工分就不错了。他们主要是通过每天放学后的一两个小时参与生产队上的劳动，或者暑假寒假全天候劳动来获得一定的工分报酬。那个时候，农民们辛苦一天，流血流汗，也就值几毛钱的报酬，孩子们挣一两个工分，可能一毛钱的报酬都拿不到。但那个时候，农村里的孩子们，即使再小，家里再贫困，就是富裕一点的家庭的孩子，也会努力地去参与那些力所能及的劳动，现在的孩子们是无论如何也不会理解我们那一代人是如何走过来的。当我们向自己的孩子说起我们小时候的事时，他们会嘲笑我们是在"胡说八道"，这是因为他们无法想象刚刚断奶的娃儿，竟然要扛着锄头、挥着镰刀去参加无法想象的艰苦劳动，而且那样的劳动所得的报酬甚至还不够买一根冰棍！

"谁愿意干嘛！"我们的孩子们会这样说。

"可我们必须去干！"沈开成和我们这样的同龄人一定会这样说的。因为我们那个年代就是这个样子，每一滴汗珠子都是苦涩的，落在地下是能湿一片印子的，但也确实未必能够浇灌得了一棵禾苗，然而我们就是通过这样微弱的、艰难的，甚至是无足轻重的努力，一点一点地跟大人们学会了所有的劳动技能，成为一个真正的农民和有用的人。

在此，我们可以感受一下少年时代沈开成的那些"峥嵘岁月"——

第一件事是割草。

估计现在的孩子，无论是农村的还是城市里的，基本都不会割草了，说拔草还可能会那么一点儿。割草是用刀子的一种劳动，通常它是为了庄稼地培苗清理杂草和供饲养猪牛羊等家畜所进行的一种常见的农村活。

沈开成小时候干得最多的活，就是割牛草，因为他家养着生产队的牛，牛是农村的重要生产工具，而牛的饲料主要是草。水乡之地的草应该说是很多的，但在"农业学大寨"的运动之后的所有广大农村，地里的草基本看不到了，像我们江南一带的田埂和河岸包括水渠等非种庄稼的地方，都见不着草了。草都被割得干干净净，甚至寸草不留。沈开成的家乡，还有一个地方留着草，那就是渔池涧、大圩坊及水泽之地里依然有相当多的水草存在。

割水草需要些勇气和本领，至少你得会游泳，而且需要有些力气与技巧，万一人下到水里后被水草缠住双脚或身体的话，是很危险的。在水乡，常听说那些会游泳的人被水草缠住而淹死的事故。

贫苦的时候，穷人的命不值钱。

沈开成小时候能够靠自己的微弱能力证明自己已经"长大了"和

"可以挣工分"的第一桩事，就是去割水草——地面上的草早已被他人割得像剃过的头一样光光的了，家附近的水面上的水草也被有能耐的抢先一步，等沈开成想割点水草赚点工分时，就得去几里甚至十几里外的渔池涧里了……

"因为路远，水草割来后我就没法拖回到生产队，所以只能先在割草那个地方将水草从水里捞上来后，放在岸头或地上晒干，到我能挑得动为止。然后把干水草挑到离自己家不远的地方的水塘边，浸到水里，等水草重新膨胀成原来一样的分量时，再从水里捞起来赶紧拖着这些水草往生产队公场送，这样就可以获得与原本差不多的水草分量……我的工分也就能够获得了！"沈开成说完这样的事，笑了起来，补充道："这不算偷工减料、弄虚作假，因为我年纪小没有办法，其实大人们也是这样做的，不然从老远的地方把水草割回来了，多多少少会晒干的，一晒干就没有分量。农民们辛苦割草，回头一称分量没几斤重，谁愿意干嘛！在生产队，挣几个工分其实也是非常辛苦的。"

看来那个时候，从南到北，农村的状况都差不多。在沈开成家乡，割了草，是给牛吃。我们苏南地区的农村，农民们割了草，是交生产队做肥料。南北农民们有一个共同的目的：挣工分。

可以想象一下当年小小年纪的沈开成，一早出门，头戴一顶草帽，肩背一副担子，随身带着母亲给装好饭菜的黑窑子碗，便向远方的那片渔池涧走去。走近水岸时，他放下身上的东西，然后一个猛子跳进水里，挥舞着镰刀，将漂荡在水中的水草拦腰割断，于是大把大把的水草被他捞到岸头，这番辛苦，已使年少且不强壮的他累得精疲力尽……正好，一大堆水淋淋的草无法搬动，于是沈开成将水草均摊了一下，让所有的水草都能够受到太阳的烤晒，这一目的就是让草上的水分尽可能地晒干些，那样好挑得动。

晒草的时间，就是沈开成休息和恢复体力的时间。割水草并不像下河抓鱼那么有趣，其实是个苦力活，深水里的水草茁壮，是沈开成最想收割的。可在深水中割草需要十分小心，一是必须整个身子潜入水下，在水草的根部下刀；二是必须时刻警惕手脚尤其是双脚不能被水草缠住，一旦缠住则需要及时切割缠住的水草，人的身体则需要迅速探出水面……沈开成不是没有吃过苦头，而是在一次次的危险中干着苦活。穷苦的农村的孩子又能怎样呢？在他童年、少年的时候，中国的农村皆如此，以吃饱肚子为"第一要务"，你挣一分工分就算家里的大人没白养你这个伢子。

沈开成就是这么过来的。他是"富农分子"的子女，他不干谁干？他不累死谁累死？在那个时候，"地富反坏右""五类分子"属于阶级敌人，即使在最基层的农村，也有人欺负你。

"欺负你又怎么啦？"上小学的时候，沈开成就一次次被人欺负过，而且他被欺负也根本不会有人同情。即使是一旁有老师看到了，他们最多吆喝一声"不许动手动脚！"而已。等老师一走，同学们照样欺负他，依旧向他抡拳头。

"当富农分子的小崽子后，受人欺的倒霉事说都说不完！"已经当姥爷的沈开成还会经常回忆起那些往事。

我们把镜头拉回他的童年时代——

割水草之后把水草拉回生产队时，需要先把水草晒干。这时候有一会儿空闲时间，沈开成通常是在旁边的泥地上仰天躺着，四肢直挺挺地伸展着，啃着早晨带出来的一点干粮，再从河里捧几口河水，"咕嘟"几口就算作喝了个"汤"。然后看一会儿天——天上的云很奇妙，但他没多少兴趣。有啥用嘛，还不如闭上眼，睡一觉……

他也确实累了。

等他醒来的时候，水草已晒干。这个时候是沈开成心情最急切和最"爽"的时候，因为他像战场上胜利的勇士，收拾好"战利品"，把担子搁在尚不怎么坚实的肩膀上，向生产队的方向快步而行——不快步真是累死人。

等到他挑着水草快到生产队时，他便突然放慢步子，甚至放下担子。放担子的地方一定是水塘边，而且不能是太显眼的地方，因为在这里他要完成最重要的一个"程序"：把晒干的水草，再扔进水里泡，一直泡到像刚刚从水里割下的样子……

"嗨你个小厉害啊，割了这么多的草啊！"当沈开成挑着两担水草过秤时，生产队上的会计吃惊地夸赞他。

可不，小小年纪，他沈开成一天竟然能割得一百多斤水草，小半个大人的劳动能力呀！

称分量，是为了按此记工分多少。这叫多劳多得，按劳取酬。年底一个工分可能分得五六毛、七八毛钱。这一天割水草，沈开成可能获得了四五分工分，那就意味着他这一天为家里挣得了三五毛钱呀！

三五毛钱？也算钱？一天的报酬？累得半死？

没错。沈开成年少的时候就是这个样。这时候的中国农村就是这个样，你一天拼个半死，你获得的报酬可能等于现在你在垃圾桶里捡几个空矿泉水瓶的价值……

可怜？太少？不值得去干？那你就得饿肚子，读不了书，更不用说"幸福的未来"。

新中国成立之后出生的"50后"的我们这代人中，沈开成是一个典型的代表，什么苦都尝过，什么事也都干过，经历多了也就会觉得反正都是"命里注定"的，不这么想你又能怎么样？

遇过苦难和彷徨时的沈开成就是这么想的。然而，这丝毫不影响他努力争取的那些可能条件下的"畅想"。

那时的沈开成，最渴望的一件事，就是做一名不是"地富反坏右"分子的子女，像"贫下中农"一样的"好人"。现在的年轻人，并不知道"阶级斗争"对人性的扭曲。"同样是人，同样是童年，在我们的童年时，一个地主富农子女，与一个工人、一个贫下中农的子女，就是地狱与天堂的差别。"沈开成说。

更让年少时的沈开成无法接受和忍受的是，他自己勤劳、本分的父亲，竟然要受到造反派们的批斗，那场景对沈开成的幼小心灵的打击和摧残难用言语表达。"最令我气愤的是，那帮坏了良心的人，竟然还要让我喊打倒我父亲的口号。我绝对不会喊的，他们打我、吓唬我。我父亲的肩膀在新中国成立前受过伤，所以有疾。造反派批斗他时，要他做双手反举的'飞机式'时，他大汗淋漓，痛苦难忍。我看在眼里，恨透了那帮造反派！但父亲似乎很乐观。有一次他被揪出来批斗，被迫站在凳子上。正好那一天我大哥家添了一个儿子，是接生婆跑过来悄悄告诉我们的。我哥家以前生了五个丫头，在我父亲落难时，他竟然听到自己有了孙子，高兴得直冲批斗他的人说：'你们斗吧，我不怕你们！我有柱子！'意思是我都有孙子辈的后代了，你们能拿我怎么着？这是我看到父亲最硬气的一次……"沈开成在我第三次采访他时回忆这段往事，也顺便介绍了他家两个哥哥的名字沈佐成、沈佑成，及姐姐沈开兰。

然而，就是这样一个子孙满堂、很有福气的沈家，却因为"成分"，饱受不公的待遇，这让年少时的沈开成，立志要改变这种身份。因为每个贫下中农子女的同学们都是昂着头走路、上学、朗读、唱歌以及参加体育比赛的，唯有他这个"富农分子"子女，想唱歌也不能比别人声音高，走路也不能抢在人家的前头，更不用说在体育比赛中当第一名，什么事都得让着他人，甚至还要无偿地帮别人干这做那……

要强的沈开成受不了这种被人硬压头颅的日子。他一次次回家问大人："为什么我们是富农？""为啥你们要在旧社会剥削压迫人？"父亲总是一次次生气地回应儿子："我们不是富农，是他们搞错了！是他们硬把帽子戴在我们头上的！"

"那让他们反过来嘛！"小小年纪的沈开成便说。

"有那么容易吗？我为这事没少跑！"父亲说。

妈妈则在一旁一边缝着衣衫，一边叹气道："命不好，有啥办法？"

沈开成不明白：为啥明明是搞错的事别人不给一个平反？

在学校，同桌的小朋友学习没有沈开成好，需要他帮助，所以沈开成还能到同桌那里要点草稿纸什么的。有一天，沈开成看到同桌拿出几张有颜色线的纸在做草稿纸，这纸上隐隐约约还有字呢！

"借我看看……"沈开成抽过一张仔细看，发现上面写着许多名字，原来这同桌拿的草稿纸是新中国成立初期土改时的生产队的各个家庭情况登记表。在这个登记表上有各个家庭的成员姓名、家庭基本情况，包括人口、成分和新中国成立前的土地等。沈开成的心突然一紧：我们家的情况是不是也在上面呀？

他找啊找，没找到。显然这位同桌拿的草稿纸少了。于是沈开成问同学："家里还有这种纸吗？"

"有。还有不少呢！"同学说。

"你明天能多带点吗？我保证有好处给你……"沈开成说。

同学高兴地看看他，然后点点头。

第二天，同桌真的带了好几张带颜色线的草稿纸。沈开成如获至宝地拿过来一页一页地细看……

有了！真有他家父亲的"户主名"！然后他再一行一行地细读……"中农"！啊，我们家的成分一栏里写得清清楚楚是"中农"呀！

那一刻沈开成跳了起来。拿起那一页"颜色线的纸"，飞奔回家，把它交给了父亲："爸爸，我们是中农！是中农，他们真的搞错了呀！"

父亲识字不多，但"中农"和"富农"这几个字还是认识的。"可不，我们家就是中农嘛！"

这个时候母亲也凑过来看，全家人都凑了过来看……

"中农！我们是中农！是中农啊！"——沈家喊出的这一声声"中农"，几乎传遍了整个沈家生产队。

"你们家是不是'中农'，还得听'革委会'的意见。不是凭一张纸就能说明问题的，明白吗？这是一个严重的阶级斗争问题……"沈开成一家以为有了土改原始材料的"铁证"就可以翻案了。哪知他父亲把这事反映到生产大队领导那里，人家竟然这样冷冰冰地答复道。

唉，这个世道看来是没有翻身日子了！父亲和母亲发出一声声无奈的长叹……

"我们就是中农！"沈开成不服，虽然他的不服无人会搭理，然而他在思考争取更多的"证据"来证明他家不是富农。

他因此进一步盘问妈妈："你想想，还有没有其他证据，比如土改时留下啥事，证明我们是中农的？"

"我也想不起来有啥……"母亲一边纳着鞋，一边寻思着。突然，她想起一件事："那年不是让你把家里的一些宝贝沉到河底里去了嘛！"

这是沈家的一个"秘密"：造反派和基干民兵在"破四旧、立四新"活动中，挨家挨户清理那些旧社会遗留下来的"封资修"旧古董，沈开成的母亲怕娘家陪嫁过来的东西都落到他人之手，便提前打包，让小子沈开成用油毡布包好后，悄悄地沉到了家旁边的护庄河的大井底。在整理古董时，母亲发现自己的头饰盒内藏着当年土改时的一张粉红颜色的选举票。当年贫下中农的选举票是大红色的，地主富农的选举权被无情地剥夺了，中农成分的家庭有选举权，但与贫下中农的不一样，是粉色的。

"太好啦，这也能证明我们家是中农嘛！"这个发现也让沈开成大为兴奋。但他想不到的是，当他拿着母亲留下的中农选举票找到生产大队领导时，人家依旧板着脸告诉他：这种大是大非问题，不是一句话说翻案就翻得了的。

就这样，富农帽子仍然被错误地扣在沈家一家人头上。沈开成也因此继续过着当被人瞧不起的、天天低着头走路的"狗崽子"的日子。

沈开成上学很晚，十岁才有了机会到学校。"一是家里穷，二是家庭成分让人瞧不起。我上面又有哥哥姐姐，他们也没有念啥书，都在家喂喂猪、放放牛，所以父母就认为我也用不着读书。只是有一次偶然的机会让母亲同意我上学。我平时喜欢学人家的长处，看到庄上有人拉二胡，我就自己找几根芦苇秆，然后跟着人家瞎拉一通。有一次我把邻居家的二胡偷出来，自个儿拉了起来……这一拉不要紧，人家竟然惊讶地说你这开成小伢子，还挺厉害呀！又对我母亲说，你家伢子聪明，应该送他上学去，将来一定能成大器。这样我才有了学上……"沈开成回忆说。

其实，即使有了学上，沈开成也高兴不起来。"那好几年的'富农子女'的苦难和压抑造成我童年和少年时代心理上的阴影留存了很长很长时间。这段记忆可以说是刻骨铭心的。"他说。

成为中农成分的沈开成已经进入中学时代，他也真正开始懂事了。

中学时代的青年人，都会开始"规划"自己的未来。沈开成同样是个充满理想和追求的青年，只是农村出身的他，无法把自己的理想"畅想"得太遥远，否则就是水中捞月，根本不可能实现。

初中毕业后的沈开成面临一个选择：是继续读书还是回乡当农民。20世纪70年代初的广大中国农村，一般的农民的子女，上完初中后就收起书包，回到生产队，像父母一样当种地的农民了。只有少数有"妄想"的和家庭条件比较好一点的人家——比如子女少的或者子女特别多的人家，会让自己的孩子继续上高中。

高中生在农村就是大知识分子了，他们的未来发展方向，一是能不能被保送去上大学，那个时候叫"工农兵大学生"，是百里、千里挑一个"根子红""苗子正"而且必定有关系的人送去上大学，保送的人不用考试，直接入学。其实这样的"工农兵大学生"对沈开成来说是不太可能有希望的，因为他家的成分决定了。二是这样的高中生，可能在农村当地有机会当个生产队会计或乡村民办教师，当然还有其他可能。这是包括沈开成在内的当时我们那一代人的"理想"。

沈开成读书成绩不错，所以他自己坚决要上高中，家里人一番盘算后，同意了他的要求。

"学费你可得自己想办法啊！"父亲一半真一半假地"吓唬"儿子。

"我自己挣。"沈开成回答得很犟。上高中是他自己最想做的事，当然他也不想让家里人为自己负担太多。

上高中不像上小学、初中，离家很近，可以早出晚归，有时放学早了还能赶回家到生产队里干一些事挣点工分。高中需要寄宿，住得远了，花费自然也多，除了学费，还有生活费等。从小好胜心强和独立能力超人的沈开成，选择了自己利用一切学习空闲时间去打工挣钱。上高中三年，到底干过多少活，沈开成自己都记不住。印象最深的是一个暑假里他在亲戚当包工头的建筑工地上打工的经历——

"那是个建体育场的工地，我在那里做小工，所谓小工就是搬搬砖、递递东西，哪里缺人，就把你支到哪里去干活，也就是干杂活，既然是杂活，就是一些重活、累活和没有技术含量的活。那时每天起早摸黑，一天要干至少十六个小时，大太阳底下，晒得像黑球似的；要不下阵雨，像落汤鸡一样……我的活主要是挑洋灰桶，那是水泥和石灰混杂在一起的东西，一天干下来，浑身上下、里外尽是灰泥，加上天热，而且很多时候脚都是赤着的，所以没几天就皮开肉烂，一到晚上睡觉后，疼得梦里都会惊醒。工地上吃的东西都是烂菜一类，啃馒头就烂菜，而且菜根本不是炒熟的，用河里的水洗一洗、冲一冲就进嘴里了。饿呀，饿得肚子一直在咕咕地叫，根本顾不得脏不脏，充饥不饿，还能继续干活就是最大的前提。那一个月干下来，回到学校，老师和同学们竟然不认识我了……"沈开成说，"但我赚到了一生中第一笔自己挣来的'大钱'——八毛钱一天的工钱，就是二十多元哩！缴完了学费，还有些余钱呢！"

上高中期间打工挣钱，让沈开成明白了一件事：穷人家的孩子，只有靠自己努力奋斗，而只有奋斗和吃苦，才能有收获和属于自己的那份"幸福"与"满足"——这一理念，一直伴随着沈开成后来的漫长人生和"84"企业创业史。

1972 年高中毕业的沈开成突然发现，他吃尽苦头念下三年书，其实对他的未来和前途并没有实质性的帮助，相反从某种意义上讲更增加了他内心的痛苦和烦恼，因为书读多了一点，想法也随之更多。他怎么甘心念了一筐的书，却依然回家当农民呢？

他当然想上大学，但农村中学念书出来的孩子，在 1977 年高考恢复前，能够考上的可以说百里挑一都不到，一个公社（现在叫乡或镇），几乎都是"吃零蛋"的，能够有一个考上大学的学生，那这个乡就是"状元乡"了。不过考上中专和大专之类的还是有那么几个人的，这就是很好的了。

金湖全县在 1977 年高考中，农村籍学生考上的几乎是零。这也并不奇怪，像金湖县这样的地方属于正常，比金湖条件更好的苏南一带的地区，除了城镇户籍的有一些考上外，农村的考生多数是"吃零蛋"的。

沈开成没有参加 1977 年的高考，他在这个时候已经是当地很有脸面的人了，根本不在乎上不上大学的问题，他想的是在金湖、在陈桥乡的地面上让更多的人知道有一个叫"沈开成"的年轻人。这才是根本的。

读书，上大学，那是城里人的事，那是些在农村吃不了苦也不想待下去的"知青"们的事。恢复高考的最初几年里，就是这种情况。我在部队，也算是优秀士兵和排职干部了，但在 1980 年前后，谁都不会把能不能上大学、上军校当回事。实际上到了 80 年代中期，尤其是邓小平同志的"科学的春天"东风劲吹之后，"知识分子"和"大学生"才开始硬气的。

我们且不去说后来沈开成上大学的事。在他高中毕业后，无奈的他，只能回到生产队去当农民。然而他怎么甘心呢？

"高中毕业后有半年时间，我和班上的同学差不多：到处闲晃，同

🕭 农田水利建设"挑河"

🕭 1973 年刚工作时的沈开成（右）

学间相互走动，似乎还有些学校的浪漫……但半年过去后，大家的心境便落到了井底一样，有些不甘地向命运低头了——回到生产队老老实实当起农民。"沈开成说。

毕业季是夏天。玩了半年之后的正式的农民生涯是从冬季开始的，这是沈开成从"学生"过渡到"农民"的第一个冬季，他因此记忆特别深刻。也许并非这个冬天格外寒冷，而是每一个冬天对农民们来说都很寒冷，是因为在"农业学大寨"的中国农村，尤其是苏中、苏南水乡的农村，农民们除了一年三季粮食种植之外，唯一能稍稍空闲的是冬季，而从新中国成立初期的50年代开始，一项特别重要和伟大的工作——农田水利基本建设，都是挑选在冬天进行。

也不知咋的，好像社会越穷的时候，老天爷也越是欺负人：我们小时候的天气一到冬天那才叫冷呢！现在连北方的北京都极少下雪，沈开成和我们小时候的南方，一到冬天就是漫天大雪……常常一场大雪过后，我们这些孩子就出去滚雪球。厚厚的积雪，常没过膝盖，所以打雪仗、滚雪球是我们那个时候的冬天的乐趣，几乎每年皆如此。河面上的冰也结得特别厚，大小孩子都可以在冰面上滑来滑去，无须担心从薄冰处掉进冰窟窿内。然而就是这样的冰天雪地的季节，农民们的"冬季水利战役"拉开战幕了……

我也曾经参加过数年的农田水利建设工程，所以印象中最深刻的就是"挑河"，即或将老河塘拓展更大的河床，或在平地上再开凿出新的河道来。那个时候这种开凿河道的工具，就是人力挑子，两只肩膀是全部"工具"，而你的双腿便是全部的"动力系统"。一挑泥土有多重？一对竹箕里就是放平，至少也有百十斤。如果垒起半截，加上箕子大一点的话，得一百六七十斤重。前者是我们这些小劳力和妇女的担子，后者是男人的担子。沈开成高中毕业后，参加生产队的劳动，尽管只有十七八岁，但在农村就算男劳力了。既然是男劳力，也就是"大人"的意思，跟所有强壮的汉子一样干活，干重活、大活。比如在挑河开凿的水利大军中，你得毫不含糊地跟着所有人的节奏和强度，从河底里把那些比自己体重还要重的湿泥挑到河岸头。通常，从河底往河岸头挑一担泥土，来回至少要走二百多米……

没有干过这活的人想象不出是多累、多苦的事！

不用想象，我们少年和"初男"时都干过这活——南方农村的高中以上的男孩和知青们不太可能逃脱这样的苦力。因为参加农村水利建设在当时就是项带有半强制性的"政治任务"。谁想偷懒几乎不太可能。只有一种人例外：干部子弟。你是生产大队干部的子女有可能拣个轻松一点的活儿，比如当记工员和食堂炊事员。

十七八岁的大男孩——沈开成开始了他当"正式"农民的第一场活，就是去这样的水利工地干活。

"就是这条'中心河'……"沈开成指着他厂区后面的那条看上去就有二十来米宽的河道说。

这是一条完全开凿出的新河道，也就是说原本这里是没有河流的。农田水利建设的目的是要让自然流域的江河湖道适合于当地的粮食种植需要，即灌溉农田和排涝。这条被叫作"中心河"的水系，是水利部门按照沈开成家乡陈桥镇的原有自然粮田结构新规划的一条新河道，而且横穿陈桥镇数十里长，故名曰"中心河"。

"为了开凿这条新河道，当时的县里和公社投入了上万劳力，苦战一个冬季……我高中毕业第一份苦力就是上这工地。"沈开成对这一段经历记忆犹新。

我饱尝过这样的苦力之苦。同样也是高中毕业后的第一个冬季，不同的是我在长江大堤上筑坝的大工地上，数十万水利大军的那种大战令人震撼和激动。像我们这样的弱男和无名小卒，简直被这样的"浪潮"淹得没半点儿形象。冬季的所有水利工地都差不多，天气一般都很冷，必须穿着棉衣和毛衣。棉衣是怕上下工的时候身子冷和在工地休息时披着用。干活时需要穿毛衣，穿得太薄会冷，穿厚了不便干活。而有的壮汉子真的在冰天雪地里光着膀子健步如飞——这样的人在工地上就是英雄好汉，谁都敬佩他，尤其是女人，她们的目光里对这样的男人只有一个愿望：嫁给他。

高中毕业后的沈开成也同样是个弱男，在男人堆里根本没人把他当回事，而他也十分自卑：担子里的泥巴少得可怜，根本不像是个男的干的活。"女人都不如……"沈开成自己承认。

"但即使如此，我也累得半死。所以一门心思想着让装泥的好汉帮帮忙……"沈开成解释了。啥叫"帮帮忙"？就是在他的担子里少装点泥，否则就等于要他累死。

咋让人家听你的？"我就想法给弄两包香烟给这些人行贿……"沈开成谈起当时的情形，乐得自个儿合不拢嘴。

"那时有一种烟卷一包才8分钱，我就偷偷买两包放在口袋里，然后悄悄给这些装泥的人。他就明白了我的意思，就给我担子里少放点泥巴。这样我的担子就轻松一点……一天下来，不知少流了多少汗珠子呀！"

沈开成从小就聪明。这样的聪明多半是逼出来的。比如这水利工地上。"没法子。不然你就得趴下……"他说。

沈开成靠私下里的一包劣质烟"行贿"给老农减轻一时一事的皮肉之痛和劳累，但并不能使他这样内心有理想与追求的农村知识青年逃离繁重的苦力劳动——我用"逃离"二字是因为我也曾有过如此强烈的心态。不"逃离"就意味着你得永远跟父辈一样"面朝黄土背朝天"，一生都当个种地的农民。不是瞧不起农民，而是农民吃的苦我等实在吃不消，再者也根本不是我们读了近十年书的有点知识的青年的理想。实际上我们那一代人的所谓"理想"并没有那么高远，最高的奢望就是争取不当农民，跳出"农门"；最低的愿望就是虽为农民但不干地里的苦活……仅此而已。

上大学在当时基本没有可能，只有极少的工农兵大学生，也是推荐式的，"根正苗红"一类的人才有千分之一的可能，像沈开成这样的"富裕中农"成分的子女根本不可能获得推荐。1977年恢复高考时，沈开成不是没有争取过，但他年岁已偏大。农村的孩子到了二十来岁就要考虑结婚成家，他沈开成并没有例外。"我争取过考大学，可去报名时，人家说你等等再说吧。这一等就'等个彻底'完了……后来年纪也大了，又加上结婚成家了，大学梦就这样远远地飘走了！"沈开成说，"但我后来读了党校的大学学历。许多人不知道，事实上我除了搞经营企业外，还当过九年副乡长、镇党委副书记呢！"对这个干部经历，沈开成是蛮骄傲的。

许多人还不知道，沈开成除了生意做得出色外，为人处世方面在家乡一带同样很出名。他曾被推荐出任江苏省第九、十、十一届人大代表。这个从政经历让他学习了很多社会政治层面的知识和经验，同时还结识了诸多社会精英，为他自己从商和处理各种复杂问题及如何看待人生，积累了很多知识与阅历。这是后话。

第二章

『84』元年的传奇

　　1978 年中央吹起改革开放飓风之后，中国社会每天都在发生历史性的巨变。完全不知名的金湖也在涌动着改革浪潮。

　　1980 年，原金湖县的公社实行新的乡级制度建制和新的乡村划分。公社重新恢复到乡，集体土地开始分到每家每户。此时的原有集体社办企业也开始重新被整合，它们通常都是些半死不活的、扔了又似乎不可的小建筑、小农具修建、小供应商等等。

　　"哎呀，缺人才呀！"从公社党委书记转成乡党委书记的万书记发愁的一件事，就是缺干部、缺能干的人才。其中一个缺人才的地方就是乡建筑站。

　　"砖瓦厂的沈开成年轻、脑子灵光，是个人才，让他来管建筑站。"有人提议。

　　"就是那个小开子？！"老书记到过砖瓦厂，也认识沈开成，而且知道他在砖瓦厂负责机械方面工作，扳扳弄弄算算的啥都会，"我看这小子行！"

　　乡里的决定就这样定下。在砖瓦厂干了近八年的沈开成从此重新回到自己的乡里，开始了第一回当"干部"其实是企业老板的生涯。

　　"书记，你咋看中了我呀？"上任前，乡党委万书记要找沈开成谈一次话。沈开成有些摸不着头脑地问道。

　　"嘿嘿，你小开子以为我们做事、调一个干部那么简单吗？我们是先调查了你的档案，而且也跟砖瓦厂的领导交流过，从档案和大家反映的情况看，你小子还真有两下子，是目前我们乡里所需要的人才，所以呢就决定调你过来当建筑站的负责人……"万书记说。

"可干建筑我没搞过呀，再说在砖瓦厂也就是个小技术负责人，弄点简单的图纸啥的还成，这一个公社建筑站，噢现在是乡建筑材料厂，可不是闹着玩的呀！做不好，你书记可别怪罪我……"沈开成对乡里的任命其实心里是高兴的，当然也有些不够自信，毕竟没有独立当过"领导"。

万书记拍拍沈开成的肩膀，说："知道你在砖瓦厂那边会搞制图的，到这边来，搞的是建筑制图，反正差不多，学中干，干中进步嘛！再说，乡里确实也找不到比你更合适的人。"

"那……"沈开成还想说推辞的半句话都不可能了。老书记以为沈开成真想打退堂鼓，便用手一挡，说："这事已经党委研究决定了啊，你可得服从组织安排啊！"缓过语气后，他进而说："建筑站可不是个清闲的单位，你没看到，单单从编制看，乡里的七所八站，现在都归乡政府这边管理，站里现在虽说有站长，他不管业务。你是副站长，但实际工作你要负责起来，而且要带着站里的人，好好干起来。另一方面，我们现在是新建的乡，乡镇这一块的建筑会越来越多，农村房屋建筑已经都动起来了。前些日子我到苏州那边一看，好家伙，农民们都在盖小楼房，将来这股风马上就会刮到我们金湖这边来的。土地承包到户后，农民们的日子立马会好过。过上好日子的农民要做的第一件事就是造新房子。这千家万户造新房、造楼房，你这建筑站就是最吃香的单位哩！我说的可不是纸上画的饼啊，小开子，这建筑站可是乡里重点发展的企业，你得给拿住和拿稳了呀！"

如此一番话，讲明了建筑站的重要性，确实也让沈开成心头激荡起来。在那个年龄、那个阶段，万书记的这份期待和已经所能见得到的时代潮流，让沈开成感觉到建筑站是个前景很不错的机会。干！而且一定要干出点名堂来！

"既然书记这样看重我，小开子我一定干好！"沈开成保证道。

他是个非常讲求信誉和诚信的人。从小沈开成就认为，一旦想好要干的事就必须干好，要尽自己一切努力去干出成功来。这是他内心的一份信仰和执着。

建筑站到了沈开成手里，确实很快红火了起来。那个曾经的"马场"——野猫都不去拉屎的地方，也就是老人说的野鸡和兔子打架的那块地方，现在是沈开成成就事业和人生的第一个"战场"……

他干得欢，干得出色，干得风生水起。

"开始我们是给农民们盖房子浇注制作水泥梁板，那个时候这个生意特别兴隆，农民们翻盖房子的越来越多，我们的水泥浇注预制板的活越来越忙，建筑站原来的员工都忙不过来，就开始招工。招工后仍然忙不过来，我就动员所有的人都去干活。我这个站长也得干呀！干了就能多卖钱，钱多了，我就给大家发奖金、加班工资、餐补……这样下来，建筑站员工的收入一下比过去翻倍地涨，收入一多，单位的名声就很快传出去了，所以没多久，我们在乡里便成了很吃香的单位了。一说建筑站，大家都会伸大拇指。我这个站长、厂长也在乡里上上下下成了红人。那个时候最让人羡慕的就是'万元户'，那我也应该是金湖的第一批'万元户'吧，而且我是干集体企业的万元户，比个体万元户要有面子，那个时候社会上管我们这样的人叫作老板，或者叫企业家。给地区和省里的记者一宣传，就可能成了'著名企业家'了……"沈开成对这段创业初期的往事很是骄傲。

确实有他值得骄傲的地方。那个时候沈开成才二十几岁，不足三十岁，但他的建筑队已经可以承接当地所有的房屋建筑等工程了。现在的陈桥镇仍然有座可以坐八百人的影剧院，就是沈开成当年的建筑队建的。"建这座影剧院的最大难度是那个跨度二十米的大钢架，当时我们没有任何设备，更没有请专业设计院来帮助设计，全是自己干的。过了十几年后，省里的建筑设计专家看了那个钢架，还问当年这是谁干的焊接。我说是我干的。他问我是怎么干的。我回答说是我自己把它吊上去后，由我自己拿着焊枪把它焊接好的。他又问：你检验过吗？我说没。那专家张大了嘴巴说：你胆子真够大呀！又说你小沈对这个焊接技术有多大的把握？我说我没有啥把握，但我尽力去焊接好它。那专家后来非常认真地检查了钢架的焊接和承受力，说没想到这钢架的焊接和承受力一点也没有问题，至少还可以支撑几十年。末后，他又问我：小沈啊，这钢架焊接得那么好、架构也十分合理，你不用骗我，一定是有高人给你支招和指点过吧？我说真的没有人帮过我，完全是我一个人找了几本关于建筑学和钢架学的书翻了翻，然后照着试验，然后就上手了。因为我们乡下穷，也请不起高手，而且还有这样一句话，叫作：请师不如访友，访友不如经手。所以呢，我就自己边学边干，把钢架和这座影剧院建了起来……那专家听完我的话，连声说道：你小沈运气好！运气好！我也确实运气好，那座影剧院至今已有四十年了吧，但仍然安然地挺立在那里，连屋面和墙面的裂缝都没有一条。那个时候我们就是土法上马，胆子也确实足够大，只知道干起来了再说。其实呢，就是简单的一句话：要发展，要朝前走，但又没钱。乡下嘛，你能怎么办？"

沈开成最早办企业的成功之道与其他乡镇企业家所走过的路基本无异，靠的是胆子大，苦干实干加拼命干，而且有时还得舍命去干。

今天的人很难想象，当年沈开成在自己的家乡当建筑站负责人那般神气劲儿。他说："别的不说，每日三顿饭基本都是有肉有鱼吃……"

"为何？"我问。

"你想想：那个时候你们老家苏南地区已经有很多人家开始建小洋房了！我们苏北穷一点，但草房子换成瓦房也已经普遍了。再说，就乡里乡外的房子翻新，修建的活接二连三，求上门的都得排着队，我们出去承包活，还不天天好吃好喝嘛！我是建筑站站长，自然大家都来'供'我这个活人神，所以我就成了当地的十分吃香的人！"沈开成有些得意地回忆当年。

中国的乡镇企业最初就是这样开始的。沈开成赶上了改革开放的大潮，也成为最早一批腿上带泥的"乡镇企业家"。他们中许多人后来成为当代中国社会经济领域的风云人物，福建的曹德旺便是其中之一。别看现在的"玻璃大王"那么牛，可当年他还没有沈开成神气。曹德旺在 1983 年前还只在乡里捣鼓点水表玻璃的活，而沈开成已经是乡里的建筑站头头，也就是说沈开成比同年代的曹德旺要"吃得开"很多。

沈开成一直把 1984 年看成自己一生事业的"元年"，因为从这一年开始，所有的事都由他"说了算"——这样的人俗称"老板"。

"是真正的老板。以前在建筑站虽然也是头头，但基本得听乡领导的意图，让干啥就干啥，也不搞核算，账目也不是你说了算……"沈开成说。到建筑站上任之时，陈桥公社也正值改为陈桥乡的时候，虽说两字之差，但对农村来说，是换了一个时代。

"84 是我的幸运数字，就是这一年我被当时的乡党委指令，从建筑站调到水泥制品厂当厂长，而且是正儿八经的'厂长'，因为这回我说了算！"沈开成开心地说道。

在新中国成立之后的前几十年，能"说了算"可不是随随便便就能做到的事，因为以往集体经济都归属政府和集体，不是"企业"独立的行为，尤其是村办、队办企业，尽管规模都很小，但它一定是村里或村领导说了算，至于赔还是赚，跟具体负责人没有什么关系，它所有的活动，基本属于"服务"型范围。一直到了沈开成说的他被任命到乡水泥制品厂时，他争取到了这份"说了算"的权利。

沈开成从小有头脑，特别是他在三河砖瓦厂做工的那八年里，他学会了许多简单的"经营之道"，尤其是成本核算方面的事。这回公社的新任命，给了他一个机会。

"现在年轻人干点事，一直在念叨没有'机会'，相比之下，我们年轻的时候确实机会多些。但仔细一想，你要是不抓住机会，可能一辈子也没有那么好的事轮到你的头上。"沈开成说，他调水泥制品厂的事是1983年年底乡的一次党委会上定的。1984年元旦前乡书记就找他谈话，说让他出任这个公社的"企业"负责人其实绝对不是为了给他沈开成一个好的"机会"，而是知道他"挺会算账"，人也算勤奋，农村的孩子，干活肯定不会错到哪个地方。就这么着有了沈开成一生"翻身"的起头。

"我确实挺会算账，而且因为能算账，所以才在年轻时就有了敢闯的胆量。"那天在我老家苏州采访时，沈开成在饭桌上透露了他年轻时的"原罪"——其实许多企业家都有过最初的"发财"经验：

不是上面说过他在砖瓦厂有过八年经历吗？那个时候，机灵的他已经品出了"生意"有一道诱人的香气：砖瓦厂因为需要大量的人工搬运砖瓦，所以从劳动保护角度出发，厂方会定期给工人发"劳保用品"——帆布手套。作为一个千把人的窑厂，每月发这样一两副手套所需开销是一笔不小的金额。沈开成的姐夫在淮安市金湖糖烟酒公司负责采购糖烟之类的当时的紧俏物资，这些业务给他姐夫带来很多社会关系。有一次沈开成到市里的一个劳保商店一看，旧手套每副只要五毛钱，但经人工翻新后和新的一样，而平时窑厂到百货商店买的手套每副二元五角。沈开成灵机一动，这不可以赚一大笔嘛！他便回到窑厂对厂长说，他能买到一元五角一副的手套。厂长说，如果是真的当然好嘛！于是沈开成到劳保用品商店买回一批手套后，让会裁缝的妻子加工一下（其实根本就不用动什么手），便拿给厂长去验收。厂长一看：行，这一元五角的与原来二元五角的差不多。"小沈，你就负责采购手套吧！"厂长一句话让沈开成暗暗地乐坏了，因为从此以后，他每月将通过这一转手，赚上一两千元，如此一两年，他不就悄悄成了一个"万元户"嘛！而且这钱赚得轻轻松松，又十分爽心！

20世纪80年代的"万元户"，和现在的"亿万富翁"差不多！你说他沈开成"牛"到家了吧！

但这有"挖社会主义墙脚"的嫌疑，所以过去沈开成是不会轻易跟外人讲的。"现在讲就不怕别人抓辫子、打棍子了！"今天的他，一边喝着小酒，一边豪放地这样说。

沈开成后来离开了砖瓦厂，回到家乡后，又有一阵子他跟家里人借着姐夫在公家的烟酒店工作之便，经常批发些名烟名酒等当时社会上稀罕的商品，来回搞点"名堂"。沈开成说的名堂还确实在当时搞出了"名堂"：他先从姐夫商店那儿批发几箱社会上紧缺的香烟，比如"大前门""大运河"，然后让家人乘赶集时，拉着小车上街问有没有人要。那个时候谁能搞到一条、几条名烟，几瓶名酒，就是很"牛"的人哪！尤其是逢年过节，谁家不办个婚事啥的，办喜事、请个客，不得有包名烟、有瓶名酒？

"你要吗？批发价，比市场便宜呢！"通过沈开成手出去的烟酒都是批发价上加了那么一点儿，显然比市场上甚至黑市上要便宜得多。这么个好事，谁都看好的嘛！所以沈开成家人到集市上一走，很快就赚上了一笔可观的"差价"。

"这些买你烟酒的人，一般都是办喜酒、造房子啥的，他们肯定还需要比如其他炒菜做饭办喜酒的日用品，你就跟他们说：你要买我烟酒，你就再搭点啥味精、食盐、红糖等等，也是批发价给他们的。这样我们可以多赚几种货嘛！"沈开成的脑筋让家人也感到敬佩不已。

如此这般，他沈开成又成了当地不是"资本家"的资本家！

"他赚足了！这个人得抓一抓他资本主义尾巴了！"沈开成的赚钱"尾巴"确实又粗又耀眼，不久，当地税务站的人员走到他和他家人面前，要求他必须补四百多元税钱。

"四百多元，在当地也是个大数呀！我心想：这才刚刚开始，我要是再做下去，下次罚的可能就是八百、一千元了！"沈开成心里盘算着，越算越觉得有些害怕。

"干脆，我就收手了！"投机倒把的活，沈开成就停了下来。

这个时候的他，虽然没有在外面"亮"他到底赚了多少钱，"实际上我那时家里在当地已经算是非常有钱的了！有两三万块钱那个时候，脖子真的可以直起来走路了呀"，沈开成这么骄傲地说。

年轻得意的沈开成，尽管不敢说自己通过如此"投机倒把"赚了多少钱，但仍然无法压抑内心的发财骚动：

那时一头乌发的他，一次次跑到"发廊"让理发小姐把他的乌发搞得"波浪"些；个头并不高的他，为了显示与众不同，置了不同型号的皮鞋，少则也有好几双吧！喇叭裤是他出门的招牌，而且一般情况下，上街走在路上还必须带上两样装饰：墨镜和两个或四个喇叭的录放机……

那威风呵！沈开成觉得自己的青春在金湖地盘上，就是难有人盖过！

> 甜蜜的工作甜蜜的工作无限好啰喂
> 甜蜜的歌儿甜蜜的歌儿飞满天啰喂
> 工业农业手挽手齐向前啰喂
> ……

那个时候，沈开成整天穿着喇叭裤，拎着录放机，一副赶时尚的派头，仿佛完全忘了自己是谁。

"开成啊，你该收收心了吧！"一天，父亲站在儿子面前，眼睛瞪得大大的，问，"你认为口袋里有几个钱就能过一辈子好日子了？"

"你知道吗？你大爷在世的时候，可比你有钱和威风得多！那个时候我们沈家老老少少三十六口人，但你大爷带着我们哥几个，自力更生，丰衣足食，房子自己造的，四合院，有东厢还有炮楼。人家叫我大哥、你的大爷是沈大先生。但就是这样，在你大爷教育下，全家有一个规矩：凡是吃完饭，洗碗的时候，要用清水把碗冲一下，把每只碗里可能有的剩米粒在淘米篓内滤出来，然后放在下顿饭中……你大爷这么做啥意思？就是告诉我们做人不能狂，再有钱、再富裕也要讲勤俭。一个人勤俭才可能做成更大的事，家业才能更兴旺。你现在算啥？刚刚有了几个钱，尾巴就翘起来了，出息不出息啊？"

兴头上的沈开成吃了一闷棍，开始不服，后来回味父亲的话，猛然有种惊醒之顿悟。

"从此我就收心了，开始做正经事……"沈开成回忆当年的那段"放纵"岁月，自嘲地一笑。

初始发了财的沈开成，他表面上看有些放纵不羁，但心底还是有自己的"狡猾狡猾"的一面的。他告诉我一件当时他的"秘密"："我那时已经有几万块钱了！用当时的话说是'投机倒把'挣来的。这个钱在那个时候是非常大的数目了。你想想，一个万元户就够让人羡慕的了，而我的腰包里有几个'万元户'哩！但钱多了不能总放在家里的箱子底下呀！你得存银行，让它钱上生钱不是！可存钱又容易让外人知道呀！怎么办？我就把钱放到几个储蓄所存，这里存几千元，那里再存几千元，反正一个地方绝对不能存一万元，存多了马上背后就会有人知道了。而且也不能光存本地的银行，要存到外县、外地的银行，比如存到市里、金湖县以外的地方，那种地方就没人知道你是谁了，他们一般也不管了，即使银行有人传出去，也不太容易传到我老家金湖去嘛！"

沈开成真的鬼着呢！他说这也是逼出来的，不这样他可能就没有后来走的"84之路"了。也是，想一想当年一些喜欢张扬的人，后来下场都不是太好。沈开成能够走到今天，跟他在处理事业、生意和财务时的做法及为人等方面都有密切关系。

中国是个复杂的社会，有时有些人情世故会让你寸步难行。而政治背景下的中国社会，财富和为人同样可以让你覆舟。沈开成深知其奥妙，因此他和其他成功的乡镇企业家一样：每一步走过来，都慎之又慎。当然，在闯荡事业上则需要另外一种精神和勇气。

一通"投机倒把"之后的沈开成，开始收敛，开始了他新的漫长而艰难的征程——

1984年1月18日，他到任。这个日子很吉利，沈开成十分在意，所以把这日子记了大半辈子。

去之前，会算账的沈开成跟新上任的乡书记"谈判"，主要有两件事：一是原来水泥制品厂账面上亏损十三万多元，不能算在他沈开成头上。另外，当时核算下来的"现有"资产约九千元，由沈开成接手之后的新单位来"买下"。其二，沈开成对书记说："既然让我来干，那你不能干预我的人事，以及随便平调或抽走我账上的钱。想要财和物，必须有偿买卖、有偿服务。我们企业是公家的、公社的，但你也得尊重和让我们有独立的核算机制。不能你一张条，我啥都随便让你拿走！"

"嗯，这两个条件算是合理，我同意。"有必要交代一句：新上任的乡党委书记是沈开成的校友，只比他高一个年级。此时他朝沈开成点点头，添了一句："我们不会看错人的，沈开成行！"正式谈完话后，王书记私底下夸沈开成："你小子这些年在窑厂挺快活啊！没少赚吧？"沈开成笑笑，没说啥。

沈开成就这样上任了。

1月18日这一天，天气比较阴冷，但年轻的小老板沈开成那个时候在意的并不是他当"老板"了，而是他当上了"干部"！

"干部"的名声大，光彩，能给他沈家祖上添光彩，而且不管怎么说，他从今以后也算是"乡干部"了，每次乡里召开干部大会时，他沈开成不仅会被通知去开会，而且属于同各生产大队干部并列的那一类"中层干部"。这个"干部"头衔对他和沈家来说绝对具有"里程碑"意义。

当时沈开成没有对他身边的人讲，只是他内心暗暗地泛起了一些

企业发展史 »

① 上世纪80年代，沈开成接到乡政府调令，从陈桥乡建筑站调到陈桥水泥制品厂任厂长。

② 1月18日，沈开成厂长带领23名员工在老水井旁搭台召开了第一次动员大会。

③ 改革开放后，建筑业兴起，沈开成厂长带领员工开始了艰辛的创业之路。

④ 为谋企业发展，工厂招聘了第一批有学历的员工，先后投产了工业用清洗剂、印染洗涤剂、内外墙涂料、白乳胶等产品。

⑤ 沈开成厂长从《工人日报》上得知"84消毒液"技术转让信息，乘飞机奔赴北京，获得"84消毒液"配方及生产授权。

⑥ 获得配方，沈开成厂长立即组织技术人员用大缸和铁锹开始了繁琐的试制复配工作。

⑦ 功夫不负有心人，经爱特福人不懈的努力，"八种原料、精心打造"的"84消毒液"产品终于达标并投产。

⑧ "酒香也怕巷子深"有了好的产品，下一步就是打开销路，沈开成厂长和马锡泰肩挑乘车参加各地展销会。

⑨ 沈开成厂长利用各种机会向消费者介绍宣传"84消毒液"，并宣传培养老百姓健康卫士意识。

⑩ 产品质量稳定可靠，深受消费者青睐，在政府的关心支持下，"84消毒液"进入了千家万户。

企业发展史

情绪波澜，他欣喜于自己获得了一块别人看不上的"荒地"……

第一次见沈开成时，看着他光秃秃的头顶，还有他身上背着的"84"著名产品，我对他的"全部认识"就是一名比较"成功的企业家"而已，但后来接触多了，觉得此人身上真的有点"仙气"。

他自己也笑了，说："我就是有点仙。比如我的头发，以往可是非常非常浓黑……"

"你？浓黑头发？"我看着他那"顶"油光闪闪的脑壳，无论如何也想象不出曾经的他，会头发"浓黑""浓黑"！

"有照片为证。"他找来照片给我看。

果不其然！年轻时的沈开成，不仅头发浓黑浓黑，而且帅到你很难想象"穷山恶水"的小村庄里竟然也会有"帅哥"一枚！

"四十岁前我都是这个样儿。"沈开成摸了摸光光的脑袋，有些"吹牛"道，"我上过舞台、上过电视，在北京、南京都上过，他们觉得我应该去演个正面角色！"

同事们证明他"这不是吹的"，确有其事。我重新拿起他年轻时的帅照，仔细看了看，也信了。不过内心马上掠过一丝感叹：人真的很怪，年轻时，岁月给你一个风流倜傥的帅劲儿。到了事业有成时，它给你个老成风雅，派头十足！

沈开成就属于这一类，这可不是美容出来的，而纯粹是岁月的"磨练"练出来的！

其实，若是有人研究一下中国的当代企业家，尤其像沈开成、曹德旺这样从土地里"冒"出来的企业家，他们的相貌，跟其成就是成正比的，也就是说，什么样的年龄段，长相也是什么样，需要他们成为"大亨"时，其相貌也跟着渐成大亨！几乎所有的成功人士，都有一部含辛茹苦的奋斗史。

有一点可以肯定：每一个"大亨"和成功者的奋斗历程，都会在他的容貌上有所体现——相貌便是他们的奋斗史篇的"外观说明"。

那么心里呢？内心世界呢？

这是一个更广泛和广阔的大问题。我的战友任正非的内心世界到底是什么？他没有公开过，但有一点可以肯定：他现在的说话艺术与境界，很多人无法企及，所以他创造了伟大的"华为"。

"84"的沈开成的内心世界又是怎样的呢？他给了我这样的机会，来认识这位有点"仙气"和"先知"的人……

"有些事到现在我自己都没有弄明白到底是怎么回事。"沈开成瞪大了眼珠子与我说。

他越说得潇洒，越让人感觉此人身上有股"仙气"。

何谓"仙气"？

"仙气"在我们家乡人口中，就是"神"的意思。这里并不是说沈开成外貌有什么特殊之处，而是他遇到的事儿很神，甚至神到你无法解释。

"神"，是不是真实存在，我们还无法解释。但这个世界上有许多事情人类并不能作出解释，所以有了"迷信"，而这其实与唯物主义还是唯心主义是无关的。它属于我们认识上的局限，甚至是科学上的局限。

沈开成经历的事有些听来觉得滑稽，但据他说都是真的。

比如说"84"厂现在的这块地方，你看不出它到底是好，还是不好，总之在它出名之前，没有几个人认为这块地方能够成就一个著名企业和著名人物，因为在沈开成少年的记忆里，这一片地很荒凉，"到处都是坟堆和杂草，连本地人都不太到的地方。但它又很神……"沈开成说，他们村上有位财主家的后人，老太太很牛，在她八九十岁的时候，就指着能望及的地方，用拐棍一指，说：白天你们看得到的地方，晚上亮着灯火的地方，统统都是我家的田。

可见这位财主家的地方有多大。像沈开成这样的人家，自然只有几十亩地，而且都是荒蛮之地，种什么都收不了多少东西。但老太太口中有一句话沈开成他记了一辈子。老太太说，她奶奶的奶奶有一天看见一只野鸡，从天上飞下来，和那片荒草地里的一只兔子打得不亦乐乎，难分难舍。

"这块地将来必定要发达的，野鸡与兔打架的地方，有人见这光景，得拿女人的兜兜（贴身内衣）去罩一下打架的地方，就会发大财！"沈开成说，现在说这样的话似乎有些"迷信"和笑话成分，但小时候的他特别相信这老太太的话是真的。

"你见过野鸡跟兔子打架吗？"我好奇地问他。

"没有。"沈开成笑了。但他说："有人见过，所以大家还是很相信老太太的话……"

老太太所说的野鸡与兔子打架的地方，就是现在沈开成的"84"厂地址。

"别看我是办厂出身的，但当时我和乡里的很多人都相信老太太的话，也希望有哪天在这片野鸡与兔子打架的地方干一番大事业。"沈开成说他少年时代心底就有这样的愿望。

他甚至不止一次独自跑到荒地的对岸，看着风雪中飘摇的土地发呆：这个地方真的会是"宝地"吗？我能成为这块"宝地"的主人吗？

梦想就是从那个时候萌发的……甚至，沈开成悄悄地寻找过女人的小兜兜，准备待野鸡与兔子打架的时候，突然出现在现场，用小兜兜罩住那块地方，于是他成为当地最有钱的人。

"儿时的梦想，今天的现实。"沈开成回忆起这个颇有些"迷信"色彩的传说和现实，笑了。

其实世上有许多事不用将它推到唯物还是唯心的哲学高度，百姓和民间的事你宁可信其有，而不要轻易否定它。这也是一种良好的顺应"民意"的"法则"吧。

沈开成说他几十年就是这样走过来的。

1984 年 1 月 18 日，是沈开成上任水泥制品厂厂长的第一天，他是带着乡里的干部任职介绍信去的。

"那天上午还下着雪，地上湿答答的……"沈开成记得特别清楚，出门时，妻子给他换了一身新洗的衣服，说："你现在是乡干部了，一会儿还要跟大伙儿开会，模样得好些。"妻子又问，"我要不要跟着过去给你做中午饭？"

沈开成刚说完"不用"，又想了想，说："行，你去，给大伙儿烧个水、客人来了倒个茶啥的。"

妻子并没有流露高兴还是不高兴的表情，只是尽职尽心而已。倒是沈开成的头脑活泛，补充道："以后等生意做起来了，还得有一个人收收钱、记记账啥的……"

妻子嘀咕道："那里没有个会计？"

沈开成说："听说没有，以前都是乡里来管的。现在开始，我们自己管账。"

妻子："你是说让我去管账？"

沈开成："也就是些流水账，闭着眼我都可以记在心上。"

妻子："那你还让我记啥账？"

沈开成瞪了她一眼："不懂！我当老板总不能一边管事，一边收钱放自己口袋里吧！"

妻子笑："这倒是。"

夫妻俩像走亲戚似的到了水泥制品厂，就是现在的"84"厂原址。

"本想上任后就给大伙儿开个会，没想到现场一看，根本开不成会……"沈开成说，当时的老水泥制品厂确实已经破败到不堪入目的地步：一二十个人，两间破房子，歪歪扭扭的，仿佛就要倒塌似的……只能放些工具，人不能在里面待着。房子的前面是一个井台，在井台上面放了一个桌子面，桌子四周是四条木凳。每条木凳有一只脚作为桌子的脚，怕木凳被人偷走，还用铁链子锁住——这是劳动人民想出来的"杰作"。沈开成一看上午开不成会，便让妻子和一个工人烧点开水，大家暖暖身子，等天气好一点再开会……

"中午吃了啥已经想不起来了，反正是大家早上出来时从自己家里带的饭，我也一样……"沈开成说。20世纪七八十年代的中国，别说是在农村，就是在大城市里，不管机关还是企业，自带饭都是普遍现象。我记得我1984年结婚那会儿，我的新婚妻子还是北京市卫生局的机关干部呢，她上班时天天也是从家里带饭走的，何况是沈开成所在这样的破落不堪的乡间小厂！

烧水同时蒸饭也是那个时候中国人民的一大"发明"和习惯。沈开成第一天所分配的活，就是烧一锅开水，然后等着老天不下雪，以便开始他的"就职仪式"。

下午两时许，老天终于给"新官上任"的沈开成带来阳光明媚的景象——雪停的那一刻，沈开成把浓黑的头发理了理，马上命令手下的人把那井台上的桌子擦干净，然后招呼几位"厂级干部"围着他坐下，其他人只能"席地而坐"，或随便找个地方站着……

"我先把乡里开给我的介绍信念一下。"沈开成从口袋掏出那张已经皱巴巴的纸片，宣读起来——这对他来说非常重要，证明他是上级正式任命的"干部"、任命的"厂长"！"从今天起、从现在起，这个地方、这个厂，还有你们这些人，都得听我沈开成的。我呢，也要从今天起、从现在开始，带领大家，把这个快支撑不下去的厂子搞起来、搞活了、搞得红红火火！让大家有饭吃，有好饭吃，年底还能把口袋装得满满的回家过年！"

"好，跟着沈厂长，打个翻身仗！"二三十个人、七八条"枪"——其实是七八把浇注水泥预制板的工具而已。

"别小看了我们厂现在这个样子。我们在五年之内再变样，搞成全县最好的水泥制品厂！大家争取都当万元户！"

"哈哈！我们也能当万元户啊？！"在沈开成的一番"誓言"下，群情被彻底地调动了起来。

站在井台前的沈开成此刻有些小激动,因为这是他当"说了算"的厂长之后第一次真正把心里话说出来,而这也是他带来开创的第一步,他把后来成就他辉煌事业的产品定名为"84",其原因也在于此。

1984年的这一次上任,对沈开成意义重大!

一个时间点,一个老厂址,这两个东西在沈开成心里特别有地位。

第一次到金湖"84"厂,沈开成就带我参观了他发迹的老厂址和那座雕刻着"84厂史志"的"放鲤桥",边走边给我讲他的"神仙"故事——

"84"厂旧址的那口老井已经看不到了,替代它的是一棵巨大的郁郁葱葱的雪松……"是我栽的。"沈开成有些得意地指着巨松对我说,这树见证了他的事业发展全过程。而我感觉这棵松树很像他沈开成蒸蒸日上的事业,具有直观的象征意义。

老厂的车间与职工宿舍楼还在,车间里仍然在生产,而且没有根本性的改变:几个工人在进行半机械、半手工的操作与灌装消毒液……沈开成这样解释:中国的消费者分三六九等,所以最早"84"厂生产的桶装产品,现在依旧有一定的市场,所以他们始终保持了这个车间,就是为了满足一部分老客户的需求。

"这种差异性的产品一直是我们厂的特色之一,有可能再维持二三十年……"沈开成的话,让我记起了不知是哪位世界经济巨头说过的话,他说世界上许多工业巨头,一方面他们不断在追求前沿技术,同时又永不放弃传统的生产销售模式,因为这个世界本身就是有不同阶层的。一个国际化企业集团的成功,有很多是缘于保持了家庭式企业的优秀传统,他们的生产方式与那些老客户保持着血缘般的关系。

或许,沈开成也是为打造"百年老店"做准备?我没有追问他这个问题。但他正在朝着这个方向迈进。

现在的"84"厂区比较大,分为几个区块。老厂区和新厂区之间有一条约一二百米长的河道,宽十多米。河道中间有条桥,汉白玉围

8 爱特福工业园区鸟瞰图

栏，非常精致、漂亮，显得比较高贵。沈开成带我细细一瞧：原来桥的两侧是他和企业的"创业图"，记录了"84"企业几个历史性的成长事件，雕刻在桥上面，大概沈开成想传世给后代的，希望后来者能够了解他和他的"84"厂是如何发展起来的。一个国家有"国史"，一个城市有"城史"，学科上的"史"更不胜枚举，难道普通百姓家庭就不能有"史"？当然家谱就是一种中国式的"家史"。但小百姓开创的厂子和企业就不能有"史"了？先贤们从来没有这样说过。沈开成在一座在他生命中留下特别"印记"的桥上镌刻上一段段难忘的史实，从而组成不易忘却的"厂史"，在我看来同样具有十分重要的意

义。人说，国是由千千万万的家组成的，那么国家的历史也同样是由千千万万部"厂史""家谱"组成的历史嘛！

在墨西哥访问时，有一个现象令我很感慨：几乎每一处、每一个街道、每一座村庄显著的地方，都有一些引人注目的雕塑，是人物的雕塑。一看，原来都是当地历史上一些做过好事、有过贡献的人物。"后一代人铭记前一代人的贡献，这是人类文明和进步的表现，是一种美德，为什么不呢？"一个墨西哥人对我的疑问如此回复。老实说，我很敬佩和震撼。

沈开成之所以能够把自己的创业历史和"84"厂的发展史镌刻在

桥两侧，是因为这里他"说了算"，而且不会有人横挑鼻子竖挑眼。

"这座桥为啥叫'放鲤桥'？"我感到好奇的是这座独特而精致的小桥竟然还有一个奇妙的名字。"放鲤"，顾名思义就是放鲤鱼？

"对，就是放鲤……"沈开成又开始跟我聊他的"神"事了。他说：

那是1988年春清明后的一天，妻子出差了，沈开成留在厂子里工作。早上到乡里买了条鲤鱼。中午下班后，正在井圈的石头上磨刀杀鱼时，突然乡党委书记骑着自行车，一脚着地一脚放在脚蹬上，远远地喊他："开成你在干啥呢？"他说准备杀鱼做菜呢！书记说："放一放，我们一起到你厂所在地的支书家去吃吧，大家都是邻里，加深一下感情。"无奈，沈开成就把那装在瓷盆里的鱼儿重新放到厨房里桌上。就这样，他跟着书记骑上自己的凤凰自行车，到了村上的支书家。这一去，就在支书家边谈事边喝酒。四个人喝了四斤酒，吃完饭就各自回家睡觉。等一觉醒来已经是下午四点多钟，盘算着晚饭吃什么呢，一看，瓷盆里的鱼儿活蹦乱跳着，心想，晚上就把你吃了，蹦不了几下啦。他拿起刀，又重新捡起那条鲤鱼，放在井盖上准备刮鳞……"开成，你还在杀鱼哪！走，我们一起去万坝村书记家看看，把你岳父跟他的矛盾解决一下！"又是那乡党委书记骑着自行车，一脚着地一脚放在脚蹬上，在那头的田埂上喊话。沈开成无奈地放下鱼儿，将鱼放进瓷盆里，随口说了声："你命大！"说着就出了小厨房，跟着乡党委书记走了。同样的场景，出现两次，是不是巧合？只有老天爷知道。

当天晚上，乌云密布，天真的下起大雨。等吃完喝罢，沈开成和书记俩人冒雨往回赶，各自成了落汤鸡！道路泥泞不堪，自行车放在村支书家，等好天了再去拿。

晚上回来已很晚。身上都湿透了，雨水沿着衣角向下流。沈开成习惯性地启开厨房门，找毛巾擦一擦身子。眼前的情景令他大为惊叹：那条鲤鱼不知什么时候从瓷盆里蹦到了旁边的一只高脚碗中，那大碗中放着浓浓的卤汁，鱼儿除了头尾，身子段全浸在卤汁之中，呈弯曲状，这种情形下，鱼儿一般很难活下去的。沈开成小心翼翼地上前戳了一下鱼眼：嘿，这家伙竟然还活着！这令沈开成大喜，而同时他又很吃惊，嘴中嘀咕起来："你这家伙是神了！既然这样，我就救你一把，如果现在我把你重新放到水盆里，要是明天你还活着，我就放了你，怎么样？"

那鲤鱼是不会说话的，但它竟然朝沈开成翻了翻眼皮，似乎在说："行啊，咱们明儿见。"

沈开成乐了，嘴里嘀咕道："行啊，就看你啥情况了啊！到时候你真不行了，就别怪我不仁义。"嘀咕完后，他拎着小桶到井边打了一桶水，轻轻地将鱼儿洗了洗，再放进瓷盆内……

然后关好灯，睡觉去了。

第二天一早，沈开成洗完脸，懒懒地伸展了一下胳膊，然后跑进厨房，直奔那只瓷盆。"我的天哪，你还真活着，而且还活得挺精神！"沈开成见瓷盆里的那条鲤鱼不仅在水中自由自在地游荡着，而且丝毫没有半点儿不舒服和受伤的感觉，完全是一副跟主人斗劲儿的模样。

"小样的，你还真行啊！"沈开成忍不住伸手去捞了一下鱼儿，那鱼儿也滑，一个翻身，潇洒地从沈开成手掌内翻滚到了水中，瞬间溅起一片水花……

"好好好，你行！你行！"沈开成顺势放掉鱼儿，很开心地站在一旁观赏起活过来的鱼儿，似乎在更深层次地考虑一个问题：这鱼好像有点儿"灵性"，也似乎跟我有点缘分呀！

想到这儿，沈开成像被啥激灵了一下，大声地喊厂里的一位干杂活的王师傅："你快过来一下，把这鱼放到东边小渠里去，看看它能不能活下来……"

那师傅有些奇怪地问："咋，老板你要放它？不吃它了？"

沈开成摆摆手："不吃它了！它有灵性，不能吃它……"然后又说："你把它放在东边这水渠里后，注意观察它三两天，如果它还是活着的话，就把它放到中心河里去！"

"好好。老板你真是个善人！"王师傅嘴里这么说着，端起瓷盆连鱼带水倒到了长满游草的水渠里。

鱼被放进了厂子旁的水渠内，水不深，很清澈，一眼看到渠底。那水渠与中心河道之间有闸门，中间还有网张着，所以不开闸门不起网的话，鱼儿是出不去也进不来的。

到了水渠里的鱼儿，一瞬眼的工夫，沈开成就再见不到它了，但他很开心，特意再三叮嘱那位王师傅："你得向我及时报告它的情况……"

三天以后，王师傅向沈开成报告：鲤鱼活着，而且活得很欢。

"你真看见它了？"沈开成这开心得，三步并作两步地赶到东边的水渠边，要亲眼看一看到底是真是假。

"看见了！看见了……哈哈哈，它比买回来时更肥了呢！"这回沈开成真的是从心底里冒出来的欢乐，对那师傅说："这鱼儿跟我有缘，不能让它待在小渠内，它应该回到大塘、大河、大湖去……"

"啥，老板你真的放它走？"那师傅这回真有些吃惊地问。

"是。只有在大河大湖里游荡的鱼儿才能有作为！必须放它走，马上就放……"沈开成像遇见了喜事似的，亲自去开闸门，然后看着鱼儿向中心河欢畅地游走，游到远方……

"好啊，它游得好欢啊！"看着鱼儿在大河中翻腾远去，那天他的眼里泛起了一片温情与希冀，而他身边的人其实并不理解为什么他们的老板会对这鱼儿如此动心和动情。

虽然事情过去这么多年了，但第一次听他绘声绘色地讲这段"神话"时，我马上意识到当年的沈开成其实是把这鲤鱼看作了正在奋斗和闯荡的自己，因为像他这样一个乡镇企业家，既没有背景，又没有家底，就像离开水的鱼儿那样，干成点事太不容易！如果他能在奋斗创业中有一点"水"的话，那该是多大的幸运！他第一次看到鱼儿从水盆内蹦出来，差点儿折死在大碗里，完全出于一丝怜悯。而这份怜

悯，与其说是他沈开成对鱼儿的，还不如说是他自己对自己的那份艰苦创业不易的自我同情与怜悯。

放鱼——或者说"放鲤"，其实就是沈开成用自己力所能及的力量，在内心向整个社会和世界呐喊："我的上级、我的领导、我的父老乡亲们以及与我生产业务所关联的每一个朋友，你们多支持支持我沈开成、多支持支持我们这些干乡镇企业的人吧！我们就像鱼儿一样，弱小而可怜，如果你们要让我们好好地活着，好好地成长，那么就该把我们放入'水'中，别折腾我们，让我们自由自在地游荡去吧！"

"放鲤"是沈开成内心的一份渴望，一份追求，一份希冀——创业之初的沈开成，十分需要这些。"放鲤"，也是他这个心底怀揣善良者对他物、对所生活的这个世界的一份真诚与温情。

其实，"放鲤"行为，也决定了沈开成一生的路能走多远……

"放鲤桥"的建成，是沈开成创业与奋斗旅程上的一个具有里程碑意义的"心理飞天"行动，只有理解他的人才会明白他为何去"放鲤"、为何把"放鲤"看得那么重要。因为他期望鲤鱼的命运，完美地体现自己的人生与奋斗的命运，所以"放鲤桥"虽小，但沈开成对建设与用料及每一个细节，都亲力亲为，全心全意，甚至不惜代价！

外人其实并不太明白沈开成的"放鲤"行为，也没有人太把那座走来走去的"放鲤桥"放在眼里，然而在沈开成心里，"放鲤"就是敞开了他的一个世界，一个通向豁达、相互尊重、创造善意、实现美好的世界。这是一个在水乡土地上成长起来的企业家所拥有的胸襟和悟出的道理。

沈开成从小练得一手好字，文采也很不错，他说自他结婚后，沈家的"春联"都是他写的，这个传统一直坚持到现在，如 2024 年春联"龙腾华夏宏图起，虎跃新春紫气来"。如历史丰碑似的"放鲤桥"三个字也是出自他之手，很有艺术韵味。

"放鲤"之后的沈开成似乎变了一个人似的。

"我的'八卦'很多，有些连我自己都很吃惊，到底怎么回事我都弄不明白……"那天在新老厂子转悠的时候，沈开成这样说。

他后来补充说："我创业时出现的那些'八卦'是真是假，你是作家，你自己可以去理解和领悟，反正是我沈开成经历过的事儿，而且千真万确。"

"那你就说来听听嘛！"我一直认为只有与写作的对象成为那种无话不说的真正朋友之后，你的笔才有可能写到他的心底里、掏出他的"真东西"。这是我几十年写作所积累的一条重要经验。与沈开成交往也是如此。后来我才知道，知识青年时的沈开成也曾是个准备"写剧本"的人，所以他对找什么样的作家来写他是考量了一大通，甚至让厂办的助手搜索了一大圈"报告文学作家"。当确定我后，他自己讲除了影响力和知名度外，还考虑到几样"软件"：年龄接近、吃过差不多的苦的人……最后筛选出的我，算是符合他的选择的标配作家。

知道真相后，我也笑了，暗暗有些敬佩这生意场上的高手，其实也是人生与社交场上的高手。一句话：他选择得似乎没有丝毫错误。

这也让我从另一个角度认识到沈开成不是一个普通精明的人，而是一个精心、精准和有高度思维与智慧的人。

这种人嘴里出来的东西不会是"八卦"。

他的这个"传奇"是关于甲鱼的故事。甲鱼，我们水乡的地方平常称"鳖"，它是可以吃的一种比较名贵的水产品，俗称"王八"。鳖夏天栖息在江河、湖泊、池塘、水库和山涧溪流中，冬季在水底淤泥中冬眠。

"明天在陈桥召开三麦播种现场会，早上县政府办公室来提前踩点，书记请你到他办公室去一趟。"乡办事员对他说。

"对了，这次领导来我们这儿是为了检查我们的工作，这顿饭菜你得准备丰盛些，听说你家属清炖甲鱼拿手，弄只甲鱼吃吃，好让领导看出我们是很认真的很重视的……啊。"乡党委书记如此说。

此时天已呈夜色。

"这人！这个季节我上哪儿去搞甲鱼嘛！"这回沈开成真着急了，一则天已快黑，他上哪儿去搞甲鱼嘛！已是深秋季节又不是夏季，你就是到街头市场上也找不到一只，倘若到湖边去捕，恐怕一时半会儿也捕不到，再说从陈桥乡到湖那边县城几十公里的路程，即便第二天一早起也没法保证能够来得及弄回一只甲鱼嘛！

真是个王八蛋，啥事就那么简单说一声好像就能到手的嘛！沈开成有些生气了。但又能怎么样，跟乡书记也是老同学的交情了，领导交代这么一件小事你沈开成就横挑鼻子竖挑眼？

王八蛋好骂，但剩下的"王八"确实让沈开成急得团团转……乡里的卖鱼摊主他是认识的，先去他那里看看到底有没有甲鱼嘛！

他去了，但失望而归。这可咋办？明天要是饭桌上端不出"王八"这道菜，你沈开成从此就是乡里书记和其他领导眼里的王八了！

沈开成知道这利害关系。但他确实无能为力了。

"哎呀沈老板，看你愁得像欠了银行多少钱似的，去去，我们去干几杯！"乡书记兼老校友看着沈开成愁眉苦脸的样儿，拖他到桌上喝酒。

"喝！"几杯下去，一瓶洋河大曲两人就喝完了。本来就不胜酒力的沈开成浑身发热，腿脚开始有些摇晃起来。

"没事没事！我回去了……"总算放下筷子，借着淡淡的月光往自己厂里走了。但一路上沈开成觉得轻飘飘的，像进入仙境似的，有些不能自控。可也很有意思，几杯酒下肚不去想啥烦心事了哩！

哈哈，到了！回到自己家了，啥家嘛，就是个烂厂子！沈开成蒙蒙眬眬，半眯着眼，跌跌撞撞地往住的那房子走过去……

那里有一盏灯。半醉之中的沈开成似乎意识到。而这确实也是灯，是从他厨房小门的上框边窗子口射出的灯光。那只 40 瓦的电灯棒，像黄豆在晃荡似的。好在沈开成熟悉这里的每一寸土地，要不借着这么个灯光谁能摸得进自家的房子嘛?

他的双脚一高一低、一正一歪地往灯那个方向走去，因为那灯是挂吊在他家门口的，所以他知道这是他唯一正确的回家之路。

"我没醉！没醉。不是我回到家了嘛！哈哈……谁说我醉了，才刚刚喝几小杯嘛！"沈开成的嘴里从镇上回来一直没停过话，而且基本上就这么一句"我没醉"。

醉的人从来不承认自己醉了，这很有意思。

有道是"酒醉迷离，醉眼看花"。沈开成这一天的夜晚可真是醉眼生花，处处意外和惊诧——

前面是什么？太阳？不不，现在应该是夜晚了，哪会有太阳嘛！嘿嘿，我还醉嘛！那是灯，我家门口的电灯！是盏电灯嘛，这是他当"老板"后让人装上的一盏明耀耀的电灯。

家里人曾反对过：说门口挂盏大灯泡干啥呀？浪费电。

浪费就浪费嘛！沈开成嘴里嘀咕起来，心想：你们知道啥，做生意，不管口袋里是鼓还是瘪，你装也得装出很有实力的样来。要不然怎么让人相信你呢？一盏灯亮着，就是一种说明：我沈开成是干大事的，而且也是能干成大事的。只要大灯泡亮着，我沈开成的这厂就是开得蒸蒸日上，生意兴隆。生意兴隆了，钞票滚滚而来……这一只灯泡亮着算什么？

再说，我沈开成虽然出身寒门，但如今在场面上做事，再不能小里小气嘛！

灯泡便如此亮堂堂地挂在"沈开成的厂"门口。别小看了这个"亮灯工程"，其实它有两层含义：一是证明沈开成开的厂子正在蒸蒸日上，二是他的厂子生产的东西不做偷鸡摸狗的事，一切光明正大，经得起众人的评说。这个在当时并不容易，乡镇企业靠的就是微利起家，甚至有的小厂就是在模仿和制假之中点滴积累起来的。

沈开成的厂在当时的当地，算是有脸面的厂了，所以乡领导有不好处理的面子上的事就来找他。这回吃甲鱼的事这不又找到他了嘛！

这一晚沈开成有点郁闷，这季节上哪去找大甲鱼嘛，可乡领导偏偏非得要他弄大甲鱼。沈开成是个要面子的人，领导交代的事完成不好，以后咋在场面上混？

但这会儿就眼见要丢面子了，所以这一晚沈开成的内心有些不畅，酒是可以消愁的，这半瓶酒下去，神经便有些不太听使唤了……就这么着，他摇摇晃晃走回了厂子——也是他现在的家。

"灯还亮着呢呀！"沈开成嘴里嘀咕着，双腿便跟着往灯亮的地方走去，步子虽然有些颤巍，但依然十分豪迈。毕竟这是他自己的家，自己的厂子，豪迈是肯定的。每天他都是这样。

然而今天他感觉有些异样：灯泡似乎在晃荡……咋回事？

嗯？脚底下的"地"咋有些滑？而且似乎还有弹性……这、这怎么回事？换地面了？谁弄的？

正思忖之时，沈开成的脚突然又一滑，身子顺势也弯了下去……嗯，这是啥？怎么像只王八嘛！

再仔细瞧瞧：是王八嘛！一只很大的王八嘛！

哈哈……你干啥呢？我说我正愁着找不到你，你可偏偏送上门来了！沈开成觉得自己"神"了，想要啥有啥，而且送上门的是超理想的家伙哩！

不过此时此刻，他还是有点疑惑，因为这个时候他真的一下被"王八"吓醒了：不会是做梦吧？

于是他弯腰伸手过去，朝王八盖捏……起来了：是只甲鱼，而且非常大，足足接近两斤！他赶紧喊门卫老王，问是不是鳖，经确认才如梦方醒。

"哎哟我的妈，你咋这么俊呀！"这回沈开成的酒全醒了，而且他确认手里的就是只大甲鱼，是乡领导想明天要吃到的那种大甲鱼！

老天有眼呀！沈开成开心得连声朝里屋喊了几嗓子："快来看大王八呀！快来看……"

"你干啥呢？"老婆在床那边骂骂咧咧开了，随后"吱嘎"一声把门开了。

"你看这不是甲鱼嘛！"沈开成把手里的甲鱼递给老婆看。

"哎哟哟我的妈呀，真是的呀，还这么大啊！"女人又惊又喜，问，"哪儿买来的呀？"

"它自个儿送上门的……"沈开成说，随后进了里屋的厨房。

老婆喜气洋洋地跟着他进去，端来一个坛子。"养起来！明天领导要来给宰了煮鲜味儿……"沈开成说。

"又是乡里那书记？"老婆多了一嘴，问。

"是县里领导要来检查工作……"沈开成答道。

"难怪。"老婆说。

"明天有活的啊，你早起时看着买点。"沈开成吩咐了一句后，就倒头往床上躺——他累了，心里也舒畅了，等着明天领导的表扬。

"我上街买点东西，甲鱼已经放在煤球炉子上炖了，你起来看着点"老婆说。

"嗯嗯，"沈开成从睡梦中含糊其词地应答着，"这大甲鱼端上台面，是啥面子嘛！"他在梦里想着这份荣光，于是一脸笑在梦呓之中。

突然闻到一股刺鼻的焦煳味，"不好！"沈开成猛地起床冲进厨房，味道是从炖甲鱼的砂锅子里冒出来的，再仔细看看，发现砂锅上有条裂缝，甲鱼汤全部淌掉了。

第二天如期而约。乡领导陪着县政府办公室几人来到沈开成的厂子里吃早餐，一番寒暄后，乡书记朝沈开成一嗓子："喂，开子，你的甲鱼啥时候上桌呀？"

甲鱼，这时节还有甲鱼呀？县里的官员有些疑惑地看着陈桥乡的领导，脸上露出几分怀疑。

"你们可不知，我们沈厂长可是个厉害的角色，啥事到他这都能办成！是不是，沈老板？"乡书记笑呵呵地望着沈开成。

沈开成一边赶紧站起来，一边回应乡书记。

"快去端甲鱼上桌！"乡书记才不管你沈开成啥心思呢，他要的是给县里领导的面子。

"好嘞！"这回沈开成是亲自进厨房端菜去了。"来了——"炖好的大甲鱼真的上来了，沈开成双手端着一只由他老婆亲自宰、亲自炖的大甲鱼。当焦煳的甲鱼端上桌子时，所有人都惊呆了。沈开成将事情的前因后果、来龙去脉说了一遍。大家惊叹中带有一丝惋惜！

乡书记一听，脸色顿变，随即语气都有些发颤："这、这真是要吃甲鱼来块鳖……是这样的，真的不该杀了它呀！"

事过二三十年后，沈开成说起"大甲鱼"的事，心头仍然有一丝歉意："其实我是很唯物主义的，但这事确实叫人心头有些不忍和不祥……后来有人跟我说：你老婆之所以后来离开你，就是她当时宰了它。真的假的，至今我仍然弄不明白，但确实有其事。"

人世间有些事是说不清的。但在我追问后，沈开成解释：这甲鱼确实是自己跑到他家门口的。而且甲鱼在黑夜里也确实是喜欢朝亮的地方爬……

"巧的是，在我毫无办法去弄一只鲜活的大甲鱼时，它竟然'上'了我家门，这实在有些不可思议。但我悔的是确实不该宰了它……有些罪孽。"沈开成认为，人世间所有"罪孽"，都会有"回报"的。

沈开成从这事起，内心一直开始朝向佛性和积善的方向行事。这对他的生意和创业带来不少和不小的"顺风顺水"机遇。

"也算是一种回报吧。"他说。

第三章 自上『梁山』

　　一本《水浒》，留给中国百姓一个经典成语：逼上梁山。意思是：人世间有许多事并非自愿，而最后你不得不选择一条路走了下去。"这条路"到底好不好，只能看最后的命运。

　　上梁山的人，最后的命运，都不太好。然而这一过程却是令人敬佩的，所以《水浒》中的梁山好汉成为百姓心目中的英雄。

　　"开成，你小子脑子特活，所以党委决定让你去乡里的水泥制品厂当厂长去。怎么样？这可是党委的决定，你去也得去，不去也得去！"一日，老校友、乡党委王书记来找沈开成，像下命令似的跟他说。

　　沈开成先是愣了一下，后说："去不去是你们组织定，但最近忙着写剧本、学世界语呢！等一段时间再说吧！"沈开成说的理由是一面，但他心里想的是：这个水泥制品厂据说欠了一屁股债，我去干吗？

　　"别废话了，我看你是太闲了！写啥剧本？你真想当作家？还是想出国？"王书记嘲讽道。

　　"那咋啦？我就不信我当不了作家！出国嘛，等我学会世界语，走遍全世界……"沈开成不服气地回答道。

　　王书记过来拍拍沈开成肩膀，说："好好，算你小子本事大！"然后压低声音又说："帮个忙，把水泥制品厂整好后，你有啥要求和想法，尽管道来！怎么样？"

　　沈开成看看老校友，然后说："那我要承包。"

　　"可以。按你说的办！"王书记痛快地答应了。

沈开成上任乡水泥制品厂厂长后，就是想干一番事业，但上班的第一天，他所看到的现状，比他想象的还是差得多：不光露天没办法干活，而且天还时不时地下雪、下雨滴……这水泥制品的活虽然有水搅拌一类的工序，但老天"灌浇"是绝对不成的。还有根本问题——水泥制品厂根本没有水泥原材料，这跟无米之炊完全是一回事嘛！

这活咋干？沈开成开完会、讲完"就职演说"后心里就开始发毛。

无奈，他只好宣布：放假几天！

工人高兴啊，放假在家待着，还有工资。最好多放几天……

沈开成受不了：哪来钱发大伙嘛！发不出工资，就是你小开子没本事！没本事你来当啥厂长？要强的沈开成心想：无论如何，不能在刚当"干部"、刚"说了算"的路上倒下，真要倒下了，你沈开成就别在陈桥乡、别在金湖的地盘上混了！

怎么办？

叫大伙上班再说。

上班来了，工人们你看他、他看你，最后还是把目光投向了厂长沈开成……给派活吧！

咋弄嘛！不干活，你也得付工钱。干活吧，下雨下雪，你又无法弄。这事……沈开成愁得抬起右手抓了把浓浓的黑发。

"师傅你看咋弄？"他向年长的老师傅请教。

"也不是绝对不能干活。可以把这两间房子腾一腾，在里面干也行的。"师傅指指井台旁的杂物间和烧水间，说。

可不！总比闲着大家你看我、我看你好吧！沈开成一吆喝，把房子腾空，在里面干活！

房子很快腾空了，工人们都是勤快的农民出身，干活不成问题。但房子腾空后，怎么干？干啥呢？

大伙又把目光投向厂长。

"瞅我干啥呀？干呀！"沈开成觉得不可思议。

"我们倒是想干，可得有原料呀！有原料我们才能干嘛！"工人们冲着厂长嘲笑起来。

"要啥材料？"沈开成问。

"黄沙子。"有人告诉他。

"黄沙子？不就是我们河边湖边那种沙吗？"沈开成问。

"是。是那种沙。"

"那回头我们叫上几辆拖拉机去拉几车不就成了。"

工人们又笑了，说："我们哪有拖拉机嘛。"

沈开成说："这个好办。我去借一辆来。"

"还有瓜子壳，起搅拌作用……"有人又说。

"这也不难吧。"沈开成觉得不是问题。

"水泥是关键。预制水泥板没有水泥咋整？"几个工人一起说道，"过去我们亏账，一个重要原因就是弄不到水泥，或者弄来的成本太高，所以亏本。"

"我们过去一直没有水泥的指标？"沈开成问。

"没有。从来没有过。"大家齐声答道。

没有水泥干啥水泥制品厂的活嘛！这回沈开成总算明白了他的几位前任为啥一直在亏本，原来这水泥制品厂根本就不可能做成事嘛！

"厂长，我们得先解决水泥原料的问题啊！"一位老师傅说。

"是，没有水泥干个屁活！"这回沈开成也来气了。

找乡书记要水泥。乡书记说："我这里是有一些水泥指标，但都是要用在农田水利建设上的，谁要把那水泥用到别的地方是要吃官司的！你这水泥制品厂是企业，企业就得靠自己想法子，可千万别到我乡里这饭碗里来抢饭吃啊！"乡书记说话时瞪着眼珠子，意思是你沈开成别在我这儿找麻烦好不好？

"那我到哪儿去弄水泥嘛？"沈开成觉得不可思议：你书记不给我指标，我怎么可能有水泥嘛！

书记笑了，说："你沈开成一向聪明透顶，我们乡决定让你去水泥制品厂当厂长，就是知道你的鬼点子多，有办法弄出我们都没有的东西……"

沈开成说："水泥是国家统一计划的供应指标，你说我出去搞，不等于挖社会主义墙脚嘛！"

乡书记又笑了："你要能挖成，别人怎么批你，我这儿保你呀！你为我们乡做贡献了我咋不支持你嘛！"

"这可是你书记说的呀！"沈开成认真起来。

"没错，我保你！"乡书记也认真起来，随后一笑，说，"如果你把紧缺的东西搞到，就是本事。有了本事，就能把我们乡的水泥制品厂搞起来、搞活了，这就是对社会主义做贡献，我们有啥理由再批你？别人也批不着呀！"

沈开成也乐了，心想：原来你领导早商量好了，让我沈开成去顶雷呀！不管怎么说，现在我是乡水泥制品厂厂长，把事情做成、做好才是根本。

回到厂里，沈开成闷了半天，心想：看来水泥这事得想些其他"门路"了。

门路在哪儿呢？他在苦思……

20 世纪 80 年代初，中国的改革开放刚刚起步，南方的乡镇企业风起云涌。农村从某些方面讲已经完全"包围"了城市，这个形势沈开成从几位在外的朋友那里获悉，连上海这样的大城市里的好多工程师都不愿意再傻待在国企而纷纷跑到周边的江浙乡镇企业去干活了！

他们是靠啥法子把像上海这样的大城市里的工程师吸引过去的呀？沈开成对此特别感兴趣。

农村能有啥其他法子嘛，不就是靠送点土特产，再多给点劳务费……

原来如此！

这可就给沈开成打开了思路：城里人原来喜欢乡下的土特产，这个我们金湖有的是呀！什么鸡蛋母鸡活鱼甲鱼等都有嘛！

试试去。

一试真管用。

先是去城里试试能不能借辆汽车来帮拉几车黄沙子。结果两只老母鸡的代价，就很快换来两车子的黄沙子：车主是城里一家工厂的，师傅平时一天没几趟活，沈开成让人给他送了两只老母鸡，这师傅一口就答应说："我反正闲着也是闲着，帮你们拉几车黄沙也不影响我厂里的事。这不，两边都合适！"

这个事看起来不大，但给沈开成很大的启示：原来暴雨中也能钻空子！意思是：再大的雨，也有缝隙，只要功夫和心思用到家，真心真诚是可以办成任何事情的！

从此，沈开成决定走这条"暴雨也能钻空子"之路。

他拎着鸡，带上鸡蛋或者鲜鱼一类的土特产，去县城找那些有水泥指标的领导、部门或单位，给他们磨、求、拉关系。冬天，他就带上菜籽油、小咸鱼等，去找"关系"、寻"门路"。第一次没成也没关系，再来第二次、第三次……一直到对方不好意思甩开他为止。

"你们也真不容易，搞水泥制品厂，竟然连半斤水泥都没有，这不在开玩笑嘛！"人家一听沈开成"诉苦"，就深表同情道。

"是啊是啊，但是你可不知：现在我们农村盖房子的人越来越多，农民刚刚开始手头有点钱，有点钱后就想把自家的房子弄好一点，然后给儿子找个对象、成家立业。你说造房子缺了梁、少了门框不行吧，所以我们乡里办这个水泥制品厂其实就是为了给老百姓办点好事不是？"

"你这么一说我完全理解了！"对方想了想，"这样吧，我先给你想法拨五吨，救救你的急吧！不过你可要记住，就这一次啊！"

"行行，我知道，我知道！"沈开成一听对方愿意"开恩"五吨水泥，这简直是天上掉馅饼，他便赶紧立保证、发誓言。

五吨水泥对一个国有单位来说，简单就是小菜一碟，但对沈开成的水泥制品厂而言，就是一次"巨大胜利"，不说制成品每一块水泥赚多少钱，即使一吨二十包，每包他转手就可以赚它五块钱，五吨就是一百包，一百包赚五百元！哈哈，沈开成第一次觉得原来"生意"可以这样做啊！

太容易！太珍贵了！

为了保证这五吨水泥一斤不少、一两不少地运回到自己厂里，沈开成自己动手就不用说了，他又想法通过自己的姐夫从商业局那里借来两辆车子把水泥运了回来，这回的办法可不是"土特产"了，而是从姐夫手里买来一条好烟、两瓶好酒给了司机们。好烟好酒在当时也是紧俏物资，只有搞商业的人才会有。沈开成从姐夫手中"倒"东西，也算是因为有"关系"才很吃香。

"你们给我听着：找包、装水泥时一定不能散包，而且要把地上落下的散水泥、车子上掉的水泥渣，都给我像扫面粉似的全部弄回来！"沈开成下命令道。

可不，此时的水泥对他来说，胜似黄金，贵于黄金。"'宁可身上掉一层皮，也不能浪费半斤水泥！'当初沈厂长就这么要求我们。"陈桥镇的一位曾经在水泥厂工作过的老同志跟我这么说。

装运、搬水泥的活，全部由沈开成亲自带头、厂里的工人一齐上阵……

"搬水泥的活可不像干其他农活，那个水泥粘在身上不太容易洗涮得了的。一车搬下来，大家都成了泥猴子，除了两只眼睛还看得出谁是谁外，其他的都一个样……"沈开成回忆说，他和厂里的人搬完水泥便跳进了河里洗澡，但洗了好一阵也没有洗掉，没有办法，后来就用布慢慢擦，擦轻了还是擦不掉水泥渣，最后只能再往水里泡，泡一会儿再想法用类似油一类的东西"粘"掉……总而言之，搬扛水泥是个苦力，但洗涮身子比干苦力还要苦！

"走过来的农民企业家估计都吃过这样的苦。"沈开成感慨道。

有了水泥的水泥制品厂可就立马红火起来，而且原来的两间破房子也不够用了，又盖了三间。这样一个冬季，全厂二十多个人干了个满活，大家到过年时回家口袋里都有了钱，又体面、又开心地在家人和附近的乡邻那儿显摆。"是我们沈厂长有本事，他搞到了水泥，我们现在有生意做了！"工人们在别人面前这么评价沈开成。

沈开成的名气就很快在陈桥乡一带响了起来。

"别骄傲，我们才刚刚开始，还要继续努力……"沈开成嘴上这么说，心里还是有些得意的。

这个人确实会做生意。在弄到水泥后，陈桥乡一带的农民似乎也更有了建新房子、修旧房的积极性了。这个时候，沈开成发现个问题：农民建房子有许多工序要到处请人，又浪费，成本又高，建筑站出来的沈开成心想：如果我把来买我水泥预制板的每户人家的建房活承包了，或者把他建房子的部分活包下来，这钱不是赚得更多嘛！比如，盖房子，少不了黄沙之类的物资。你买到水泥板，我还可以包你的黄沙等。你从其他地方买八车黄沙（一般一户盖房子的用沙量）是十块钱一车，我给你十车沙，你不是还占便宜嘛！农民们一听便高兴，都愿意把这类事包给沈开成他们的水泥厂。

这个主意好！工人们都赞同厂长"脑子灵光"。

果不其然，以前水泥制品厂只赚卖水泥板、水泥门框的钱，现在赚了几种"包工"的钱。后来他们还做过一些水泥楼板，自然就更赚钱……所以到了年关一算账，沈开成大为开心。

"开成，听说你今年一年的产值超六万元啊！这可是了不得的事！"王书记跑来找沈开成，喜笑颜开地问他是不是"吹牛"。

沈开成也笑了，说："牛是没吹，不信一会儿你去会计那儿看看账。不过，这一年我和大家累得贼死！"

"毛主席早就说过，社会主义是干出来的。你干的是社会主义，这就是好事！"王书记不愧是书记，张嘴就是革命道理。

沈开成听后心里乐了：我确实在干社会主义，但我也是有一部分在挖社会主义墙脚……反正啊，有你书记在，我沈开成怕个鸟！

"开成啊，开春后，我们要开全乡的三级干部会议，这个会要跟以前有所不同，除了我有个讲话外，我想你是重点发言的一个……"王书记说。

"啊？三干会上我发言？"沈开成一时惊着了，"这不行不行，这样的会我发言不合适！是你们领导讲才对……"

"嗨，你这家伙还牛起来了！我今天是专门来请你的，你还不给面子啊！"

沈开成一看书记是认真的，连忙回神道："那我讲啥呀？"

"讲讲你今年是怎么干出来这六万元产值的。再讲讲明年、后年……今后五年你准备干到什么份上！让全乡干部听一听、鼓鼓劲，像你一样，干出个样子来，把我们陈桥镇的社会主义现代化搞上去！"

"要讲五年计划？"沈开成心里在盘算着：今年产值六万元，五年以后应该是多少？应该怎么个增长呢？

他把这个问题交给了书记来定夺。于是将疑惑的目光投给公社书记。

王书记笑笑，说："今年你第一年干了六万产值，明年争取增加到十八万产值没问题吧？"

沈开成一想，说："这个没问题吧！"

"就是嘛！照这个增长比例说……"书记说完，就转身骑着自行车走了。回头从风中飘来一句话："要讲得有力量点啊！"

"知道了——"沈开成远远地向远去的书记边招手，边回答道。

第一次在全乡的干部大会上讲话。第一次以一个先进单位的代表讲话。那一天，年轻的沈开成站在主席台前，看着台下黑压压的一片熟悉的面庞，他第一次感觉自己站立起来了，像人一样站立起来了！

也就是在这个高光时刻，他沈开成按照王书记的意思，其实也是他自己准备这么讲的，把"五年之后"的奋斗目标讲了出去……而且讲得铿锵有力，回荡在整个大礼堂——

"也就是说，五年之后，我们要实现产值二百五十四万元！"从沈开成说出这句话的那一瞬间，他听到耳边顿时响起雷鸣般的掌声。当时真把他惊了一下。他侧头看了一下是乡书记带头鼓的掌，又看看台下所有的人都在鼓掌，而且有人还起哄嚷嚷着"好！""有种"之类的话。

"'大跃进'时代又到了啊！"散会时，很多人过来拍拍沈开成的肩膀，也有一句话从他耳边飘过，让他暗暗吃了一惊……

二百五十四万？天哪，这么大的数字是我喊出来的吗？沈开成突然被自己刚才喊出的目标吓着了：这、这我咋完成呀？

六万元和二百五十四万元，等于一个在地上，一个是天上……我牛吹的！呀哟哟，我的数学就这么差劲嘛！沈开成后怕莫及，心想：这下自己给自己逼上绝路了。

会后的沈开成心事重重，越想越觉得自己"吹牛"吹得没边。但这又是在干部大会上讲的话，现在全乡的人都知道了，你沈开成干不成也不行，你必须干成，干不成你就别在陈桥镇待着了！

"以后把自己的嘴巴封牢点，别刚干点事就到处吹牛，牛皮吹破了，你还有脸出门吗？"家里人这一说，更让沈开成心里不舒服，怒道："是我自己想说的吗？"

"不是你说的人家咋都知道了？"

"人家都知道的事就一定是真的？"

夫妻俩为这事没少拌嘴。但毕竟沈开成知道是自己"吹牛"了，这事只能怨自己。

自己的事还是自己想法子解决。

那些日子的沈开成可真的满脸愁云：到底干啥能实现一年二百多万的产值呢？他左打听右探访，最后找到的一两家"乡镇企业"，都是搞化工产品的。沈开成便想：看来靠水泥预制产品想实现一年二三百万产值是不太可能，即使我沈开成和全厂职工拼死拼活，也干不到这个目标，因为一缺水泥，二缺少钢材，这两样东西都靠通过"关系"弄一些来干活，成不了大器。再说，即使有原材料，你浇注水泥板，一块楼板也就几十块，几百万产值要浇注多少块楼板？简直是天方夜谭嘛！

沈开成想到这，觉得当时在干部会议上自己的"誓言"跟胡说八道没有啥区别。

妈的，我的十来年算术白学了！他自己骂起自己来。

压力太大了！那段时间沈开成夜不能眠、吃饭不香，还常常做噩梦：有老百姓将他揪到台上批判，说你这个小开子吹牛不花钱、现在你将"遗臭万年"……每每从这样的噩梦中醒来，他总是一身冷汗。

这可怎么办呢？"决心"和"牛皮"已经吹出去了，想收回来就是熊蛋一个。往前冲？沈开成自然也不敢想：就凭水泥厂那么几个人，几包靠鸡蛋、菜籽油换来的水泥、钢筋就能完成得了二百五十四万产值？老子自己都不信！

沈开成都想过偷偷打自己耳光，但这又有什么用？

不管怎么说，书记那么重用我，水泥厂已经是全镇远近闻名的先进企业了，我沈开成也多少是个人物了，熊下去这样绝对是不行了，除非滚出陈桥镇、滚出金湖县，可我区区一个高中毕业的农民，能到哪个地方去混？到深圳打工？才不干呢！老子再怎么着，也是在老家这儿当老板，到那些地方受人欺、遭人压的事，我沈开成干不了。

想来想去，突然有一天，沈开成认为是一条路：改厂名，人家赚钱能赚到二三百万的乡镇企业都是搞化工的，这个是他在当地经过一番"调研"得出的结论。后来他仔细一想：也有道理呀！虽然金湖这个地方不像苏南地区那么富有，但我们这儿地下有油呀，有石油呀！江苏的苏北油田就在我们金湖一带嘛！金湖一家化工企业做得很大，就是仗着跟油田有点关系，所以才做大的。

其实一段时间以来，沈开成为了实现他喊出去的"五年奋斗目标"，真的是下了苦功：先是看看人家真干到几百万的厂家到底在做什么生意，后来又觉得自己也不像人家做箔金、做石油化工生意的有油田的"铁关系"，如果能吃人家下家之下家的"边角料"，那有可能也做到二三百万的产值。想来想去，就想到了改厂名。

不把厂名改了，你一个陈桥乡水泥制品厂，人家一看你个小镇上的企业，谁看得起你嘛！谁敢跟你做几十万、几百万的生意嘛！

必须改！即使暂时做不成大生意，改个厂名也要为日后做大生意垫基础！他的决心就是这样来的。

"书记，我想改个厂名……"他把自己的想法向王书记汇报。

"改厂名？为啥？？"王书记问。

"想开拓一下业务。水泥厂实在难呀！你又没有给我水泥指标，我把家里的、村里的、乡上的农副特产送遍了，也就每年创造五万、十万的产值，这五年以后，二百多万，我把自己这一把骨头加肉全部卖了还不到一百五十斤呀！"沈开成开始向领导诉起苦来。

乡书记盯着沈开成半天没有开口，然后冷不丁说："你个沈开成、沈老板呀，是今天喝错了酒，还是吃错了药？你以前可不是这样的！豪气呢？胆子呢？干劲呢？奋斗目标呢？嗯，到哪儿去了？"

"我、我……"沈开成一下被书记问愣了，最后只能面红耳赤地嗫嚅道，"要实事求是嘛！到时我搞不赢，你书记面子也不好嘛！我总不能拖你的后腿！"

听完这番话，王书记沉思片刻后，说："你觉得可以就试试，总之只要把经济搞上去，把生意做大，我这里肯定是一如既往地支持你的。想好了，通报一声。"书记向他挥挥手，要走。临走时，又对沈开成说："噢，对了，过几天乡里要开一个更大的会，是加快工业发展的工业大会！这回人比上次要多得多，千人大会……已经定了你发言啊！回去准备准备！"

"啊，又要我表态呀？我、我表啥呀？"沈开成这回真有些着急了。

"就说说你想改厂名的意图和想法吧！"王书记说完这话，便把沈开成着着实实地晾在原地。

千人工业发展大会按时召开，整个礼堂内挤得满满的，连走道上都站得像插萝卜似的……

"现在请水泥制品厂的沈开成厂长发言！"会议主持人点名到沈开成。

掌声不小。

上台后的沈开成年轻潇洒，风度翩翩。这种场合，他沈开成心里早已想过一百遍了：绝对需要气势！绝对需要勇敢！于是他面对全体父老乡亲们的代表们喊出了："为了配合全乡工业大发展的形势，我们水泥厂在乡党委的领导下，决心再把脚步迈大一点、指标往前赶一点，所以鉴于业务扩张需要，决定把现在的'陈桥乡水泥制品厂'厂名改为'金湖有机化工厂'……"

"啥？金湖有机化工厂？"

"哈哈……他要养鸡了呀！"

"他是想升级啦！把乡厂升级成县办厂呀！"

"哈，我看沈开成快成沈牛皮了！"

台下的一阵哄笑，是台上的沈开成能够听得见和感受得到的。

沈开成抬头看了看台下，意思是说，我还没有讲完呢！

接着他又"抛"出两大新举措："一是我的企业将不举债，也就是说不借钱，不靠银行和政府的钱来养活自己！"这话的意思是：我们厂的发展完全靠自己。硬气！绝对的硬气。当时能够说出这样的话确实很让人信服，因为在经济发展和企业初级阶段时，不靠银行贷款和

企业第一次更名——金湖有机化工厂

借他人的钱，那是证明自己能干和有实力。所以沈开成下了这样一个许愿。

第二个许愿是："不招外地工！"这又是一声春雷般在千人会场引发震荡：许多大厂发展了，但招收的多数是外地工，这样本乡的青年尤其是初中、高中毕业生不能进自己本地的企业，不得不到外地打工。这种情况让本地干部和群众很不是滋味。现在沈开成又"放"这一炮，下面的掌声和哄笑声更大了——

"喂，沈厂长，啥时候招工呀？我也想到你的化工厂去啊！"

"哈哈……我们大队的青年离你水泥厂近，你得就地招工啊！"

"沈老板你要大气点，我们虽然离你水泥厂远一点，但我们可以全部给你男青年！"

"咋了？我们大队的女青年特别心灵手巧！沈老板你可不能偏心

眼呀!"

听得出,这些人的话里有一半是真诚的,也有一半是带着嘲讽的味道。沈开成的脸上一阵红、一阵白,心想:奶奶的,我改厂名关你们啥事?老子就是想干番事碍你们啥了?我不借钱、招本地工就是为陈桥乡着想,也是为你们这些干部着想嘛!

嘁!千人大会后的沈开成有一阵没消停,总有那么一些心怀各种心态的家伙来热讽冷嘲,或者真的就想加盟于他。

几十年以后,沈开成自嘲当年的两个"土政策":一说不负债、也不向银行借钱。"后来企业越做越大,发现我以前的想法竟然是错误的呀!你说企业做大了,自己哪有那么多钱嘛!我既没有海外关系,亲戚又都是农村的穷兄弟、穷姐妹,哪家都比我穷。再说,贷款是所有大企业通用的经营与发家模式,我竟说不用银行钱也不负债,现在想起来有些可笑,但当时确实有些硬气。"沈开成说,"说到只用本地人、不招外地工,也是有些小农经济在作怪,当时还以为那样做是为当地人着想呢!可人家跨国公司,人家深圳、上海发展起来,几乎全是靠外人出力帮忙的,我倒好,一律拒之门外……"

这自然是几十年以后他的觉醒。在当时,沈开成认为这是他的"魅力"和"硬气"。

话归话,事情还得往实里干。几件事成功之后,沈开成"沈总"在陈桥乡和金湖县一带名气越来越大,这"沈总"也被有人戏称为"神总"!沈开成听后,暗暗自问:我真有点神吗?末后,他自己笑笑,抹抹嘴,又去忙事了……

现在大家都知道,你办个厂,需要到工商局去注册,起厂名,也不是你自己想起什么就是什么,它需要核准。

"金湖有机化工厂?"到工商局,人家问沈开成,这个名字经谁同意的,也就是说,你的上级单位是谁。

"是乡里。乡里同意的。"沈开成毕竟是高中毕业,事先已经准备了乡介绍信。

"注册资金准备好了吗?"

"准备……多少?"

"你这个是挂县级名字,而且又是化工产品企业,应该不少于五十万元。"

"啊,怎么要这么多?"

"这是有规定的,你嚷啥?"

沈开成没有话了,只能装孙子腔求"开恩":"能不能少一点?"

"办还是不办?不办赶紧让后面的人……"工商局办事员连瞟他一眼都没有,直接朝站在沈开成后面排队的人喊了起来,"来来,往窗口这边……"

"书记,你还得帮忙啊!"从工商局回到陈桥乡,沈开成像泄了气的皮球,见了乡书记便拉开了哭腔道。

"沈老板又碰上啥难题了?"乡王书记问。

"人家工商局要我们五十万注册资金,我、我们哪有嘛!"

"五十万?!这可是个不小的数字!"王书记也有些愣了,又问沈开成,"你能筹到吗?"

沈开成哭丧了脸,说:"我要是能筹到就不来恳请你书记了嘛!"

"那你有啥点子嘛!"

"我想、想请你跟县里领导说说,能不能帮助我们办一张空白的执照?"

"啥叫空白执照?"

"就是、就是虽然营业执照上写了五十万注册资金,实际上不用我们到账的那种……那种执照。"

"好你个沈开成!你的脑瓜子还真是鬼点子多呀!这可是违法的事,你让我去干?让县领导去干?你小子想坑谁呢?"王书记不由得大怒起来。

"息怒息怒！"沈开成一看坏事，忙拉住书记的胳膊，请他坐下，慢慢跟他细说，"这事也不是我自个儿想出来的，听说也有人办过……"

"谁办过？"王书记不信。

"是有人办过。"沈开成坚持道，并说，"你想想看，我们办企业是为了谁？现在一级一级都在说要解放思想、以经济为中心，可我们金湖、我们陈桥乡就这么点家底，你是最清楚：我们这里哪家能拿得出五十万元？你乡里拿不出吧？我们企业哪家能拿得出？可是我们公社、我们陈桥乡不还是要响应上面的号召，加快发展经济吗？上面都讲了，发展经济是头等大事，一切服从于这个中心。啥叫一切服从于中心？我理解就是要为发展经济工作提供一切可能提供的方便和条件，其中应该包括支持像我们这样的新办厂注册问题……噢，上级让我们大力发展经济，你工商部门硬要我们拿出五十万的注册资金才能去办执照，没有执照我无法经营，这经济发展哪来通道？哪来企业？你王书记哪来效益？既然这样，我们能不能开一扇门，帮助我们这样的新办企业解决个入门的难题，我们干好了，马上会把这个注册资金补上去不是。这样难道不是为了发展经济吗？既然大家都在为金湖县、为我们陈桥乡发展经济干真事，那他们工商部门就不能为我们开个门缝吗？"

沈开成一番慷慨陈词，竟然说得乡书记愣在那里，半晌，他说："别说，照你这么一说，还真是呢！"又说："这样吧，我跟县领导报告一下，请他们看看能不能跟工商局协调一下，把你这个营业执照先拿下来……"

"谢谢。谢谢书记了。"沈开成说完一番话，肚子都感觉有些隐隐作痛，不过总算把自己的"邪"点子给扶上了正道。他甚至有些得意。

不几日，"金湖有机化工厂"的营业执照捧在沈开成手中，而且执照上面清清楚楚、明明白白地印着"注册资金：五十万元整"。

"这执照你可不能在厂里挂着，而且不能随便拿出来给别人看啊!"这是工商局的人有言在先的警告,因为他沈开成根本就没有入账五十万元的注册资金。执照是县领导跟工商局领导商量之后的一例"特事特办"。

"明白明白。"沈开成是个"识相"的人,这一点他还是清楚的。

所以后来在相当长一段时间里,他的企业营业执照厂里的人基本没认真见过,有时不得已,他沈开成从包里取出来在空中一扬,就算是给大伙看过了,然后又赶紧收起来。但是跟人做生意、谈业务时,他可没少拿这张执照给人家看。"那个时候,大家都是实打实的,就是你注册资金是五十万元,人家跟你就做五十万元的生意,你是一百万元,就跟你做一百万元的生意。每回做生意,我就从包里亮给对方看一下执照,然后赶紧又收回到包里,因为我要保证向工商局的承诺……"成功之后的沈开成如此苦笑地说起当年这段经历。

"金湖有机化工厂"牌子挂起来,营业执照就这样用起来了。还有一个问题就是电话问题。堂堂一个"县"字打头的工厂,没有电话谁跟你做生意嘛!

县邮电部门的人来到沈开成厂里装电话。"就装在这里……"沈开成指指自己的吃饭桌前的一个茶几。

"老板你这是厂办还是家呀?"邮电局的人问。

"这有区别吗?厂就是我家、我家就是厂!"沈开成回答得非常到位,因为他现在完全把厂当作自己的家,因为他妻子和上学的孩子都住在厂里。再说,电话主要是他厂长工作业务用的,怎么能装在外面让厂里的人随便抄起电话就打嘛!那时一个长途电话几块钱、十几块钱,谁付?

电话装好了。分配的号码是陈桥镇"014"分机。

沈开成一听这号马上强烈反对:这个号不行!

邮电局的人不知咋回事,问其原因。

沈开成说："你不用问，反正我不要'014'号的！"

"你能不能前面给我加个数，比如——'5'也行、'6''8'更好！"

"噢——那我们争取吧！"邮电局装电话的人无奈只得回城去为这个"沈大厂长"争取。不错，最后真的给他争取了下来：5014。

"这个'5014'跟'014'可是完全不一样的效果啊！"沈开成简直就是个人精，他后来揭开了这个"秘密"："014"电话，人家城里人、外地人一听就知道是个"分机"。一个"金湖有机化工厂"只有一个"分机"，肯定是个小得不能再小的厂子。可"5014"就不一样啊，当时电话没怎么普及，这样的号码就是条"专线"电话。

"那个时候，谁有一条专线电话，就证明你还是个有些实力的工厂，跟你做生意的对方心里就会比较放心些……"当老板后的沈开成为自己当年的这点"小心思"很得意。

现在不少跨国公司、世界500强的中国企业，他们在创业之初，有过同沈开成相似甚至还要"可怜兮兮"的这等经历！

紧接着，沈开成就在想到底干什么"化工"业务。显然"水泥制品厂"的底子，想干"化工"就等于划船出身的去高速开车子，完全是两码事。

沈开成的法子是：先跟人家学，跟懂行的朋友合着干。最后选定干洗涤方面的"化工"，理由是：这个方向的产品，可以是为纺织企业服务，也可以为工业洗涤供货，更有家庭清洁和厨房的清洗用。

对，就它了！洗涤产品。

这一年，沈开成最成功的事就是创办了一个"化工厂"，选择了一个决定了他一生成功的工业产品。

后面的路到底怎么走？沈开成自然不曾想到原来那是条远比他中学时割水草的那条河要深得多的江流……不过沈开成特别跟我多次说过，在他创办"爱特福84"企业的漫长奋斗历史过程中，他所在的乡

八任县委书记参加爱特福集团二次创业活动

做爱特福人，骑飞毛腿车

镇特别是金湖县的历届县委书记，都给予了多方面的帮助与支持。他甚至能清晰地把自"84"厂成立以来的一个个帮助过他的县委书记名字背出来：

刘学东、郭平扬、李孔惠、林伟明、成迎初、赵洪权、陶光辉、肖进方、张志勇、贺宝祥……

第四章

起步之艰

2023 年 3 月 13 日。人民大会堂。

共和国的新一任总理第一次在全国人民和全世界面前亮相。他在回应民营经济发展问题时，重提当年乡镇企业家们的"四千"精神，再度引发一时的热议。"四千"精神即：走遍千山万水，说尽千言万语，想尽千方百计，吃尽千辛万苦。

我问沈开成："你当时听到李强总理重提这'四千'时有何感慨？"

"我、我们……当时就是这样走过来的。"他的眼睛一下红了。

李强总理所讲的"四千"精神，放在每一个乡镇企业家身上，都可谓是千真万确。沈开成同样如此。

1986 年，他的那个化工厂才正式把牌子挂在大门口。厂子有了，生产啥呢？这又是一个犯难的事。金湖县土地上，确实有油田，但油田是国家石油部门的，跟地方上没啥关系。金湖也确实有一两家跟油田上建立了关系，在搞些工业洗涤剂产品，但那是"人家"，你又没有"人家"的关系，你沈开成办"化工厂"跟金湖地盘上有没有油毫无关系。所以，怎么办成事，完全得你沈开成自己想法子。

"那个时候找生意做，非常难，我们一无名气、二无资本，全靠找关系、寻门路才能弄到一个合同，而有时拿到了合同还得吃尽千辛万苦、寻求各种门路才能给人家把产品做出来。"沈开成说起一档跟湖北黄石印染厂的生意。

"那年 4 月底左右，我和一位同事一起去湖北黄石，好不容易找到人家那个印染厂，通过关系算是与厂里管供销的人接上了头。但我们手上既没有产品，更没有样品，就是去求人家给我们订个合同，然后回老家才给人家把产品做出来。你问有这样的事？有啊，当时就是这样的。但得有代价呀！从老家出门时，我带了五百元钱，从财务那里暂借的。当时厂里有规定，你如果能够寻到生意，可以奖励。我这算是提前把奖励的钱借出来去寻生意。五百元干啥呢？就是悄悄地给对方厂里跟你订合同的那个人，他有权，就跟你订合同。我就拿了这个合同，回自己厂，大伙就有活干。这五百元算打通关系的费用，成功了，算为厂里挣了笔生意，如果没有成功，就得自己赔进去。"

沈开成说，当他拿到十吨染料供货合同时，高兴得就想跳起来。"我们俩一出人家的厂门，就跳着蹦着往轮船码头上走。"沈开成清楚地记得那次回程的全过程：

从黄石到南京，走的水路，乘的是船。全程需要二十八个小时左右。"没有钱，只能坐最差的五等舱。那里面就是人挤人，连站脚的地方都没有。当时大家都很穷，我们出门做生意的也没有钱。带的五百元公款已经花出去了，剩下的就是自己的几十元钱，那得管几天出差途中的所有费用，而且你也不知道下一宿住在哪、下一顿能不能吃上。"

轮船到达南京后，正值"五一"节的夜晚，码头四周的旅店竟然满满地都住上了人。在"猪圈"一样的五等船舱内"圈"了二十多个小时的沈开成和同事上岸后，本想找个旅店直直腰身，放松放松，哪知道就是找不到地方住。

"想找住的地方吗？跟我走！"这时，一个蹬三轮车的人过来问沈开成。

"你能找得到旅店？"沈开成有些怀疑。

"找不到不要你钱。"人家蹬三轮车的人很硬气。

沈开成跟同事对了下眼，转头对蹬车的人说："那行，如果你帮我们找到住处，就给你五块钱。如果找不着，你还得负责把我们拉回来，而且钱不能付给你……怎么样？"

蹬车人打量了一下沈开成，嘀咕了一声："你这个人蛮精明的呀！"然后干脆道："就这么着吧！"

就这样，沈开成坐上人家的三轮车，开始在南京城的大街小巷里转悠起来。谁也没有想到，竟然转了两个多小时，也没有找到一家旅店能让沈开成他们住下的，当然大酒店、大宾馆是有空床位的，但沈开成他们住不起。

"还是把我们拉回码头的广场吧！"沈开成无奈地对蹬车人说。

"霉气！今朝真倒霉呀！"那个蹬车的直摇头，长叹一声，说完重新跨上三轮车，费劲费力地把沈开成他们拉回了原地。

深更半夜的这可怎么办？回到码头广场的沈开成，此时又困又累，左看右看了一阵，对同行的伙伴说："看来今夜我俩只能露宿了……"

"就睡这广场？"伙伴一脸不情愿，可也想不出啥招，嘀咕道，"这冷冷的，就睡在地上？"

沈开成看看脚下的广场水泥地，没说话。"先等一下。"说完他跑到广场一旁的小贩摊位前，跟卖货的小老板交换了一下条件：买他两瓶啤酒，外搭一块纸壳板。

沈开成回到伙伴身旁，把纸壳板往地上一铺，说："只能凑合一宿了！"

"这个地方是不能睡着的……"沈开成坐在地上，对伙伴说，"我俩得背靠背坐着，把行李包挎在后背，这样在睡着时行李就不会被小偷拿走了！"

"即便这样，还是怕睡着了。所以我喝一小口水，就举起瓶子，往后敲一下，算是相互提醒：别睡着了！"沈开成说，这一夜他们就这样度过的。

在那个阶段，这种苦日子就是家常便饭。

回到金湖后，沈开成便忘了湖北黄石的一路风尘与疲劳，一方面赶紧向镇上、县上领导汇报，一方面立即组织各种力量寻找技术人员，开始研发印染清洗剂的产品。

"沈厂长啊，这个十吨产品，你得千方百计给我搞出来。你要成功了，我就给开庆功会！"镇党委书记专门跑到厂里来表扬沈开成。

"谢谢书记的表扬，我一定尽快把产品生产出来！"沈开成嘴上说得轻巧，心头压力却仍然极大。他时不时地拿出跟黄石印染厂签订合同时人家给的一小瓶清洗剂样品发呆：我沈开成不知能不能搞出产品呀！搞不出可是惨了：一番劳顿先别说，白赔五百元也是够心疼的。最重要的是他沈开成和已经张扬出去的"金湖化工厂"怕又要成人家的笑柄。

怎么办呢？到底找谁才能把这种产品批量搞出来？那天，沈开成闷着头，又去见在烟酒公司的姐夫。这已经成了他创业时的一个习惯：碰到无路可走时，他就往姐夫那里去，因为姐夫人脉广，哪一路的

沈开成厂长每日亲临生产线，严格把控产品质量

"神仙"他都能牵得上关系。

"要论工业产品和生产资料，上海肯定是最厉害的，这点我们省城南京也是望尘莫及的。你这个是清洗剂，那最厉害的专家一定是在上海。我看能不能让熟人先给你找个这方面的工程师试试……"姐夫说。

姐夫确实神通广大，很快告诉沈开成，说有个蛮厉害的化工方面的工程师，据说他有这本事。

"我马上去上海找他！"沈开成二话没说，起身就从姐夫处走了。

从金湖到上海，那个时候得转好几趟车，沈开成一共在路上走了近二十个小时。

电话打到那个工程师那里，初次见面，沈开成说请"师傅吃顿饭"。

"行，连阿拉四个人。"对方说。

"四个人啊？是一起的吗？"沈开成一下有些愣住了。

"是啊。是四个人，我们是一个团队。缺了谁都没办法把这个东西弄出来的……"对方这样解释。

沈开成轻轻地吸了一口气，明白了：这四个人中缺一个的话，产品就弄不出来！弄不出来，最苦的还是我呀！算了，四个人就四个人！为了把事情办好，就是十个人来吃饭，我也必须认了！不是有句话叫"砸锅卖铁"嘛！我今天就是要砸锅卖我了！撑死了，付不起饭钱，我把自己押在饭店！沈开成心里这么想。

"好的好的。"他迅速调整情绪，很痛快地回答了对方。

放下电话那一刻，他又开始盘算：上海人是十分讲究面子的，这顿饭必须请好。原本请一个人再摆排场也花得起这顿饭钱，这回四个人，沈开成心里直发毛。唉，舍不得孩子，套不了狼。走着瞧吧！

四个上海工程师如约来到某饭店小包厢。沈开成一副真诚的献媚的样子，请他们入座后，让服务员拿菜单，然后马上将菜单交给上海工程师，并说自己是第二次到上海，基本上上海规矩啥都不懂，更不熟悉上海的菜谱，因为第一次来上海也是匆匆忙忙，连饭店都没进过。

"所以只好请师傅们你们看自己喜欢的点……"这时的沈开成装得满不在乎，仿佛口袋内有足够的钱似的，脸上堆满了虔诚的笑容。

"点。你们点，每人点自家喜欢的菜……"那个领队的工程师招呼着三位同伴。

等菜单再到沈开成手中时，他一看：明明白白、清清楚楚，四个上海人每人点一个，而且都不重样。沈开成在此基础上，又点了几个大菜和几个小菜。

很快，菜上来了。

"请请，我也不会点啥菜，好在师傅们自己也点了……吃、吃！"沈开成一边给客人倒酒，一边说着。但是两轮敬酒下来，沈开成发现一个问题：这几个上海人都没有动一筷他们自己点的菜……这可有点奇怪啊！开始沈开成没转过弯来。突然他的脑子一转，明白了！随后，他马上转过头，喊了一声："服务员！"

"来啦。有啥事师傅？"

"找几个盒子，我要打包……"

"好的。"服务员很快把打包盒找来交给了沈开成。

"你把这四个菜打包好。一会儿交这几位师傅带走……"沈开成指指桌上几个上海人点的菜，这样说。

"明白了。"

沈开成这么一张罗，可把四位上海工程师惊呆了。随后他们的脸上马上露出了会心的笑容，纷纷冲沈开成道："侬聪明，绝对聪明！"

"侬是个不简单的人，阿拉这个忙是帮定了！"

"帮定了！想啥法子也要帮侬弄出名堂来！"

桌上的气氛一下活跃和亲热起来。四个上海人轮番表态，把沈开成哄得开心得不得了！

"当时我反应过来，突然想到这些上海人在从家里出来时，家人都是知道的，上海男人会做人呀！你在外面吃饭，家里人怎么办？得带个菜回去呀！让家里人也跟着你尝尝'油味道'嘛！"20世纪80年代中期，上海四周的苏南乡镇企业如雨后春笋般涌了出来，而一向骄傲的工业大上海反倒日子难过起来。下岗和关厂的事到处都是，所以一般在单位工作的人，日子都很难过，身后的家庭更不用说。所以形成了家里谁要是在外被人请客，得带个菜回家让家人跟着沾点油水和味道的习惯。

可是像这样的事，桌面上还不太好意思说，尤其是跟第一次见面的陌生人。本来很骄傲的上海人，这么点小心思，竟然被沈开成发现了，而且做得让上海人满意又体面，于是吃饭的桌子上一下热闹和舒畅起来。

"侬个人灵光！"

"阿拉就愿意跟脑子灵光的人打交道！"

"放心放心，这么点小事，包在我们身上！"

正如几位上海工程师所说，沈开成的脑瓜子确实"灵光"，倘若不是他这次在饭桌上帮助几位上海工程师很体面地"打包"，那他可能就没有后面的什么事都顺水顺风了。但沈开成内心也是有苦难言，几十年以后的今天他对我说：当时那一顿饭，花掉好几百块钱，可是心疼得直想跺脚。"没有办法，在那种情况下，就是砸锅卖铁，我也得冲上去不是！"他说他自己在上海那几天吃一顿猪油菜饭，已经是很讲究了！

一碗猪油菜饭，当时是二毛六分钱。跟几百元的一顿请客相比，天壤之别，但沈开成说"值"，因为这顿饭请得值得，没有白吃。

后来的事情发展也是如此。上海工程师干印染清洗剂那么点"小事情"确实不成什么问题。很快，他们几位工程师把沈开成从黄石印染厂拿回的清洗剂小样产品的成分进行了分析，并给他列出了个"配方单子"，说要完成十吨的正式产品，其中有一种原料得到上海白猫洗涤剂厂去买回来，就能基本解决主要问题了。

"谢谢。谢谢各位师傅……"关键的一步解决了，沈开成的眼前仿佛看到了胜利的曙光。具体的买原料，当然还是要他自己去。

白猫洗涤剂厂就在上海，沈开成没有太费心就找到了。然而，外面的"大门"找到了，但里面的"门"就没那么容易推开了。

上海是中国工业的第一大城市，满城皆是工厂，这里的每一个工厂都足以让沈开成看得心潮澎湃、热血沸腾。看着人家的国营大厂，沈开成心里甭提有多羡慕了。

唉，我沈开成如果这辈子能在这样的厂子里当个工人啥的，也就心满意足啊！

别做美梦啊！似乎老天在提醒沈开成：你啊，该干啥就干啥吧！不是你的命，就别痴心妄想。

来干啥的？找人是不是？赶紧找呀！

沈开成不敢去妄想了，便打听清楚订购原料是其中一个科室来负责的，而科长是位中年女同志。

第一天进人家的办公室，沈开成只能站在一个旮旯边，因为来批买原料的人太多，而且人家不是政府拿来"批件"，就是国有企业对国有企业，你沈开成区区一个无名乡镇小企业，能跟人家抢？再说，你江苏金湖的一个小厂，又不是上海的，人家白猫厂凭什么给你批货呢？沈开成自知没有半点理直气壮的理由跟人家开口，所以只能默默地办业务、买卖货物。

第一天就这样过去了。

第二天，他又来到这个科室，依旧待在旮旯，只是站着实在太累，他便挤在一条木长凳的边边坐了下来……

到了第三天下午，沈开成觉得不能再这样下去了，照此，事情就永远没个结果。他开始动脑筋：不是这个女科长有权嘛！那就想法从她身上突破。

下班了。女科长依旧端端庄庄、一尘不染地拎着手提包出了厂区，坐上公交车往家回。沈开成紧盯其后，只差一二十步距离。女科长从公交车下来后，便走进一个小区，然后进了一栋楼，又上了楼梯……

沈开成像个探子，继续跟在后面，但又不敢跟得太近。上楼梯时，沈开成最紧张，既怕跟丢了，又怕人家发现他，所以必须掌握在一层多一点的距离。追到三层时，沈开成突然紧张地往后退了好几步，因为他听到走在上一层的女科长的高跟鞋的"咚咚"声一下不再有节奏了，而是停顿了下来。接着听到打开门锁的声音。

四楼。四楼没有错，但到底是哪个门，沈开成必须看清楚，于是他一听到"咣当"的关门声，就飞步蹿到四层，并且迅速准确地看清了其中一扇门是刚才那位女科长刚刚关上的……

她就住四楼的这个门！此时的沈开成，已经出了一身汗，但心里无比兴奋。

回到住处，他立即给家里人打去电话："把妈养的那头猪宰了，然后挑一条大腿，再到店里去扯上一块大一点的白布，把猪腿包起来，送到姐夫那里去……越快越好！"

"你！这是干啥嘛？那猪是妈专门养了要过年用的，咋随便宰嘛？"家里人很不高兴道。

"别管这！让你宰就宰嘛！"沈开成提高了嗓门，有些生气地道，"这事办不好，我们的厂就没法办下去了你知道不？"

"那……"

猪宰了。猪腿也用白布包起来，最后让沈开成姐夫的熟人搭上海的货车送到沈开成手里。

想办事，空着手是绝对不可能的。在 20 世纪八九十年代，这是起码的"行情"，尤其是跟上海人打交道。做乡镇企业的沈开成深谙此理。

现在，一切准备就绪。这一天快到下班时间，沈开成提前来到那位女科长家的那栋楼房旁等着，身上背着一只放猪腿的包……"她回来了！"

女科长的身影出现的那一刻，沈开成立即全身紧急调动起来，因为他要抓住分分秒秒，且不能出现任何差错。

女科长上楼，高跟鞋的"咚咚"声，有节奏地在楼道上回响……

四楼。没错。

等四楼的那扇门"哐"一声响起的瞬间，背着包的沈开成飞步往上冲，随后一手支住刚刚闭上的那扇门，并连敲了几下。

"啥人呀？"里面传出声音。是那位女科长。

沈开成立马屏住呼吸，尽量装出镇静的气息，将刚才楼梯上飞跑的喘气声压到最低："是、是我……科长，你开下门。"

门开了。"哎呀，是你呀！"女科长认出这个在她办公室待了好几天却又没说过半句话的"乡下人"，惊诧地道，"你怎么知道我家的呀？"

沈开成连忙把他前两天不敢在办公室向她提出要货的窘相和暗暗跟着女科长回家探路的全过程说了一遍。

随后是几秒钟的彼此沉默。这个沉默让沈开成心率增快了近一倍，因为他不知道自己的行为会不会让女科长反感。

另一头的女科长开始是静静地听着沈开成讲，后来是脸上的表情一直在急剧地变化着，最后只听她轻轻地长叹了一声："唉，你们乡下企业真不容易啊！"

这一"叹"，沈开成的那颗悬在空中的心一下落了下来。随后他听到的话更让他感动得快要掉眼泪："这样吧，明早上班时你到我办公室……"

她说得很柔软，沈开成听得像有人给他唱一支歌。那种感觉只有在绝望中看到了希望、黑暗中突然见到光明的人才会有。

"嗯，好的好的！"

"那——明天见！"

"明天——不不，这个给你……"沈开成突然想起肩上背的大猪腿。他赶紧塞给女科长。

"这是我妈养的一头猪，我让他们宰了，专门给你带来一条大腿……一点心意，你一定要收下！"沈开成恳切地说。

女科长也感动了，顿了下，说："那好吧。你这片诚心诚意，我先收了……"

"哎！"完成"任务"后的沈开成，此时像飞鸟似的欢快地下了楼。那下楼的速度比刚才上楼时要快了一倍，而且是带着无比兴奋和快乐的节奏。

> 你就像那冬天里的一把火，
>
> 熊熊火焰温暖了我的心窝
>
> 每次当你悄悄走近我身边
>
> 火光照亮了我　你的大眼睛
>
> 明亮又闪烁
>
> 仿佛天上星星最亮的一颗
>
> 你就像那一把火
>
> 熊熊火焰温暖了我
>
> ……

这一天剩下的时间，沈开成是哼着小调度过的，因为他实在是无法压抑内心的兴奋，也更加明白和清楚一件事：这个世界上，看起来作为一名农民极不容易办成的事，你只要心诚、腿勤、多动些脑筋，是可以办得到的——后来他通过一次又一次的经历，更加体会到这几乎是一条成功的人生经验。

第二天早晨，他早早地来到女科长办公室。这一回沈开成就像是个已经跟白猫洗涤厂很熟的国有企业业务人员，很自然和轻松地走到女科长面前。对方看了他一眼，从夹子里抽出一批已经写好的"批条"，朝沈开成使了一个眼色："你过来。你们厂的货已经批了，你去领吧！"

女科长不动声色，像为一名业务常客办事一样，将标有五吨货的"批条"给了沈开成。

"哎，谢谢。谢谢你。"沈开成接过条子的那一瞬，眼睛里闪着泪光，但他忍住了。

后来这五吨原料托人拉回金湖的一路上，虽然堂堂"厂长"沈开成像个搬运工似的只能挤在卡车后厢的一个旮旯喝风又吸尘，但他都不知道自己是如何回到金湖的家的，因为从上湖北黄石到去上海再回家，这一二千里，他为了给厂里拉这笔生意，没有正经眯过几小时……现在一切落定，他的心也跟着落定，所以一路打呼噜声，并不亚于汽车的颠簸声。

"这样的经历在那个时候，一个月里几乎常常要碰上几回……"沈开成说。

虽然这一回是冒着五百元的"业务费"打水漂风险，换来一笔好生意，但沈开成从中获得了极大的启发：原来化工生意确实可做，而且一旦做成功了，利润是大大的！

"金湖有机化工厂"这名字起值了！起对了！沈开成心头一乐：小的们，前些日子你们还嘲笑我这个厂名，以后我就要让你们看看咱"金湖有机化工厂"是如何地"牛"！

黄石一单生意的成功，使沈开成跃跃欲试。他的目光开始专注"化工"产品……

他像一只聪明而又十分饥饿的流浪猫一般，在形形色色的过往人群中寻找觅食的机会和可能。

那个时候的沈开成不像后来那么神通广大。黄石印染厂的十吨生意做完后，出于种种原因，比如路途太远、环节太多、利润空间太小，虽然也能给厂里的工人解决工资，但剩下的"油水"实在是太少。所以，沈开成心想：真正要把化工产品搞出名堂，还是要立足本地把生意做起来，所以他把目光投向了本地——最好在江苏本省。

本省、本地，有权威的，能跟公有企业、国家单位打交道的，那一定是各级领导最有资源和本事呗。

于是沈开成又去找乡里的王书记"磨"去——

"书记啊，你得帮助我呀！"沈开成有些苦闷，时不时地去找乡书记诉苦与恳请。干部们当然还是很喜欢这个年轻又有闯劲的沈开成，因为每次让他在大会上表态、发言，他都能把话说得很到位，而且提出的观点和思路也很前卫，具有一定引领和鼓励作用。在改革开放初期，在许多落后思想、传统困难比较严重和发展滞后的地方，像沈开成这样视野开阔、敢于创新的人不多，因此领导们还是比较喜欢和愿意帮助他克服困难，去办成点事的。

"那行吧，我让乡里的人、跟供销的人，还有县上的一些商业部门、计划部门的朋友也过来帮助'会诊会诊'，看看能不能帮你弄两个项目。"书记答应了。

于是，各路"神仙"便汇聚到沈开成厂里，给他出点子、找门路……沈开成认认真真地听着，又认认真真地记着，虽然有些事跟"化工"和生意无关，但也让他大开眼界，学到不少有用的东西。

"沈厂长啊，你不是要搞化工嘛，我们江苏南京那边可是有大的化工企业呢！你得想法往省里去走走关系……可别往湖北黄石那些大老远的地方去嘛，别舍近求远，成本太高。一旦吃亏，没有救你的！"

"是啊，省里的路搞通了，人家牙缝里省那么一点点给你，还不让你吃个饱嘛！"

"对啊，看准谁的东西好，是你想要的，你就找跟他关系好的人，主要是找领导，让他们帮你在中间牵个线，这事情不就成了吗！"

⊗ 爱特福集团行政楼

⊗ 企业改制时的生产厂区

"谢谢。谢谢大家的指点。谢谢。谢谢……"沈开成听后，茅塞顿开，收获多多。

"来来，家乡特色，随便用，随便用！"沈开成举着酒杯，不停地在酒席上敬各路"神仙"。他通过姐夫弄来的"洋河大曲"也确实管用，这些"神仙"又三番五次地告诉他应该找谁谁。"明白明白，我小沈就按你们说的立马去办！"

几瓶洋河大曲外加几桌家乡特产，真的让沈开成收获不小。

隔日，沈开成就往南京走。这回他要去找一个省里的领导。但他去的不是省政府，也不是省委，而是到了省妇联。

到妇联去干吗？

妇联有位领导姓唐，原来被派到金湖当挂职副县长，很有才，沈开成见过，所以金湖的人认为应该去找找她。

"她在妇联不搞化工也没关系呀，她们妇联跟各个口子都有关系的，妇联干部是很厉害的，你可别小看她们！"在金湖时，有人这样对沈开成说，所以这回沈开成便是按此"执行任务"来的。

"喂，你是干什么的？来找谁？"一进省妇联办公区，沈开成就被一位男士拦住。

"你、你这儿是妇联吗？"沈开成一看是个男的，怀疑道。

"是啊。怎么，不服？"男士把头一侧，反问沈开成。

沈开成赶紧说明："不是不是，我是说妇联怎么还有男的工作人员？"

"少见多怪吧，我在这里叫妇男，懂吗？"那男士满满的骄傲相。

"噢——"沈开成觉得自己见识真的太少。

"说吧，找谁？"

沈开成赶紧把来意告诉这位男士。

"找我们的主席啊！不早说嘛！跟我来！"妇男一挥手，便带着沈开成上楼。

昔日的"唐县长"，现在是妇联的"唐主席"，听完沈开成的来意，想了想，很爽朗地告诉他：她本人并不熟悉南京化工方面的管事领导，但妇联的"一把手"跟方方面面的人熟悉，他们一起去找找她，请她帮忙。

"一把手"一听说是"农民兄弟"来省城找她帮助发展经济，自然非常热情，便问沈开成："你想要哪方面的化工原料？"

"烷基苯的，南京烷基苯厂。"沈开成说。

妇联"一把手"笑了，说："我正好认识这个厂的陆厂长。我帮你联系一下。"

一个电话打过去，两位领导一番寒暄，对方爽快地答应说："你让他来厂里找我吧！"

放下电话，妇联"一把手"便对沈开成说："为了你方便，我给写个条，你带着它就没问题了。"

沈开成当时真的很感动，看看人家领导，办事就是严谨，有纸条在，就可以避免许多可能的麻烦。谢过妇联领导后，沈开成便来到南京烷基苯厂。

沈开成聪明，他想着过去搞水泥制品厂时出去要水泥，就是靠着手提"土特产"，跑到人家家里去磨……这回到了省城，他依然按"老套路"办，结果人家陆厂长马上阻止："千万别上我家里去，有事我们到厂里谈啊！你到我们厂里来找我就行。"

沈开成没辙了，只好空着手跑到南京烷基苯厂。哪知一进门，便见到了陆厂长，人家正骑着一辆破自行车，到处在转悠——原来是巡厂。

这么大的厂子，他竟然骑旧自行车巡厂！这一件事，让沈开成暗暗吃惊：原来大企业家跟那些"土豪"起家的有钱人真不一样啊！

后来是与厂长在他办公室坐下谈的。

"说吧，你想要什么？"陆厂长直截了当地问。

"我就想看看你们厂能不能给我们点原料产品?"沈开成虽说胆战心惊,但还是把自己想要说的话吐了出来。

厂长马上颇为难地说:"原料是国家的,而且我们每天都要向上面汇报的,这个肯定是不行。"

"一点也不行?"

"绝对不行。这是红线。谁都不能碰,就是省长来,我也是这句话。"

突然冷场。

片刻,沈开成说:"你们厂这么大,有没有废料什么的?"

厂长寻思道:"这个我问问,应该还是有些的……"说完,他抄起办公桌上的电话,打到了管生产的负责人那里。

"我们有没有废料啊?"厂长问。

对方回答:"这个就看你厂长怎么说了,你说有就有,你说没有就没有……"

厂长:"啥意思?"

对方:"厂长,这不复杂呀,因为我们不都是桶装的嘛!每桶二百公斤。可就是因为桶装嘛,装的时候总是有些剩渣剩料的,这些东西平时我们也就当垃圾废物扔在一边……"

"明白了。"厂长放下电话,把刚才跟生产部门负责人的话转告了沈开成,并问他这些"废水""废料"行不行。

沈开成一听大喜,连连点头:"行行,就这个我也要,都要!"

厂长笑了,说:"那你去找管生产的人吧。"

这样,沈开成就找到了生产部门的人,然后又由生产部门的负责人指定给了具体的收拾垃圾和废品的工人师傅。

与具体负责和底层的人打交道,这回轮到沈开成发挥主观能动作用了……

师傅指着那些脏兮兮、黑乎乎的东西,问沈开成:"你沈厂长要这些东西干吗？做地里的肥料？还是干啥？"

沈开成说："种田哪能用这东西！这东西往地里一浇庄稼全得死掉！"

"那你用它干吗？"

"做化工产品呀！洗涤剂啥的，比如家里洗碗、洗锅等等。"

"原来是这样。"

看了废水废料后，沈开成回头报告厂长，说那些废水废料中还是有他所需要的东西，不过比较少，五分之一的可以提炼提炼。

厂长算是对妇联领导朋友有交代了，便说："那你就看着需要把废水废料弄回去吧！"

沈开成立即表示万分感激。又问："多少钱一桶？"

厂长则问了另一个问题："你用啥装回去呢？"

沈开成："我、我们也没有啥东西可以装的，看厂长能不能用你们的桶……"

厂长想了想，点点头，说："那就这样吧，桶呢你还得按实际价格给我们厂算，其他的废料嘛，就算了！"

沈开成一听差点没跪下给厂长磕头："谢谢！谢谢厂长！"

最后的结果是：每个桶原价大约是四十元（新桶），厂长按旧桶给沈开成结算：十五元。沈开成呢，在具体操作时找的是车间主任，因为这里面是"大有文章可做"：装废料时，沈开成便已经同具体帮他干活的工人师傅很熟了，于是他"步步为营"，装上十桶八桶后，便跟人家说："能不能给灌半桶不是废弃的原料？"

工人师傅马上愣了一下，然后又看看沈开成，见他一脸真诚和恳切，便佯装啥都不知道似的，给悄悄灌了半桶好的原料……

"谢谢、谢谢。"沈开成这回可不是用嘴上的空头"谢谢"，而是用他的"土特产"进攻，最后是皆大欢喜。

"那个时候，中国百姓都很穷，也就这点能耐……"沈开成戏言。

但这是实话，道出了中国一个历史进程中的艰辛与梦想的本质。

这一回，其实沈开成是给厂长带了点"礼物"的，当时在家里他动了不少脑筋：到底送什么呢？这回是求人家办"大事"的，不能总拿点鸡蛋、咸鱼之类的"土特产"吧。那还有啥呢？城里干部们会吃什么呢？海参？对，听说海参营养高，大老板会喜欢这个的。于是沈开成到县城的商场里专门跑了一圈，也不知哪种海参好，看到一种叫"乌参"的干参就买了一斤，盒装的。沈开成觉得送给厂长还算"体面"吧，总比"土特产"洋气点、大气点。他心里这么想的，所以当他从包里拿出来送厂长时，厂长马上按住他的手说："千万别千万别！一则我不吃这些东西，二则我根本不会做……"沈开成就有点着急了，因为他认为这是他有生以来最拿得出手的"大礼"被拒，便意味着这趟"关系"很难达成，所以现场脸都涨红了。"厂长是不是看不起我们农民呀？"沈开成把这话都说出口了。"不是不是，不是的！"厂长解释，他确实不会做海参这类食品。"要不这样，你跟我走，把你这礼物送到我们厂的食堂里，我让师傅们做……那样我也吃点如何？"厂长说。还能说啥好嘛！不过，沈开成从那一刻起，对这位厂长十分敬重，他觉得这样的人少见，不贪，也处理得体，不让人难堪，而且他认定：自己遇到了菩萨。

第二回沈开成又去烷基苯厂。因为熟门熟路了，他便直接到了厂长办公楼。但正想推门而入时，他止步了：厂长办公室里面有人在向他汇报工作，并且听厂长一边在撕什么东西，一边在跟向他汇报工作的人吩咐具体事宜。

到底是大厂的厂长，工作真正忙啊！十来分钟时间里，进进出出有好几拨人……

"走走，我跟你们一起去现场看看……"沈开成站在门外已经有一二十分钟了，正当他想要往里走时，突然听里面的厂长说这话。

无奈，沈开成又不得不将刚抬起的一只脚缩了回去。

"啊哈，你来了？！"厂长看到了沈开成。

沈开成赶忙与他打招呼。"现在我可没空……"厂长说。

"我没事！没事！"沈开成忙解释。

厂长和他的同事走了，沈开成看到厂长又骑着那辆破自行车开始去工作现场……这一幕让他记忆深刻：原来这么大的厂的厂长是这样当的。

他的内心再一次深深地被震撼。

"怎么你还在这呀？"约莫两个多小时，沈开成一直没有离开厂长办公楼，并在厂长的办公室门口等着，他刚进厕所方便，一看厂长也进来，厂长有些吃惊地问沈开成。

沈开成尴尬地笑笑，说："我、我不在这还能到哪去了？"

厂长看看他，打趣道："你这人也挺执着啊！好好，跟我到办公室坐……"

坐下后，厂长便问："找我有事？上次的废料弄得怎么样？"

沈开成连忙感谢后，说："……拉回去，技术人员试了几回，就是不行。"

"为什么？"

"就是那些都是次品……"

"噢——你想怎么办呢？"厂长同情道。

沈开成看看厂长，欲言又止，而且两眼闪着几点泪光……

厂长："你说嘛，我们也算熟人了！"

沈开成："我想厂长能不能给我们点正品……"

厂长一下陷入了沉默。

两个男人的那间屋子内，只有墙上的那只挂钟走动的声音。

少顷，厂长说话了："你想要多少？"

沈开成的脸颊抽动起来："两吨。就两吨……我先干着。"说完，他的眼睛盯着厂长。

可人家一听这话，便把目光移开，移到窗外、移到高高的天空……

又一阵静默。

厂长轻轻地说话了："上次你带的条子上，领导倒也说过看能不能给你点正品……"

"是是。"聪明的沈开成接话道，声音很小。

厂长长叹一声，拿起电话，嘴里说："我给我们的领导打个电话吧……"

"嗯。"沈开成屏住呼吸。

"老领导啊，您最近可好？有些日子您没到我这边来检查工作了呀！哈哈……您要不来，时间一长我就可能迷失方向了呀！哈哈……真的真的。就盼您来呀！真的？下个月就来？！太好了！太好了！我做充分准备，迎接您的到来。好的好的，我一定不惊动其他人。老领导，今天有一件小事想向您汇报一下：现在不是地方上都开放了嘛！中央开完经济工作会议后呢，江苏各个地方都动起来了，省委、省政府也希望我们多支持地方特别是支持长江以北的广大农村的发展。对对，江苏的苏南与苏北的经济差异太大了！主要原因就是长江以北的基础差，尤其是农村，是的是的。所以呢，为了表达我们对地方经济特别是苏中、苏北地区的经济发展的支持，我想我们是否可以从计划生产指标中拿出少量一些产品支持支持他们？您说可以啊？这太好了！是是，少量，肯定是我们首先要完成好国家的计划任务，在这基础上从超额完成的任务中调剂少量的产品支持省里的一些经济落后地区……好的好的，有您的指示我就知道怎么办了？谢谢，谢谢领导！下个月我可就在家等您啊！再见再见。祝您身体健康，事事如意。"

厂长放下电话，重重地喘了一口气，仿佛打了场篮球似的累……然后说："行了。可以先给你两吨吧！"

沈开成听完这话，两滴热泪在眼眶里转动着："谢谢，谢谢厂长……"

"不忘初心，牢记

"不忘初心，牢记使命"主题教育
——江苏爱特福84股份有限公司党支部

"不忘初心，牢记使命"主题教育
——江苏爱特福84股份有限公司党支部

使命" 主题教育

"不忘初心，牢记使命" 主题教育
——江苏爱特福84股份有限公司党支部

"啥都别说了，去办吧。"

"哎。"

这一天，在南京烷基苯厂，两个原本并不相识的男人，为了一个共同的目标——让普通的刚刚起步的一家乡村"化工厂"完成了一项具有划时代意义的奠基任务。

至少，沈开成是这样认为的。那位国有企业厂长呢，他内心是在想：几十年来，国有企业的产品都是"国家任务""国家指标"，我这样做可是第一次"违禁"啊！

在如今，这是一件小事，可在当年、在改革开放初期的那个年代，这两个男人的心思代表着两条不同战线平行发展的中国工业的轨迹，今天的年轻一代或许并不能理解。但中国确实就是这样走过来的，沈开成是其中的一员践行者。

"知道在当时他厂长批准给我两吨正品意味着什么吗？等于是救了我的命、等于是给了金湖有机化工厂奶吃啊！"今天的沈开成这样说。

"二百公斤一桶，整整十桶！"沈开成说，当时他借了车把这十桶正品原料从南京拉回到金湖陈桥乡的厂区后，县里、乡里的人都觉得沈开成太了不起啦。

"沈老板这回给金湖、给陈桥乡捡回了十个大元宝啊！"大家这样说。

那一刻，沈开成觉得自己的脸上光芒万丈。

第五章

爬坡的骆驼

金元宝到手，并不意味着就能实现它的价值。这是因为，还得有人去把它"包装"起来。更何况，沈开成现在做的是化工产品——化工原料到化工产品之间还有相当长一段距离。也就是说，即便是南京的那位善良、好心的陆厂长给了沈开成正品原料，沈开成把"金元宝"抱回到金湖陈桥乡自己的厂里后，如果没有专业技术人员指导，它依然还等于是看上去好看、实际上啥也不是的"废品"嘛！

沈开成为此真的是着急了。他想：各种"关系"都走了，人家也冒着风险给足了你面子，现在是你自己厂没有能耐把化工产品搞出来，这只能怪你笨到家了！唉，农民嘛，是不是就只能"面朝黄土背朝天"呢？

"没技术绝对是不行的！"沈开成拿着自己的"产品"到了北京，请有关机构检测，结果被人家训斥得耳根发热了好几天。

这可怎么办？大热天的，穿着一件"小黑点"T恤衫的沈开成在长安街漫无目的地走来走去，一时不知如何是好。

突然，他一跺脚："不行，我还得去找陆厂长帮忙。看来也只有他是真正的'菩萨'，能救我了！"

想到这儿，沈开成擦擦额上的汗珠，甩开双脚，就往北京火车站方向走。

那个时候的火车都是见站就停的绿皮慢车，北京到南京现在只需三个多小时的高铁，但那个时候沈开成在车上待了足足有二十多个小时，中途有时在一个小站上停等一两个小时是常有的事，而临时决定往南京走的他，上车时买的是站票，也就是说没有座位。那个时候说站就得站，站到哪儿算数那只能靠运气了。沈开成那回运气不怎么样，所以他站了好久好久，反正等到有座位时似乎已经快到济南站。

"南京站到了！有下车的乘客请抓紧时间下车……"迷迷瞪瞪的沈开成突然被一阵吵吵嚷嚷的广播声惊醒。一看，正是"南京站"，赶忙拎起行李包就往车门口冲……

也许是太心急，也许是沈开成觉得他跟陆厂长是老"关系"了，这回火急火燎从北京到南京时，沈开成竟然忘了给陆厂长带点啥"北京特产"。等他后悔时，已经来不及了！

到了陆厂长家的楼底下，沈开成的脚便不知到底是往上走还是往后退，因为他这么个德行咋去见人家呢？他瞅瞅自己身上一身臭汗、两天没洗澡擦身子，而且双手空空的，咋去见"朋友"？

你可是来求人家的呀！耳边是妻子在家经常提醒他的一句话。正在沈开成左右都不是的时候，突然有人喊他："小沈，你啥时候到的呀？"

沈开成回头一看，是陆厂长夫妇，他们刚从一辆出租车上下来。他们的身后，出租车司机帮着将一口约一米高的缸从车上搬下来。

"师傅，你能再帮忙把这缸送到我家里去……"陆厂长跟沈开成打招呼时，他夫人便跟出租车司机在商量。

"几楼？"

"七楼。"

司机一听便拉开驾驶室车门，开车走了，回头从车窗内传来一句话："实在对不起，我还有活呢！"

"哎哟，这——"厂长夫人跺脚直着急。

这一幕，在一旁的沈开成都看在眼里。也不知是他突然看到了"机会"，还是他的情商太高的缘故，只见他把自己的小行李包往厂长手里一塞，说："麻烦厂长帮我拿一下……"说完，就扛着那口一米高的大缸往楼上跑……

"小沈、沈厂长你、你行吗？"陆厂长夫妇又喜又惊地跟在他屁股后面气喘吁吁地爬楼梯……

"没事！"沈开成也不知从哪儿"借"来的力气，竟然一鼓作气把一百多斤重的大缸从一楼扛到了七楼！

这一扛，沈开成感到浑身舒服，透心地舒服和开心——因为他知道这是"天意"，是老天给了他一个机会：老天知道我是来求陆厂长帮忙的，而且两手空空来的，如果不是这么个扛缸的机会，我沈开成就是脸皮再厚，也不敢轻易空手上人家大厂长的家呀！

此时的汗水那么酣畅地从每一个毛孔中淌出……淌到了他的发根，流到了整个脸颊，再滴到胸前背后，然后湿透那件"小黑点"T恤衫……

"哎哟哟，小沈啊，你太了不起了、了不起！"陆厂长夫妇感动得不知如何是好。

"腰扭了没？"厂长关心的是这个。

"没有。我是干活出身的，放心！"沈开成这会儿尽显英雄本色，其实他正在用右拳使劲地敲打着后腰杆呢！他心里说：这个时候，我咋能说不行嘛，况且大缸不是已经搬到七楼了嘛。只是他看看快到自己大腿根的大缸，自己对自己今天的表现都感到有些吃惊：大概是一种表现欲在起作用吧！

沈开成跟厂长苦笑着时，厂长夫人过来一把拉过沈开成，让他进屋洗一洗、擦一擦。她递过来一块白净的毛巾给沈开成用……

"不行不行，我、我……这么脏……"沈开成不好意思起来。

"你有啥不好意思的嘛！"陆厂长过来将沈开成的头往水龙头上一按，然后就帮着他洗了起来。而厂长夫人则用另一块毛巾给沈开成擦后背……

"别别，我、我自己来！我自己来……"沈开成哪见过这般阵势，吓得赶紧想逃脱。

"干啥？你这人……弯下腰！"厂长一把将他的头又按下，夫妇俩人一边笑，一边帮着给沈开成又是洗头又是擦身子……还说，我们有洗涤粉，毛巾脏了可以洗得干干净净的。

"我……"沈开成不得不任由他们帮助自己擦洗。那一刻的他，眼泪直往下掉……

他太感动了。感动得不知如何是好，只得任由厂长夫妇俩帮他擦洗……他心想：我小农民一个，人家可是城里人、大厂长夫妇啊！

洗完、擦净后，厂长和夫人又把茶和水果放在沙发前的小桌上。

等沈开成坐下后，他才知道陆厂长夫妇俩买这口大缸是为了腌菜用的。那个时候许多百姓家庭自己腌雪里蕻吃，但令沈开成没有想到的是像陆厂长这样的大企业家，竟然也要自己动手腌菜吃，这也从另一方面证实了陆厂长里里外外都是个党的好干部、好领导。

沈开成心中更加敬重这位他的"菩萨"。

"你这是从哪儿来？"陆厂长问。

"北京。我去那里请专家们帮助检测一下我们的产品……"沈开成便把自己到北京干啥去和碰到的问题跟陆厂长说了，最后低着头，道，"没办法，我想只能求厂长看看能不能帮我们找个工程师，给我们指导指导……"

"是这样。"厂长若有所思地点点头，说，"这个不难，我想一想，看让谁去帮你一下……"

沈开成的心率加速，双手合掌。

"有个女工程师，她业务能力非常棒的。"厂长说。随后，他抄起电话打到那个女工程师家，大体说了这么些话：前些日子有领导向我推荐了一位厂长，他们要搞化工产品。现在缺技术指导，你去帮他们指导指导，想法帮一把忙。反正我们是国有企业，有些技术你把好关，不要随意泄露出去。一般性的技术，你该怎么教都行。这事就交给你了，也算我们支持地方经济发展嘛！

"太谢谢厂长您了！"等厂长搁下电话，沈开成连忙站起来向他鞠躬致谢。

"我们还客气啥！你看看今天把你累得……腰没事吧？"厂长关切地问。

"没事！"沈开成兴奋得快要跳起来了，哪顾得上腰疼不疼、身子累不累的事儿！

厂长指定的那位女工程师是位技术高手，几个电话就能把沈开成他们的技术难点给点拨得一清二楚。其实呢，沈开成他们刚开始搞的那些消毒洗涤液也并非是什么"高科技"，只是普通的化学合成剂而已，又是民用的东西，在中国百姓生活水平还没有达到高水平的时候，人们使碗、用锅之后的油渍能够有什么东西把它洗干净就行，而沈开成他们的产品最早就是这样的洗涤剂、清洁液而已。但即使是这样的产品，在当时的市场上仍然非常热销，因以前少，现在有了，大家需要和喜欢用，所以市场价值十分大。沈开成创建的"金湖有机化工厂"能够抓住这个时机，可谓创业有方，恰逢大好时机！

女工程师不仅技术好，人又热情，每次帮助沈开成他们技术指导时，都是尽心尽职，毫无保留。她喜欢金湖本地的甲鱼，有点跟上海人一样。中国在80年代曾经风靡过一阵甲鱼热和中华鳖精啥的，弄得全国人民好像谁不吃这些东西就不能长命百岁似的。甲鱼到底有没有那么高的营养有待科学继续论证，但野生甲鱼肯定不会差到哪里，沈开成说他家乡陈桥乡一带的野生甲鱼确实不一般，所以他的这个"土特产"是他外出搞"关系"路路通的"撒手锏"。这位女工程师偏偏也特别喜欢吃野生甲鱼，有点"来者不拒"。

这不能怪人家贪，是因为物以稀为贵。那个时候"全民吃鳖"，你能弄到几只野生甲鱼等于现在有人送你一台华为Mate60手机，时尚又实用，牛得很！

"沈厂长，可不是我贪呀，实在是有人知道我能弄得到野生的甲鱼，所以好像我能天天弄来似的，总笑眯眯地来跟我套近乎呀，你看这事……"女工程师其实也是个爽快人，有啥都跟沈开成说。

"放心，工程师，这点小事包在我身上！"沈开成是个能干和大包大揽的人，所以尽力去满足女工程师的这点人情世故。

"确实，后来她的左右邻居、上下领导，还有朋友们，都会找她要野生甲鱼。而她也真心为我们厂做了许多好事和技术上的贡献……"沈开成说。

在 20 世纪八九十年代的中国大地上，内地城乡的这种"工程师市场"是一大经济风景线，它从某种意义上讲，促进和加速了我国现代化工业建设，特别在江浙一带，那些后来发展得特别好的乡镇企业，其成功的秘诀几乎都是这样的。

几只野生甲鱼、几斤咸鱼干，外加几斤鸡蛋，最后实惠的依然是像沈开成他们这些农民和广阔的农村，正是这些廉价的"土特产"作为社会活动的"润滑油"，使得一直以来靠天吃饭的亿万农民，在城市工程师们的帮助下，开始了简单的、后来慢慢成熟的工业生产，甚至再后来的现代化大型工业生产，彻底改变了生产方式和经济来源，摆脱了贫困，从此走上了富裕道路……谁合算？自然还是农民们和广大的农村。另一方面，今天中国能够如此强盛，如果不是富裕起来的农民们不再纯粹以种地为生，他们成群结队地走到城市的工厂，去推动城市工业的现代化进程，又怎么可能有日新月异的深圳、有如诗如画的大上海，以及繁星般的一线、二线、三线城市的飞速崛起与发展呢？

生产方式的等价交换，符合马克思主义的经济理论，更符合中国特色社会主义发展事业。沈开成走的路，就是中国特色社会主义道路的典型轨迹。

沈开成的化工厂就是这样在一个又一个"朋友"、一个又一个"关系"的"帮忙"下开始批量生产出来……之后他又把这些产品，通过陆厂长和女工程师的"直线联系"，进行产样、化验、检测等相关工序，最后获得"合格"出厂的"出生证"。

"行了，这回我们可以去赚钱了！"那天，沈开成兴奋得比自己妻子生第一个娃儿还要来劲。

"你想想，我们把做好的产品装满一车，就是五吨吧。五吨就能卖六千元钱！六千元现在听起来好像根本不是钱似的，可在那会儿它等于我们浇注多少水泥板呀！"沈开成是从"小打小闹"起家的，他珍惜企业发展的点点滴滴，尤其是珍惜他搞洗涤剂产业所挣的"第一桶金"。

第一个自己动手研制成的洗涤剂做成后，沈开成的内心说有多高兴就有多高兴。一则他在陈桥乡的十里八乡的干部与百姓中，获得了信任，那些曾经嘲讽他办"金湖化工厂"的人，这个时候也变成了"哑巴"。人家沈开成就是把"化工产品"弄出来了，而且可以卖出去赚钱了，你还有啥说的？这个很硬气，让沈开成的脸面一下神气起来。二则家里人也感到几分自豪。尤其是两个正在学校读书的女儿，这些年因为沈开成办厂，整天东奔西跑，没搞出个名堂，所以他自己也觉得亏欠家里很多，特别是对两个正慢慢懂得美的女儿。平日里，妻子总在嘴上念叨："人家的女孩子由大人带着到县城、到省城玩去，照照相，看看你，整天不着家，办厂也没办出个样子，反倒弄得一家人连到城里玩玩的机会都没有。"这样的埋怨，沈开成听过不知多少次。他也不是不想带着女儿和家人上城里去玩，但觉得没给厂里的生意做成一笔，哪还有心思带家人出去玩嘛！

"这回到省城送货，我特意租了人家一辆双排座的车子，你们跟我一起到南京玩一趟……"一个星期六的晚上，沈开成回到家，跟女儿和家人说。

"真的呀，爸爸，可是你说的呀！"两个女儿一听，高兴得跳了起来。

"还有假嘛！今晚让你们妈把新衣裳给准备好，明天一早我们就走！"沈开成说。

"好——到南京去啦！"俩女儿高兴得张开双臂，像飞鸟似的奔出家门，在通向学校的小路上奔跑起来……那个兴奋劲，难用语言形容。她们其实是想把这个消息传给乡邻和同学们听，让大家羡慕她们明天上省城的事儿。

第二天，一家人坐车到了南京，痛痛快快地玩了一通。然后由司机开着车回到县城，在沈开成的姐夫家吃饭。吃饭之前，沈开成又领着女儿和家人，到一个新建的楼房和公园那里照相。然后在他姐夫家吃了一顿丰盛的饭菜，因为高兴，所以席间还喝了点酒。那个时候，交通规则也没有像现在那么要求，开车的司机也喝了不少酒。

"没事没事，反正没多少路了，我就喝两杯……"司机没有管住自己的嘴。

谁也没有想到，回老家的半途上，有些酒劲的司机眯盹了一下，载着沈开成一家四口的双排车突然车头一打滑，直朝旁边的河里冲下去……

"哎呀！"沈开成此时坐在司机旁的副驾驶座上，他还没有来得及反应过来，人就被甩出车窗外，掉在了水中。那水不深不浅，个头不高的沈开成是没顶在水中。当他从水里探出头来，惊恐地往车子看去，驾驶室内的司机傻愣在座位上，样子像是双手继续把着方向盘，实际上完全没了意识。

但沈开成最着急的是，他往车后排看去，竟然没有见到女儿和她们的妈仨人……

沈开成的心一下吊到嗓子眼上。他顿时使出全身力气，双手左右几下，便划到了车旁。先是使劲敲车门，但没有任何回应。他赶紧想拉车门，可怎么也拉不动，因为此时外面的水流哗啦啦地正在涌向车内，其压力远比他的力气要大。沈开成连忙将车门往里推，结果同样推不动，任他使出全部力气，车门依然纹丝不动。沈开成急了，一边拼命地喊两个女儿的名字，一边猛烈敲打着车门，然而一切无济于事。

完啦完啦，沈开成的嗓子像火烧了一样，发不出声……

就在这个时候，当他再去拉车门时，这回竟然把车门一拉就拉开了——原来车内的水已经溢满了驾驶室，而也正是这样，车门处的压力就不再存在，所以他并没有太费力便把车门打开了。

沈开成一把先拉出来的是他妻子，然后他又迅速将两个女儿拉出来，推到岸头……

这一刻，沈开成的眼泪一下涌了出来，因为他看到自己的两个宝贝女儿一个奄奄一息，一个脸上鲜血正流淌着……

"晓云、晓霞啊，是爸爸害了你们呀！"沈开成再也无法抑制住心头的苦水，双腿跪在女儿面前的地上，一边帮女儿们擦，一边流着眼泪埋怨起自己。

"我从小吃的苦太多，所以平时吃再多的苦、受多大的冤屈，我从不掉眼泪。但这回我看着女儿和家人这么个惨状，再也无法忍住眼泪……"采访时，沈开成这样对我说。

我看到今天的他，说到此处，两眼突然泪涌。这是一位饱经了岁月风霜和创业苦难磨砺的七十岁硬汉的真情流露……我们的采访不得不暂时作片刻的停止。

现实生活中的沈开成还要继续他的创业。那一次意外事故，给了他刻骨铭心的教训：安全本身比生意、比赚钱、比一切都重要。假如安全得不到保证，何谈其他事呢！

"所以从那一次起，我对安全格外重视。"沈开成说。

但创业之初的他，人生的路还很漫长，他要吃的苦、该要低的头，依然在前面等着他——

"大家听好了，从现在开始，你们每个人守一口缸，这口缸就是你们的饭碗，也是我这个厂长的饭碗，谁要是不好好干活，那等于就是你自己砸了身边的这口缸。你要是砸了这口缸，我也只能砸你的饭碗，因为你等于先砸了我的饭碗。这个道理嘛大家一听就会明白，所以呢，你们要好好干活，认真工作。在这里看起来是用根杆子在缸里划拉几下，可这跟地里干活不一样，我们这叫生产产品，是要把你缸里的洗涤剂调好后卖给人家的，要把钱赚回来。这样才算完事。因此呢，你们必须按照技术员要求的一项一项去做，做到位，达标了，才算你的饭碗没白端。听清楚了没有？"

"听清楚了！"

二十三口缸。二十三个人。沈开成说，他的厂最初就是这么弄起来的。"完全是作坊式的。"沈开成说。

缸里的"水"搅和匀后，卖出去其实更是个复杂的事儿。那守在缸边的二十三个人只能干自己身边的事。卖货，走市场，沈开成还得亲自去干。

乡镇企业家的成功和发达，其中一个重要原因，就是他们从一开始就在工作岗位上什么都干过，尤其是走市场方面，他们完全是靠自己的双腿"走"出来的。

沈开成也一样。

"我们那会儿自己没有销售人员，也不知道如何才能把东西卖出去，产品一多就是问题。再说，这种化工品以前都是国家控制的生产资料，统一专业渠道，我们这些农民伯伯哪知道这些门道嘛！"沈开成说。

世上确实有聪明人，沈开成就是其中一个。

"我们农民办的化工厂在'国家名册'上找不到，更不用说有谁来主动找你买产品。开始我们生产十吨八吨，附近几个地方找找熟人也就把它卖了。可后来到了一天能生产几吨、十几吨的时候，你就着急客户在哪里了呀！这可怎么办？"沈开成说。

于是他就去到处打听那些国营化工单位的产品是走的什么销售

  参加企业周年庆的爱特福人在 84 广场合影

  参加 8 月 4 日企业周年庆活动的爱特福人

渠道……

"沈厂长啊，你不知道最近我们都到武汉去开会呀？是的是的，那是化工产品专业会议，全国各地的同行都会到那里去的。你可以去看看……"有一天，一位国有化工企业的朋友告诉他这个消息。

原来每年都有这样的会议啊！

沈开成去了。第一次参会，他并不是正式代表，只能溜进去，混在会议代表之中，然后在会场找个角落坐下来听会，但他主要任务是"看会"——看他们这些同行怎么讨论化工产品的形势和方向，看他们相互之间如何做生意、看那些需要货的单位的人怎么来会场洽谈生意……这一看了不得：原来他们彼此是这样交流的啊！

怎么交流？"发名片！那个时候发名片是一大时尚和交流方式，就像现在跟生人见面后马上掏了各自的手机'扫一扫'一样……"那天在沈开成的办公室，第一眼我就好奇地看到他办公室的"独特景致"：满是各式各样的名片，以及可以用"乱七八糟"来形容的形形色色资料。

"它们可都是我的'宝贝'……"沈开成像展示珍宝藏品似的介绍给我听，说这仅仅是一小部分，如果放在一起至少有三米高。

"起码有十袋名片！它们代表了各个时期我们企业与企业之间、人与人之间交流的方式。"沈开成不无骄傲地拿出一张自己早期的名片，说这名片就是他第一次参加全国的一个化工会议后，学着人家的模样在会场外的大街上临时印制的，上面有他的大名，有"金湖有机化工厂"的企业名，自然还有电话地址等等，包括生产的产品。

"第一次参会没有经验，也不知道开会是需要提前告知人家主办方的，所以我们只能临时找地方住宿，每天早出晚归……早上去抢占多余的会场座位，晚上就找那些大企业老板或者各地来的采购人员，跟他们认识、跟他们聊天，主要是请他们吃饭、喝酒。我的酒量就是在那个时期练出来的，还有这个肚子！"沈开成拍拍自己的肚腩，自嘲道。

乡镇企业家走过的路，其实只有他们自己知道，那种酸甜苦辣，或许在世界经济发展史上都是罕见的，就像中国人吃苦耐劳的精神一样，在世界首屈一指。

我听一个昆山领导说过，他当初为了招商，为了等待见一位台湾商人，在上海一家酒店门口两天两夜蹲在那里不敢离开一步……"那时我们昆山穷，台湾人哪看得上我们嘛。根本不可能主动来见我们，所以你得去等人家的空当，看看有没有可能获得见一面的机会。但人家有人家的事，比如人家谈完正事后，要去吃饭喝酒，你就得在门口等，看他有没有空。等人家吃饱喝足了你再想去跟人家谈事，人家眼睛一瞪，有啥好谈嘛！晚上回酒店了你以为人家有空了，可人家还得去卡拉OK，一唱唱到两点钟，我们蹲在人家包厢外面等啊等，等得都睡着了……眼睛一睁开，发现人家又不知到哪儿去了！我们又赶紧回到他住的酒店守候。一直到第三天早上发现那几位台湾商人拉着行李要走了，这个时候我们真着急了。上前跟人家说能不能到我们昆山看一看，保证能给你们想要的优惠，比如地、比如房子，还有你们要的劳务人员，等等。那台湾人说现在要到机场去，还有三四个小时要上飞机了，你们别捣乱嘛！我们说不会误你们上飞机的，我们昆山离虹桥飞机场也就几十分钟，保证不会耽误各位先生上飞机的时间。台湾人半信半疑，就在这种情况下，我们把他们拉到了我们昆山地盘上，这一看，竟然真把几个台湾人留在了昆山办厂……你可知道，为了这笔招商，我们几个人整整在上海三天三夜没有眯上几十分钟！"这位后来当上了苏州市级领导的昆山朋友，后来因为胃部患重症而过早地去世了。据我所知，他的这病就是在那几年招商时"喝"出来的。

"我们都一样……"沈开成说他经历的这些事可以单独写成几本书。我自然信，像昆山这样邻近上海，有这么好的自然条件与方便的交通，在发展经济过程中所经历的往事还要冲出"血路一条"，沈开成家乡就是一个鸟不拉屎的地方，他的每一步创业之路绝对远比"昆山之路"要艰辛得多。

"不说这、不说这！"有几次，他断然拒绝我这方面的"邀请"。但那时，我会看到他的眼睛是红红的……

"很多事在那会儿对自己刺激特别大！"但他还是跟我说了一些"刻骨铭心"的事——

出去跟国有企业厂长、科长们一起开会、吃饭，人家气派大呀！吃饭都要找当地最有名的饭店，而且坐下来就是"满汉全席""名菜名酒"。十几个人一桌，先是喝酒，喝得一个个东倒西歪，然后就一个个被扶着出去。"走啊，沈厂长！我们还要去卡拉OK呢！"有人喊沈开成。可沈开成的双脚就是走不动，因为他的两眼被满桌未动几筷的菜肴惊呆了：武昌鱼啊，这么好的、这么新鲜的鱼在肚子上挖一块就不吃了？那大盆红烧肉也就碰了个角呀！

从小挨过饿、在家省吃俭用的沈开成头一回被这种场面所震撼了：原来人家做生意、吃喝玩乐是这样干的啊！这就是"开放"？这就是生意场？

起初，这样的场面，沈开成是被吓着了、惊呆了，他心想：我们乡镇企业，一个螺丝、一斤黄沙、半袋水泥，都当作宝贝似的，不敢随意丢，就更不用说浪费一桌菜、一斤山珍海味……

我们是可以自己饿着肚皮给"关系户"送这送那，但绝不轻易糟蹋粮食、糟蹋每一分血汗钱！沈开成想到这里，找服务员来把剩下的大半桌菜肴"打包"——其实那个时候还没有流行"打包"，纯粹是他沈开成看着如此浪费心里难受而已的所为。

几回下来，沈开成也慢慢融入了这种隔三岔五的花样百出的"化工"和洗涤产品会议，并且俨然也成为"代表"——当会议正式代表和"蹭会"可完全不是一种感觉，前者像是做贼心虚，连找个座位都得看会场工作人员给不给面子。而当代表则气派得多，主持人在介绍各位来宾时念到"金湖有机化工厂厂长沈开成"时，沈开成立马感觉一种油然而生的骄傲感让他"噌"地站立起来，然后学着人家的样，微笑着向台上人和会场上的人半鞠躬……这叫啥？叫"被认可"。认可太重要，这代表他和他的工厂被同行和权威们允许进入"化工领域"这个门槛了！还有比这更让沈开成激动和感叹的吗！

"来来来，感谢诸位大佬对我们乡镇小厂的认可！感激各位领导看得起我小沈、沈开成……"现在轮到沈开成请大家吃饭喝酒了。

当然，同样是满席的酒水、满席的山珍海味。最后，同样是你倒我歪、我吐你泻……

同样是剩下大半桌佳肴，同样是武昌鱼、红烧肉没动几下就扔下走人……

心疼啊，开始沈开成是这样。后来，他也慢慢习惯了——"你要融进去，跟他们一个样，否则你就不是那条链上的环，不是那个行里的人！如果不能融进去，你还做啥生意？人家国营企业才不管产品卖得好与不好，可我们不行，我们卖不掉产品工人就会饿肚子，厂子就要关门，我这个厂长就得回家种地……"沈开成说他所有的眼泪只能往肚子里咽。

不过时间一长，适应了，他也慢慢明白了这生意场上的"人情世故"。现在有时跟人聊起这些往事，沈开成就很想得开了，说："这跟我们在小镇卖肉铺的情景差不多。比如你付了钱，而且比较大气大方，人家卖肉人就给你先剁一块，而且会主动挑一块好一点、精一点的给你，秤也高挑一点。这不你买肉的也高兴嘛！请人家吃饭喝酒，后来又外加送一些礼品啥的，这样人家就会要你的货，给你付款也快一些。这样买卖双方都合适嘛！时间一长，交情就出来了，生意越做越大、越做越有底了！"

这就是他必须去建立的"链"或者叫"网"，称"链"是"产业链"，称"网"是"关系网"。

爱特福集团上海董事长办公室（位于上海黄埔江畔世博园旁）

爱特福集团参加国际展会与国际友人联谊

"外国叫这为'世俗'，我们中国叫这是'世道'。你无法摆脱和离开它，而在经济发展特别是半计划、半市场化经济条件时，这种'世道'下的'产业链'，还必须靠它来垒筑和维系……确实，几年下来，我也算在这个化工行当里游刃有余了！"沈开成的成功之道与他极强的社会能力有关。天下生意无不靠这种能力，这种能力强的老板，意味着他的企业也极有可能成为这个行业里的强者与"老大"。

我言那个时期的沈开成就像一只爬坡的骆驼，其本身就很难前行，更何况他先天不足——农民办的带有些科技含量的企业，这不等于是骆驼赶上了一条马所走的路吗？

艰难，是显而易见的事。

第六章

京城牵手

转眼到了 1987 年。

每年夏季，洗涤液用量会比一般季节多，而且沈开成自进入这个行业以后，他的脑子里每时每刻都在转悠着如何把产品推广得更好、更有市场，也就是说买的人越多越好，而且他自己也一直在琢磨城里人的生活有啥新的变化，因为这个变化就可能带来一次新的洗涤液的革命性进步和市场爆发。当然，对单位和一些专业部门所需的相关产品，他也是"盯"得牢牢的。用一句直白的话说，就是沈开成脑子灵光，认真用心。

从小爱读书、看报的他，自当厂长后，对每天看报远远比以前要重视得多。以前读书和做水泥厂工作时，他订的报纸基本上就是《新华日报》和《参考消息》，还有《中国青年》《大众电影》，这叫看看热闹和新鲜事儿，看看本地的"大好形势"而已。但当了化工厂厂长后就不一样了，他的视野一下从本县、本省，扩展到全国以及众多行业，比如卫生、工业、乡镇企业、军队、国防等等。

这一天，他有意无意地在看《工人日报》……那个时候的人，除了头版、二版和末版外，连报缝里的"豆腐块"广告，也看得仔仔细细。倒也不是那些广告内容有多少趣味，而是信息量比一版、二版的多得多。那报缝里就是生活，五花八门皆有呈现——改革开放初期，人们觉得满世界都是新鲜的事儿。沈开成看报缝跟一般人不一样，他是看信息，商业信息。

沈开成厂长（左二）与唐惠勇副县长（右二）

　　突然，他的眼睛一亮，并且迅速把眼珠子瞪得大大的：北京第一传染病医院（今地坛医院）要转让一种可消毒的专利！

　　这太好了！我做梦都在想的事，人家"送"上门来了呀！

　　"那个时候，市面上还没有消毒剂，所以第一传染病医院的出让专利产品说的是洗消液，在其功能介绍里讲到了这种专利产品主要是通过洗涤液实现消毒的功能。这在当时可是比我和大多数生产洗涤剂的厂家在产品性能上超越了一大步。过去的产品，基本只能洗涤油渍和脏污而已，没有消毒性能，所以我看到这个能消毒的洗涤专利，简直就要跳起来！"沈开成说。

　　"唐县长，我有要事向你请示！"放下报纸，沈开成就向主管工业的唐副县长报告。

"洗消剂？还能消毒？这好啊！如果这个产品能生产出来，用途可就比你们原来的产品要广泛得多嘛！"唐副县长虽然是省里到金湖来挂职的女领导，但一听沈开成说有这样一个新产品专利，也觉得沈开成的眼光非常好，值得支持，便说，"你等一两天，我跟一把手汇报一下，也取得他的支持……"

"好啊，我们金湖没多少特色产业，能引进些新产品自然好嘛！"县里的一把手听说后，对唐副县长说。

"那我想马上去趟北京，争取把这个专利买下来！"沈开成很高兴，跃跃欲试。但他对北京是人生地不熟，听说唐副县长家在北京，便怂恿她："你能不能跟我一起去趟北京，一则回家看看，二则帮我指点指点门道？"

唐副县长笑了，说："这个我自己定不了，得经一把手批准……"其实，沈开成的提议，也正合唐副县长的心思，不过那个时候不像现在，一是出差到北京这样的外地，需要几天时间；二是县一级干部工作还是非常忙的，能允许"走开"一段时间也不是那么容易。

"去吧！你这是为下面的企业办事去，有啥不可以的！除了帮助去有专利的那个医院外，还可以到其他相关单位考察一下。顺便你回家看看老人也是应该的嘛！"一把手通情达理，立即批准了唐副县长的请求。"不过，你来回的火车票等差旅费，让那个沈厂长他们厂里负责……"末后，一把手吩咐道。

"明白。"

"你还可以带个年轻一点的人一起去见见世面……"一把手考虑问题就是周到。

"谢谢领导。"

当唐副县长告诉沈开成，她的顶头上司已经同意让她一起上北京时，沈开成又提出了一个新的请示："我想乘飞机去……"

"你？哎哟你这个沈大厂长，可是胃口越来越大呀！"唐副县长一听，便有些吃惊和笑话这位越来越"财大气粗"的乡镇小老板了！

"不是不是，我是着急！"沈开成赶忙解释，"飞机去可以当天到，这样我就直奔北京第一传染病医院去……你不知道，这种事夜长梦多！如果费了半天劲，专利被别人买走了不是白忙活嘛？"

唐副县长想想也是，但又有些为难："买飞机票可是有要求的，一般起码都得县团级干部才可以乘飞机呀！"

"不全是不全是！"沈开成赶忙说，"你们县团级领导是可以乘飞机，我们普通人有紧急事想乘飞机是需要县团级单位开介绍信去才能买得到飞机票……"

"这样啊！那我帮你试试看。"唐副县长回头又对沈开成说，"哎哎，我还是乘火车啊！你要乘飞机就你一个人呀！"

"你不跟我一起走？飞机方便……票钱反正是我出的。"沈开成说。

唐副县长笑笑，摆手道："不不，我乘火车。一是飞机我没坐过，不敢坐；二是哪天等你厂发达了，你再请我吧，现在嘛，省省吧！"

沈开成无奈地笑笑，说："县长真是完全彻底为咱底层人民服务啊！"

"少来！你这人哪，谁不被你缠住就已经要念阿弥陀佛了！"

"哈哈……"

沈开成回忆这次到北京时有件事令他终生难忘：进城后，随唐副县长一起到北京的小吴接站沈开成后，将他带到唐副县长的家。因为时候也不算早了，当时的京城找个招待所也不那么容易，再说又涉及钱的事，所以唐副县长夫妇俩对沈开成说："你就在我家凑合一夜得了！反正是夏天，我们带着孩子睡地板，你睡在床上。"沈开成一听就要跳起来，说："这哪成！不睡不睡，我还是去大街溜达吧！"人家对他说："你小心大街上的警察，北京是首都，半夜在大街上溜达，说不定被警察当'盲流'抓起来啊！"这下才把沈开成吓住了。看来不睡也得睡了，无奈，他只好看着主人一家三口躺在地板上，自己只能到他们的大床上。刚躺下时沈开成怎么也感到不安，可不一会儿竟然呼呼地酣睡过去了……他一路进京城着实太累：身累、心累。

北京之行，说复杂也复杂，说简单也简单。让第一次与"专利"和"首都人"打交道的沈开成还是见识了不少事：一是那时候的"专利"其实并不"专"，因为他到北京第一传染病医院去谈的时候，人家告诉他，那个产品的"专利"已被另外的厂家买走了。这让沈开成心里直发凉，弄了半天是水中捞月一场空啊！后来又经再三"磨"，结果这个医院的工会告诉他：可以跟他们合作，从工会那边把"专利"买下来。这个情况又让沈开成喜出望外，赶忙与北京第一传染病医院的工会相关人员订下"专利转让合同"。需要说明的是后来为此发生的"专利"纠纷也是这个环节上出了问题，当然责任并不在沈开成方面。当时的医院将这一"专利"产品卖给了好几家。沈开成也从中知道了，像这样的"应用性"产品，在当时，"专利"是可以卖给多家的。而北京第一传染病医院其实当时也是为了想多赚点钱。可这种做法使后来的沈开成他们差点"翻船"，这是后话。二是此次北京之行，让沈开成打开了眼界：原来要想把生意做大，一定得站得高、看得远，手笔也要大，这样才能赚得更多的钱……

签订消毒液的这份专利"转让合同"时，现在看起来很有点"八卦"：首先是沈开成不是专利"使用权""唯一"的使用人，在他之前还有七家，他是"老八"，即第八位获得专利转让的单位。

"开始我觉得很幸运，后来又感觉很生气，幸运的是毕竟没有白跑一趟北京，生气的是他们怎么能卖给这么多厂家嘛，明明是让我们彼此之间恶性竞争。可也没有办法，那个时候专利法好像还没有出来，所以人家卖家想多赚点钱你有啥办法嘛！"沈开成说，"我当时差点没把这大事办成，便是因为转让费的问题，人家要价是六万元。那个时候六万元是吓死人的大数目！'万元户'在当时人们心目中就像现在的'亿万富翁'似的。这六万元对我和我的厂子来说简直是要命的，因为实际上我们厂里当时连六千元都拿不出来，六万元，把我这个厂长和全厂人全卖了估计还不值这些钱嘛！这可咋整嘛！我硬着头皮去问人家，能不能先签个协议，说什么什么时间我们如果不把款打过来，就证明我们不买了。如果钱按规定的时间到位了，就算是正式获得专利使用权。提出这个没有办法的办法之后，我又在医院那里哭穷了半天，最后医院方面商量了一下，说那就按你说的先签个协议吧。正式签约时，我又提出一个请求：能不能把转让费给降一半，三万元。人家一听就火了，说你这人也真是的，怎么得寸进尺？我赶忙又是鞠躬又是再三说明：你们不是不知道，前面你们转让的几家多数是长江以南的单位，他们比我们苏北地方要富得多，而且不是富一半的水平，是天壤之别的贫富差异啊！所以我才提出这样一个请求：长江以南的转让费六万元，长江以北的三万元。真是活见鬼了！我这么一说，还真把医院的人给说服了！现在想想，确实是好人多……"

沈开成说到这儿，嘴都咧着在笑。因为别人出了六万元转让费，而他签的专利使用权合同才花了三万。

真是一个"狡猾""狡黠"的人。沈开成直摇头，说不是他狡猾，是当时实在穷得没有办法。"除了赖，我还能有啥法子呢？"他这样承认。

沈开成说，后来这三万元也是他东拼西凑借来的。

合同签完，事情办妥之后，沈开成回到金湖，向领导们汇报后，乡书记"警告"他说："你先别高兴，你先看看这个'专利'到底咋样？"沈开成说："这我知道，我们还要等验证，也就是说按照他们专利上说的做一批实物出来，再去化验，若是可以消毒并达到相应的要求，那就是真的。""这就对了，必须这样做，否则你把钱汇出去后，可能就水中捞月一场空。"

"你可别吓唬我啊！"沈开成被乡书记说得直要跳起来。

"我这是给你敲响警钟，现在啥事都有，受骗的事还少吗？"乡书记笑着让他提高警惕。

"明白。"沈开成心里一阵紧缩，他也确实害怕真的被骗，因为这三万元转让费，有九千多元是他自己凑出来的，还有一万多元是通过其姐夫的手借来的。最后差一万没落处了。沈开成不得不寻到当时陈桥乡信用社——也就是现在的银行，那个时候农村集镇的小银行都叫信用社。

"一万块？一万块谁敢贷你呀！"信用社主任一听沈开成开口，便立即回绝了他。

"别别，我们哥俩先喝酒！喝——"

几瓶白酒喝下去，那信用社主任还在摇头，说："我平时给老百姓贷款，也就几十、几百元，你这一万元我是没有这个权力的，如果贷了你，我的乌纱帽也会丢的。知道吗，丢乌纱帽！"

沈开成又让他喝了三杯，说："放心放心，不会丢乌纱帽的，乡领导对我们这个项目是全力支持，是乡里从未有过的引进专利产品，他们都很支持这事……"

"那好，我们去找乡里一把手请示他批准，只要有他的话，我就敢贷你。"

"行，我们去！"沈开成说，"但我有个条件……"

"啥条件？"信用社主任问。

"就是我们在领导面前一定要一起保证：这一万元，是我们俩用一辈子的本事来担保它！就对书记说：你看着我们俩这辈子值不值一万元？如果你认为值，那你就批准，如果你认为我们俩不值，你看着办吧！"

"嘻嘻，你小子这个主意行！"信用社主任觉得沈开成有血性、真能干大事。

俩人便一起找到乡党委书记，把上面的话搁在那里："你看我们俩这辈子值不值一万元，若你觉得值，你就批准贷，若你觉得我们不值这一万元，就拉倒！"

乡书记还真的被沈开成和信用社主任这般豪情和赤子之心感动了："你们俩能够用自己一辈子的命运和价值来作担保，我还有啥好说的？同意，贷他一万元！"

书记一挥手，沈开成和信用社主任高兴地拥抱在一起……

如此而"凑"来的三万元，可谓比金子还贵，沈开成怎能不比性命更看重？

京城的收获是贵重的。贵重收获又如泰山压在沈开成的心头……至此，一切尚在空中飘着，必须等"真货"换来真金白银方可算数！

第七章

第一笔『84』生意

　　沈开成的"消毒液"之路，可谓步步艰辛、步步惊心……

　　"专利"使用权用三万元换回来后，只是万里长征走完了第一步。是不是真货，是不是好货，这需要出真品检验后方可成为"产品"和"商品"。

　　第一批的产品只能定名为"试产品"。

　　"试产品"虽说不像女人"十月怀胎"那么复杂，可那些日子沈开成比当年自己的老婆生第一个娃还要上心，一步不离地守在试产车间现场看结果。

　　产品出来后，沈开成马上自己在手上"试试"，感觉很好，这也是他有生以来头一回用"消毒液"洗手上的"污渍"。这一成功令他心旌摇荡，立即去向乡书记汇报。得到的回复是："快去专门机构验证吧！"

"知道知道。"沈开成这边刚应道,那边就在琢磨找谁来做这样的权威性验证呢?

有人告诉他:省防疫站最有权威,他们的验证才能让人信服。

天,我哪认识省防疫站的人嘛!沈开成觉得自从开了"化工厂",自己每走一步都得求人,求到双膝跪出老茧……

现在又要去"跪"下双膝,恳请高人、拉上"关系",去省防疫站完成产品的验证大事。

"这个部门我真想不起来谁跟他们熟呀!"其实那个时候的沈开成没有多少能耐,他依然硬着头皮去找唐副县长。这回也让他的救星有些为难了。

"不过你先别着急。听说我们金湖的老县委书记现在在省里当疗养院院长,他是十四级老革命干部。别看他自己是十四级干部,可疗养院里尽是些十三级以上的高干哩!"唐县长说。

"哎呀,是他呀!我认识他,老书记还到过我们厂呢!我去求他帮忙!"沈开成一听,双脚就像上了润滑油,立马去了老书记那里。

老书记大名朱晓华,是金湖县的老领导,而且对金湖一直深怀感情,即使离开金湖后仍经常回金湖看看,非常关心金湖的经济发展和人民生活,口碑极佳。这也让沈开成大为欣慰,因为只有这样的人他去恳请是最无须代价和劳神的。"他是个老领导,始终为下面的人着想,也深为金湖百姓的福祉着想。"几十年后,沈开成仍有这样的感叹。

找老书记实在太管用了,关键是巧在他女儿就在省防疫站当总账会计,这个"关系"可是比较"铁"了。

金湖方面的书记听说见金湖县的老领导后自告奋勇说用他的"菲亚特"车去南京,而且他也去。"太好了!谢谢书记。"沈开成喜出望外。

老书记的家在"上海路"。沈开成跟金湖的书记在出发时就"商议"着应该给老书记送点啥"见面礼":金湖土特产,还有啥新鲜的？人家老书记太熟悉金湖了，在他那，"土特产"就是"家常便饭"。"哈，你就别矫情了，给老领导带上一袋鸡蛋最好，既实惠又表达了心意。"沈开成想了想，说："那就听你书记的。不过这也显得我们太寒酸了，对老书记有失尊敬，到南京后我给他带上两条好一点的烟吧！"

"你看着办吧！"金湖的书记笑笑，说。

到了南京，沈开成提着一袋鸡蛋外加两条"大重九"香烟，敲开了老书记的家门。

"哟哟，到自己家，你们客气个啥？"老书记风趣地把沈开成等接进他的客厅，对沈开成提上前的鸡蛋和香烟，说，"我又不抽烟，这个你带回去。鸡蛋嘛，算看在我们都是金湖老乡的面上吧，我收了！"

沈开成红着脸，觉得老领导既讲原则又懂人情，让人无拘无束。更让沈开成惊喜和意外的是，当他讲明为何来拜访老书记后，老人家

中华预防医学会沈德林会长主持专家论证会

马上说："行行，我闺女是那里的大会计"，不过听说沈开成他们是去找省防疫站验证去的，又站起身，说："他们的站长是我老熟人，走走，我带你们去更好了！"

"哎哟哟，这哪好意思劳驾您老书记嘛！"沈开成和金湖来的书记既惊又喜，但没有想到会遇到如此好的事，顿时不好意思起来，说老书记打个电话就成了，或者托女儿就成，不必自己亲自出马。

老书记脸一板，佯装生气地说："啥？把我不当金湖人了？走，现在就走！"

没有拦得住他。沈开成等赶忙跟在屁股后面扶着老书记出门，坐上车子，一溜烟到了省防疫站。

老书记带着沈开成等见了防疫站的陶站长，便说："这位是金湖来的，他办了个小化工厂，买了一个消毒液专利产品，到底是真是假，你让检验科室帮着他验证验证……"

陶站长确实跟老书记不是一般交情，说："这么小事，还劳您书记大驾呀！放心，这事包在我身上……"

一件在沈开成和金湖县看来比较难的事，就这样简简单单地被一个"关系"解决了。

沈开成现在还一直念叨：自己一路走来，遇到的好人比遇到的困难要多得多，所以自己成功了。

不过在我看来，他遇到的困难也非一般人都能挺得过来的。比如这回验证，看似简单，门路也找到了，但即便如此，接下来的事也够让沈开成磨耐心的了：为了验样品，他前后从金湖到南京跑了八次，每一次还都是乡里书记亲自批准用他的"菲亚特"……

"那个时候从金湖到南京根本没有一条像样的公路，是凹凸不平的沙子路，走一趟得小一天，来回能把你的屁股颠烂了……"沈开成跟我说这话时，还摸了摸屁股，好像至今仍疼着。

与现在的高速公路和柏油马路相比，走一天黄沙子路确实足够能

 1990 年荣获金牛奖

颠碎屁股。坐在车上仿佛乘坐大海中的小轮船一样，屁股颠烂还不算，弄不好头撞在车厢顶上也会出几个包……总之绝对不会是好受的差使。

来回八次，所以沈开成记忆太深刻："我们乡里书记的那辆菲亚特小车的四个轮子当时都被我们跑瘫了……"

检验结果：专利产品很好，符合国家消毒液杀毒和民用标准。这令沈开成大喜，因为一则他为这事到北京、南京前前后后走得头都晕了。二则跟他签订专利转让合同的北京第一传染病医院已经来电话催了几次让他汇款，而且严厉地告诉他：再拖延不汇，将取消合作，收回专利。这不让沈开成急得直跳起来嘛！

验证总算过关。省防疫站给了他产品合格证书，并发其"金湖有机化工厂"试产批文。注意：是试产。也就是说，你生产厂家拿到了验证，只能说明你的专利产品没问题，但是可以成为大众消费和使用的产品，还有待通过试产后才能大批量生产。

江苏精品
Jiangsu Premium Brand Certification

认 证 证 书

证书编号：JPBC-10-2022-P06-000201

委托人/制造商/生产厂：江苏爱特福84股份有限公司
地　　址：江苏省淮安市金湖县爱特福大道84号
产品名称：爱特福84消毒液（Ⅱ型）
产品型号：Ⅱ型

认证依据：DB 32/T 3843-2020、GB/T 36758-2018、JSPB01-060004-2022

认证模式：产品检验+初始工厂检查+获证后监督

获证品牌：

上述产品符合江苏精品认证评价环节要求，特发此证。
证书有效期至2025年9月14日，证书有效性依据发证机构的定期监督获得保持。

批准人：

TÜVRheinland

江苏精品国际认证联盟

发证日期：2022年9月15日

2022年荣获江苏精品

这不，沈开成拿着试产批文，又赶紧回到自己厂里，连夜加班加点，生产出了第一批量产样品后，第二天一早又往南京送……

"大样才是关键，也就是说它生产出来如果合格的话，才是可以换钱的呀！"沈开成这回到了南京，没有像以往把样品往省防疫站化验室一送就往回金湖的路上赶，而是待在南京等待化验测试的结果。

"那个心境跟参加高考后等待成绩单出来差不多——急切、焦虑，又有些不知所措。"他说。

"好了好了！"化验员穿着白大褂从化验室出来后朝沈开成他们扬了扬单子，但并没有直接把结果给到他手上，而是给领导送去了。

还得等。沈开成不停地搓着手，甚至连手心里的汗都给搓了出来。

"沈厂长——进来把这个单子拿去！"防疫站的陶站长手拿一张纸，站在办公室门口朝沈开成扬扬，喊道。

"来啦！"沈开成几乎是跑着奔过去的。他拿着单子一看：咦，八万？八万是啥意思？！沈开成的眼珠子都直了，他的眼神里怀疑是不是要他八万元的什么什么费呀！

"哈哈……看你沈老板！咋吓着了？这单子是我们买你八万元的产品！等着你生产出来，我们全省要用它呢！"

"啊，是这样啊！"沈开成的眼珠子瞪得更大了，"那、那大样的结果出来了没有？合格不合格？"

"瞧你这人！不合格我们还买你的货吗？快回去生产吧！我们等着你的货呢！"

"啊？噢噢——好！我马上回去，马上生产！"沈开成简直高兴得不知所措，连说话都有些颠三倒四。

这回他不仅拿到了消毒液大批量生产的"许可"，而且又拿到了八万元订单合同！

太意外！太开心了！哈哈……回金湖的路上，路也似乎不颠了，屁股也不疼了，一切都是那么美好和美妙。于是沈开成一路上疯了起来，张大嗓门，唱起了那首从小他就喜欢的《青松林》插曲——

长鞭哎那个一呀甩吔

叭叭地响吔

哎咳依呀

赶起那个大车出了庄哎哎咳哟

劈开那个重重雾哇

闯过那个道道梁哎

……

哎哎咳咳呀哎哎咳依呀

沿着社会主义大道奔前方哎……

哈哈哈，我第一笔生意到手啊！

八万！八万元哪！

沈开成感觉这个世界太美好了！而他就是这个美好世界的创造者和这份幸福的享受者！

带着八万元的合同单子回到金湖后见的第一个人，就是陈桥乡的党委书记。"书记，这回我们要发财了！"沈开成像高考得了状元似的跑到乡书记那里报喜道。

乡书记接过那份八万元的合同订单，左看右看、横看竖看了一番，诡秘地笑笑，对沈开成说："是好事。不过我提醒你一下：当下啥事都有，你可得小心！只有等到钱到了你账号才能算数。"

沈开成被他这话说得不知是喜还是怒，回敬道："是省里开出来的合同单子，那还有假嘛！"

书记板起了脸，说："你以为我跟你寻开心呢？你没听说过现在有人连中南海的牌子都敢举出来骗人，你又不是没听说……我是为你好！"

沈开成脑子一转，心想人家书记说得也没错，便道："我晓得了。

等钱到账了才真算数。"

这个事暂且先搁一搁。沈开成坚信省防疫站订的合同、下达的任务肯定是不会有差错的,所以他回到厂里立即组织批量生产消毒液,这是第一批正式产品,既需要讲究时间上的按时交货,更重要的是把好质量关。

产品生产出来后,沈开成又发现一个重要问题:人家省防疫站预订的八万元货没错,但有个前提是:货还得由沈开成他们送达江苏全省各个地方去,然后在那里一手交货、一手汇钱。问题来了:货咋送?

那个时候,只能有一种选择:用车送。

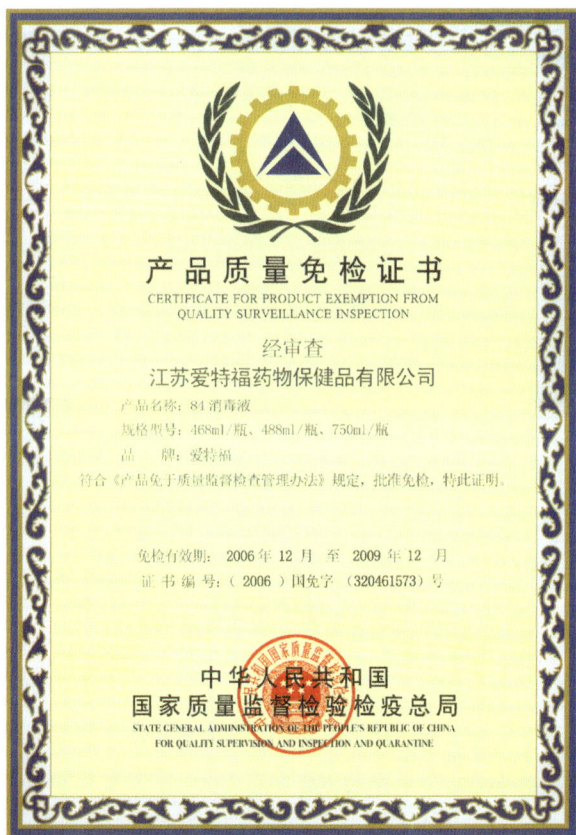

产 品 质 量 免 检 证 书
CERTIFICATE FOR PRODUCT EXEMPTION FROM
QUALITY SURVEILLANCE INSPECTION

经审查

江苏爱特福药物保健品有限公司

产品名称:84消毒液

规格型号:468ml/瓶、488ml/瓶、750ml/瓶

品　牌:爱特福

符合《产品免于质量监督检查管理办法》规定,批准免检,特此证明。

免检有效期:2006年12月 至 2009年12月

证书编号:(2006)国免字(320461573)号

中华人民共和国
国家质量监督检验检疫总局
STATE GENERAL ADMINISTRATION OF THE PEOPLE'S REPUBLIC OF CHINA
FOR QUALITY SUPERVISION AND INSPECTION AND QUARANTINE

2006年荣获产品质量免检

车子在哪里？沈开成厂里根本没有车辆。还是借用书记的"菲亚特"？这回万万使不得了！沈开成觉得那样做自己太不要脸了：以前为了到省里验样品，书记借车给他一次又一次上南京。现在你是生产货了，属于正常的经营范围，再用领导的车，显然是过分了。

"书记，你看我这送货咋办？近的我们用船还成，但出了金湖范围就只能用车子送，可我们没有送货车，我想用一台车子……"沈开成前来请示乡里的党委书记。

乡书记眼珠子瞪大了，没有说话，意思是你沈开成一出又一出的"戏"，到底啥时候有个完嘛！

"我们全乡才我一辆菲亚特，你也想要一辆车？"书记眼珠子直盯着沈开成，那架势是：你想干啥？

"不不，我啥想法都没有，就是想把货送出去，把钱要回来……"沈开成有些招架不住了，往后连退了两步。

乡书记乐了，但仍然严肃道："买车的事我不能批准，现在这个时候是违规的！"

"违啥规？我是企业，又不是政府！"沈开成硬气地反驳。

书记朝他一瞪眼，说："是我说了算，还是你说了算？"

"当然是你说了算嘛！"沈开成一下又软了下来。

书记挑明了，说："关键问题不是在于你是政府还是企业，而是我们这个穷地方，只有乡里我这儿有那么一辆小车，这个上上下下、里里外外，大伙都认可，没说的。因为这个车也不是我个人用，是全乡人碰到困难和急事的时候，都有个应急用途。你厂子也享受过这个实惠是不是？可现在你这小子也要有辆，而且如果是我批准的话，那以后谁都到你这借车、用车你咋办？是借还是不借？"

沈开成突然感觉书记就是比我高明啊！"这个我真没有想过……"

"还有。"书记又说，"你的化工厂现在有了个专利产品，也开始批量生产了。可谁能保证你明天的生意不会稀里哗啦全垮了？你沈开成有了辆小车，还不被人家骂死嘛！"

"这这……"经书记这么一说，沈开成真的一下愁容满面，右手不由得往上一举，一把揪住了自己的头发——"这就说咋办嘛！我送货不能没有车嘛！"他急得直使劲抓自己的头发。

哈，我怀疑后来他渐成光秃秃的头顶，大概就是因为一次又一次地像这样遇到难题时自己揪头发"揪"掉了他那"乌黑"的青春风流倜傥头的。

但沈开成毕竟是沈开成，他的聪明和机灵事实上从来都让他"转危为安"。突然，他脑筋一转弯，问书记："我们是不是可以换一种说法，就比如我是用货跟人家换回了一辆车子的，人家用货抵押给我了一辆车？"

乡书记一想，笑了，说："这行！这个不违规。干吧，就按这说法，就我们俩知道真相啊！"

"明白明白！"沈开成这回算是愁眉顿开。

那个时候在农村大地上，即使像江苏这样比较发达和富裕的地方，走在农村大地上，除了自行车和马车外，也很少见得着汽车，即便有汽车，那也一定是公家的，比如政府官员用的和大国有企业用车。官员的车通常是小车，比如菲亚特、吉普等，国有企业有车大多数是"解放"卡车等。

沈开成这回要的是比较时尚的"北京130"两用平头车，前面的驾驶室可以坐三人，后面是装货的平板车厢。

新车子开到陈桥乡，开到沈开成他们厂时，一路有大人、老人和孩子，成群结队地跟在后面追逐着、欢呼着……仿佛观看谁家的新娘似的那么热闹。

"沈老板，是你买的吗？"

"沈厂长，这得花多少钱哪？"

"能让我们坐坐吗？"

"老板······这叫啥车?"

"······"

多少人在喊沈开成,又有多少人希望能够坐一回他们从未坐过的"汽车",尝尝是啥滋味。

那一刻,沈开成的脸上喜气洋洋、满面春风······因为他是陈桥乡甚至远近一带第一个有"小车"的人——当然是他厂里的车子。厂里的车子,也就很牛的,意味着他的厂现在在远近都是最牛的!

关键问题是:这车除了漂亮和威风外,还能为他当下和日后的生意带来完全不一样的风度······出门就可以马达一发动,"呜——"地飞奔和远去!

这啥架势?这就是我沈开成开的厂的威风!

沈开成自己没这么说,旁边的人都在对他这么说。事实上,他之后的生意也就是从这车子的四轮上开始"从一个胜利走向另一个胜利"······

确实也是如此。第一车货装在"130"上,到了某市交货后,人家一看沈老板的厂子有这么漂亮的车,又有这么新型的消毒液,加上是省里介绍来的,于是"一手交货,一手给支票",便成为那段时间沈开成生意的基本常态。

"向书记汇报:货卖出去了。支票也拿回来了,而且也已经入账了······"沈开成首先向乡书记汇报道。

"好!这就好!"乡书记再见沈开成时就对他说了实情,"你现在是我们陈桥乡和金湖的名人了,你的企业名声很重要,你还年轻,我得压一压你,否则你一旦飘起来,把企业搞砸了,这个责任我是要负的,所以得让你每一步都走得稳。"

"谢谢书记、谢谢书记。"明白过来的沈开成大为感激他的领导。

第八章

父亲的话让他流泪

　　与沈开成认识久了，会发现此君虽是一位从庄稼地里走出的企业家——至今他的事业根基和厂房也仍在家乡的那块创业原地址上，但确实他有许多过人之处和超人的"先见之明"。而这些先见之明和超人之处其实也成就了他的事业，所以他在金湖这片土地上是独一无二的，在同行中也属于"鹤立鸡群"者。

　　许多事并不能用现在的认识和眼光去看它（当时），只有与沈开成同时代走过来的人才能理解和了解当年他所走过的每一步创业之路其实都不易，也都是可圈可点的。

　　试想，有谁会想到一个穷得叮当响的农业小县，毫无经济基础和特殊资源的陈桥乡上的一个水泥制品厂，其厂长沈开成竟然"突发奇想"去搞"化工"，而且一路走过来几乎都是跌跌撞撞、靠东拉"关系"西找门道，弄出个专利产品。之后又在寻找如何达标的路上，歪打正着地遇上了省防疫站，竟然意外地打出了"生意神门"……

　　这"第一桶金"到手后，沈开成似乎脑洞顿开。他那曾经"写剧本"的神思又开始活跃起来。这个时候，陈桥也已经由"乡"到了"镇"，现在是街道了……中国社会的每个历史进程，会召开许多会议，每一个会议，都伴随着中国改革开放的洪流而奔涌，沈开成是当地的弄潮儿，所以大会小会少不了他的"表态"性发言、介绍经验性的讲话。而因为企业的经济效益在直线上扬，所以他的发言和讲话也就越来越受到重视与追捧。

然而生意已经铺开，消毒液市场不仅仅是省里指定的那些任务，社会面的需求超乎想象地在蔓延……

"忙不过来了！哪有时间去琢磨怎么讲话嘛！"一天，沈开成找来镇政府的秘书，也是他的侄子，说，"你一天到晚给领导写讲话稿，也腾点时间帮我弄个发言稿，到时我给你点零花钱。"

那侄子笑笑说："我写的领导讲话稿，都是上级精神的翻版，你是企业家，我真不知如何把握。"

沈开成说："这还不好办嘛，我说，你写不就成了嘛！"

这样的讲话稿就写出来了。沈开成到会上一发言，竟然让领导们听了面面相觑，惊奇不已。甚至好几次沈开成刚发完言，讲话的底稿就被人拿走去"拎观点"了。之后沈开成发现，他发言之后的许多会上，他的观点竟然成了某些领导的观点而被广为传播……

这让沈开成内心掀起一阵波澜：原来宣传竟真有那么大的威力啊！难怪有名的厂和有名的企业大做广告，看来"广而告之"是可以起到事半功倍的作用呀！

"喂喂，你抽点时间过来！"他有些火急火燎地找来当秘书的侄子，对他说，"我想给厂里的消毒液做广告！"

"你？你们也要做广告？"秘书侄子一脸讥讽状。

沈开成板起了面孔，说："怎么了，别人能做广告，我们就不行？"

"你是乡镇小厂，人家是国有大企业，至少也是著名大品牌。"侄子摆出理由。

沈开成摇摇头，说："未必。我看他们有的产品也是'吹'出来的。"

"那人家也有吹的资本。"侄子斜着眼珠子，看着沈开成，意思是：你、你们这个小厂有这资本吗？

"我们当然也有吹的资本喽！"沈开成双手往空中一撒，说，"我们的资本是：好产品、低成本。"

"好产品？"

"当然。一是专利产品，二是有省机构检验证明，三是全省相关机构已经都用上了，这是硬碰硬的好产品。"

"啥低成本呢？"

"因为我们的产品价格比其他同类或者质量还不如我们的，要便宜。这对消费者来说，不是低成本嘛！"

"噢，这么一说还真不算'吹'出来的好呀！"侄子笑了。

"小赤佬，你以为我沈开成是'吹牛'啊！不是吹牛，在陈桥镇、在金湖，甚至是江苏省的地盘上，我们的消毒液绝对是顶呱呱的！至少到目前为止，没有人超过我们！"沈开成把胸脯拍得"咚咚"响。

"晓得了！晓得了！"秘书出身的侄子被沈开成逼得快要发疯，不过在以后的会议发言稿和文字宣传广告方面确实帮了沈开成大忙。消毒液上市之初的那几年里，沈开成就像个"开会专业户"——只要与卫生和治病相关的会议，他就想法挤进去"混"个发言，而且他那没有客套、没有敷衍的讲话，也十分吸引人，加上他的消毒液又是各行各业都能派得上用场的用品，故他和他的产品，竟然每到一处皆大受欢迎！

也不知是什么原因，当人们从贫困中慢慢缓过劲儿，开始走向幸福生活时，竟然出现了各式各样的疾病与病毒一波又一波地侵袭人类，于是沈开成的消毒液成了各个行业、各个群体异常关注的一类商品。

沈开成的嗅觉十分灵敏，他从一开始就意识到这种推不开的"商机"……于是一次又一次地做出了常人不敢想更不敢去做的事：大张旗鼓地做产品的宣传与广告。

沈开成最初的"广告"招数并不是媒体平面的那种硬广告，而是通过参加各种会议与出席各种场合所做的"广而告之"的宣传。

"没有人教我怎么做，也没有人说你这广告宣传做得对与不对。我只是在参加了一个又一个会议和各种活动之后，发现一个有意思的事实：你只要有机会参加一个会议，特别是那种全国性的会议，你如果在那样的会上有个发言，发言中你把你的产品猛宣传一通，准会获得你想象不到的效应，就是大家来跟你要产品、订货！后来又发现一个更有意思的事情：一些跟你产品没有多大关系的会，你只要能够赞助一点小钱给会议主办方，你可以把产品和你这个完全不相干的人融到这样一个新的圈子里面，结果你获得了另一个更大范围的消费群，而且效益也会更明显。比如你赞助了一万块钱给一个单位的一场活动、一个会议，你就会收到十万、八万元的订单和产品实际收益。我呢，看到这种好势头，就心想：既然花一万元宣传费，能够获得十万、八万的更大市场，那下一回我就花更多的钱去搞宣传和'广而告之'，这样不更产生效益吗？后来结果证明我是对的……"

一时间，"沈开成"和他的"金湖有机化工厂"名声大振。

20世纪70年代后期和八九十年代，是中国改革开放日新月异、你追我赶最热火朝天的年代，中国人每天似乎都在迎接各式各样的新鲜事儿。而一向板着面孔的大报小报以及电视里开始有丰富多彩的广告粉墨登场，且热闹非凡。

有趣的是，这个世界上到底谁最早发明的"广告"？竟然是古希腊在贩卖奴隶时就使用上了口头广告。而中国改革开放后的第一个广告，则是在1979年1月28日在电视上播出的长达一分多钟的"参桂养荣酒"的广告。此广告被誉为"中国广告之先驱"。那么沈开成的"消毒液"广告算"老几"呢？

"农民广告第一人。"沈开成自己这样称。

到底他是不是？我没去查究，但在20世纪80年代中期那个时候，农民和农村乡镇企业刚刚崛起，著名的华西村农民企业家吴仁宝和后来红遍全球的"波司登"的高德康，还都不知道用广告一说宣传自己的企业和产品，同一个省的苏北金湖的一个"无名小卒"沈开成，则胆大妄为地在江苏地面上大做特做起他的广告来，更有意思的是，他最初的广告十分直接和粗犷，跟名片差不多——

诚则成（爱特福集团南京办公室位于玄武湖畔）

厂长：沈开成　　　厂名：金湖有机化工厂

产品：各类消毒液　厂址：江苏金湖

电话：××××

然后就是一通照片。

有同乡朋友和同乡干部见了沈开成的这些广告，就说："你沈老板也太高调了吧！咋就把自己厂长的大名放在最前面、最醒目的位置？"

沈开成说："那当然！人家买东西就冲着老板，老板要是过得硬，大家也就相信他拿出来的东西。我沈开成拿消毒液，就是要跟我的个人声誉摆在一起，如果有人用了我们厂的产品不行，那可以找我这个厂长算账。说得再严重一点：如果谁用了我们的消毒液，出了人命、出了健康上的问题，他们可以找我这个厂长、找我沈开成算总账，我会认这个账，就是千刀万剐我也不赖账！"

"使用满意时请告诉您的朋友，质量有问题请告诉我们总裁。"这句话至今仍印刷在各种产品包装箱上。瞧，这沈开成，原来他是把自己和产品绑在生死共荣的一条船上啊！

这需要勇气，更需要过硬的后盾。后盾当然是他身后的产品——消毒液。

正是沈开成这一招看似简单、实则冒着极大个人风险的绝招，竟然让他和他的产品在消费者中获得巨大的收效和可信度：

"噢，沈开成？！就是那个卖消毒液的。"

"是是，沈开成，消毒液……"

哈哈，沈开成也成了"消毒液"！

别人这样开玩笑，而沈开成心头简直就像乐开了花一样，因为他的产品和他本人名声便如此广为流传开了……

做了一段报纸的平面广告宣传之后，突然有一天江苏电视台节目里出现了沈开成和他的消毒液产品，这回影响就大到"家喻户晓"的地步，陈桥镇谁是书记没几个人知道，金湖谁是县长知道的人更少，江苏省委书记和省长当然一般的干部都知道，但老百姓知道的不多，可"沈开成"和他的洗碗、刷盆的消毒液则让全省老百姓知道的人越来越多了！

关于做广告的事，沈开成给我讲过一次比较无奈和心酸的事：在他的消毒液还不怎么出名时，除了省防疫部门给他做后盾外，他一个乡镇企业想在激烈的同行竞争中把产品推销出去，其实是非常艰难的一件事。一次在南通市推销产品，当时沈开成借一个全国性的专业会议，设宴请了十三桌各路的客人，自然他们每一个人都会影响到他沈开成厂的产品市场，包括那些新闻记者。"那个时候打开市场，就是靠你的诚心诚意。你作为一个无名小卒，怎么个诚心诚意呢？说白了，就是跟那些你需要认识的'关系户'——领导啦，专家啦套近乎。简单一句话，就是通过饭桌上喝酒碰杯等手段，显示你的诚心诚意。"沈开成回忆说，在南通那天请人吃饭，他一桌一桌地给人家敬酒。"当时喝的是听装啤酒，很时尚，其实我不胜酒力，但为了推销产品，在客人面前把命搭上是常有的事。这一次我用听装啤酒一桌一罐这么喝着，一连喝了十二桌，桌上都是各方的领导和专家，我一点也不能怠慢，所以十二听啤酒没剩一滴都把它喝了下去。最后发现还有一桌是记者桌，我想这也得罪不起呀！记者们一看我已经有些摇摇晃晃的样子，便起哄，说：沈老板，你不能只陪领导和专家呀，我们可是'无冕之王'啊！如果你今天再喝上一两听酒，明天我们的报纸你沈老板和你厂的产品将铺天盖地！我眼睛一下直了，说：咱们一言为定？记者们说：一言为定。他们一说完，我拿起两听酒就往自己嘴里灌……灌到后来我就不知道了，是司机把我扶到房间躺倒的。第二天醒来时，已经九十点钟了。酒店打扫卫生的服务员拿着《南通日报》就跟我说：哎呀你就是这个消毒液厂的老板啊！你怎么还在睡觉呢？我们全南通人都在打听你和你厂的消毒液呢！我拿过报纸一看，好家伙，头版头条哪！而且还有其他版面都是我们的消毒液产品介绍……这个还了得！"

沈开成说了一个当时的背景：上些年岁的人自然记得，1988 年夏天，上海甲肝大流行，短短两个月有几十万人感染上，医院全部告急。而当时传言病毒就是从南通带过去的。这下把南通人急坏了！所以就在这个时候沈开成的消毒液竟然横空出世在南通，沈开成一通"豪饮"，竟然上了《南通日报》头版头条，百姓才知道他们无处觅的消毒液竟然就在自己身边。因此沈开成和他厂的消毒液，震动了南通全市百姓，随即也连锁反应地传到上海、传到整个江南大地——因为人家都被上海的甲肝大流行吓得无所适从。

意外的一次"广告"，让沈开成和他的消毒液一鸣惊人。这种超乎想象的"广告效应"给沈开成深刻的印象和震撼。

"广告"和"宣传"从此烙在这位从田埂上走出来的农民企业家的脑海之中。这也就有了他敢花大钱去找报纸和电视做广告一说。

但是真正坚定他沈开成做广告的事，也是他在一次"意外"受人启发之后，才恍然大悟的。

20世纪八九十年代，老百姓最爱看的一份报纸，叫《参考消息》，新华社编辑出版的。最初能看这份报纸的都是些高级干部，后来开放以后单位也能订阅了。单位一订阅，它就成了公众报纸，乡下人，有的时候便急，没带卫生纸，废报纸就成了擦屁股的"方便纸"。

"我就是看了一张被人扔掉的《参考消息》上的一段话后，下决心走'广告之路'的……"沈开成今天说起当年这类"糟事"，会心一笑。

他说当时他看的那份《参考消息》上有篇文章登了日本著名经济学家、经营大师稻盛和夫说的一段话：欲想在同行中做老大，就必须要注意三件事：要选成本不大的好产品，然后要广告做大，质量做久。

"稻盛和夫先生的这话对我影响太大了。当时我心想，我们的84消毒液，产品是好的，而且确实成本不高，除了生产成本，可以获得一倍毛利润，属于小成本的好产品。那么剩下的就是两件事：把广告做大，把质量做实做强。质量问题，自己在厂里能把好关，再加强技术力量和设备，不成问题。广告到底怎么做，其实我心里开始是没有底的，因为毕竟没有做过，如果不是做'84'，我可能一辈子也不去注意广告这样的事。"沈开成说，有件事让他印象深刻：那时普通中国人家庭很少有电视，即使城里人，有台黑白12英寸的电视也是相当"牛"了。

"我是金湖最早买电视的人之一。"沈开成说，他家买了一台黑白电视后，每天天不黑，他家门口就聚满了人，老的少的、男的女的，都挤在他家门口。就等着看电视，看七点钟的《新闻联播》及之后的电视剧。

"那个时候，电视画面经常不清楚，那杆小天线，不停地要有人摇晃着，或者把手搭在上面，就清楚些。手一放开，就又模糊了。不能总有人把手搭在天线上面吧，有一次我'发明'把一块肉插在天线上，竟然比我用手搭在上面还要清楚和稳定……那个时候，看电视就这么有意思！"

乡里乡亲们是看热闹。沈开成是做生意的，看电视的同时，关注电视里出现的生意现象，比如说，那个时候有人开始在电视里做广告。比如，某某厂、某某公司，做什么什么产品，地址，电话，等等。"但那个时候的广告都像是一块黑板报，除了文字和电话号码外，没有画面，最多有的放张照片，那已经是很时尚的了！我就想：能不能把广告做得好看些，广告广告，勾人心嘛！所以琢磨着：假如我要做广告，一定让它有画面，能动起来！

沈开成便开始琢磨起自己厂的"84"广告内容和形式——

"板报"式广告肯定不能要了！那么到底什么样的广告才能吸引人，才能把产品卖出去？

这可不是一个简单的问题，是消费者的心理和文化及理解的问题。广告是一门学问，在发达国家，那么多大企业，跨国公司，专门有企业"广告部"，那是个庞大而花钱的部门。有的甚至一年花去几百万、几千万，甚至几个亿几十个亿哩！

沈开成的爱特福84厂是个小厂，但现在他想做大生意，所以就要做广告。显然厂里甚至连金湖县里都没有人知道怎么做广告——主要是"广告文案"怎么做。这是件很专业的事。沈开成找不到身边有人会干这事的，只能到大城市另请高明。

"对，找他！他真成！"突然，沈开成想起了一个人，他叫沈晓峰。

沈晓峰是何许人也？

沈开成说，此人在当时可是个响当当的人物，省卫生厅的宣教科干部。"关键是他肩上扛的那摄影机牛呀！是日本人送国家卫生部，卫生部又把这套摄影机送给了江苏省卫生厅，这样就到了搞宣传的他沈晓峰手上……"沈开成说。

"沈记者，有事想请你帮忙啊！"一天，沈开成找到省城的沈晓峰，并谈了自己想为厂子做广告的想法。

"哎呀沈老板，你就是厉害！你就是让我们姓沈的扬眉吐气！"沈晓峰一听沈开成的一番雄心壮志，便一口答应了。

"那沈老板你有没有具体的剧本呢？"沈晓峰问。

沈开成愣了一下，反问："这拍广告也要有剧本啊？"这可大出了沈开成所料，因为前几年没办厂子之时，他也曾做过"作家梦"，甚至试着写过《风华正茂》的"剧本"。一般来说，主要是排戏和拍电影、电视啥的才要剧本，广告也要"剧本"这是沈开成没有想到的。

"当然。拍摄任何比较理想的东西，你都得准备具体的剧本……"沈开成没有找错人。沈晓峰不仅摄影技术过硬，而且人很聪明、实在。他想了想，对沈开成说了自己的思路：拍广告虽然看起来没有电影电视那么复杂，但它也得有安排和设计，比如什么样的产品和广告内容，你就得要想准确了它到底是给谁用，怎么才能吸引人，等等。所以选什么样，说什么话，这个是关系到你的产品能不能卖出去的关键。要选好人，当然形象要好，但最根本的是要看广告的人能掏钱买你的产品……

"现在我们都知道拍广告还得有个代言人。那个时候还不熟悉，沈晓峰就说我们应该找个人来帮你做广告。我们就商量着到底让谁来当这个代言人。是啊，到底找谁做我们的'84'代言人呢？沈晓峰毕竟是专业人士，开始他说是不是找到演员，她们的模样好，上镜，老百姓爱看。我想了想没有同意，提出反对意见，说可能做其他产品广告用女演员比较好，我们这消毒液有点不太对路。弄个漂亮脸蛋效果不一定好。沈晓峰就有些为难了。我想了想，说其实大人们都喜欢小孩子，如果找个长得好看一点的小孩子来做我们的广告，说不准效果不错呢！沈晓峰一听我这想法，很赞同，马上说，他邻居有个女孩子长得标致，可以让她来帮忙试试看。结果一试，便一炮打响……"沈开成对自己的广告设计很有自信感。

他说从此以后，他厂的广告基本都是由他策划设计的总思路，然后再找专业人员来完成的。

那次沈晓峰找来的邻居女孩确实又漂亮又乖巧，沈开成很满意。不过这只是要做好"广告"的第一步，内容才是根本的。"84"是消毒液，怎么让普通老百姓喜欢上这玩意，这确实让沈开成费了些脑筋。

要说沈开成"脑子灵光"就灵光在这里：他能琢磨出名堂，而且这些名堂用在生意上还十分管用。拍摄前，他跟沈晓峰的拍摄团队商量：我们让这个漂亮的小女孩要说出"84"这东西人人离不开、家家能用得上。"那就得扯到她'妈妈'上！"沈开成的脑筋转到了这个点子上。

一个家庭中，谁说话最管用？

妈妈呗！她的权威就是普通中国家庭的普遍现象。

是嘛，妈妈说管用，这东西一定是管用！

对对，我们就朝这个意思把"84"消毒液广告拍摄好。

沈开成和沈晓峰两人一合计，就确定了这一"主题"。

用现在的话说，叫"煽情"。完成后的广告样片一出来，沈开成一看，满脸泛起了红光……

"沈老板，满意吗？"沈晓峰问。

"满意！非常好！我看了，都想去买'84'！"沈开成说。

"哈哈……这成了！你都能有这感觉，那一定错不了了。"沈晓峰很开心，这次广告拍成，不仅发挥了他的摄影水平，更证明他的"导演"也是够资格了。

这一天晚上，沈开成没有少喝酒，他预感自己的"84"这回真的要"火"了！

"天生我材必有用，千金万金到我家……哈哈哈！我沈开成虽然上大学机会失去了、写剧本的可能性也不是太大，但老天眷顾我，让我把这小小的'84'做大了呀！"每当喝酒稍稍多一点时，沈开成就会异常兴奋，脑子里蹦出些好诗、好歌啥的直往他嘴巴外面"喷"。

"哈哈沈老板啊沈老板，你刚才念的那首诗好像后面那句不是这样说的呀！应该是'千金散尽还复来'吧？"酒桌上有人半真半假地纠正沈开成的话。

沈开成借酒劲，拍拍对方的肩膀，说："你、你呀，没听明白我的意思。如果按李白先生说的，那'千金散尽还复来'，可并不一定'还'到你我口袋是不？所以呢，真正有意思的，是'千金万金到我家'！这才是最最重要和要紧的，是不是？"

"哟，还是沈老板厉害！厉害！你把我们最想说的话表达得淋漓尽致、一步到位啊！"对方伸出拇指，连连敬佩沈开成此话有一万个道理。

"是嘛，人生得意须尽欢，莫使金樽空对月！来来，干！把这杯酒，干了！"此刻，沈开成举起盛满酒的杯子，对众人说。

"干——"

"为沈老板发大财！"

"为我们的'84'进千家万户……"

"干杯！"

"干杯——"

如沈开成所望，第一次使用人形象的"84"消毒液广告在江苏电视上出现后，迅速风靡苏南苏北，后来又"火"到上海，"火"到浙江、安徽、山东……

"我们家还是妈妈的话，最最管用！妈妈说，生吃的瓜果、蔬菜，要用'84'消毒；用过的餐具、茶具也要用'84'消毒。如今，妈妈还说，宝宝用过的玩具也要用'84'消毒……"这些就是当时的"广告语"，在三四十年后的今天，沈开成仍能一字不落地把它们背出来，可见他对这广告的满意程度。

这则广告可谓风靡一时，因为在当时广告业开始还不久，这样颇有创意和人情味的广告给人一种非常清新和艺术的感觉。沈开成说，

他曾在商场里亲自考察过：许多家长一般都会带孩子去逛商场，而且通常是母亲带的比较多。这些孩子在商场里一般喜欢玩具之类的东西。但那时卖玩具的极少有广告宣传。沈开成的爱特福"84"除了在电视里做广告以外，各商场卖货的地方，都现场播出爱特福"84"宣传广告，所以孩子们一到商场，就会被那有声有色的"84"广告内容所吸引。孩子们一被吸引，家长就跟着站定看沈开成他们的广告。而另外一些家长呢，她们多多少少也已经从电视或报纸上看到过"84"广告宣传，这回一进商场又被广告"冲击"了一下，所以也自然而然地被"84"所吸引。广告还有一个成功点是，沈开成他们的广告中请的那个女孩的配音是江苏话剧童声演员王珊，简直就是绝了！"王珊的声音用清、纯、甜概括，而且还有点嗲，所以她的配音配合着广告中那个漂亮女孩子的表演，让一个原先谁都不太注意也不熟悉的卫生消毒用的产品，一下成为普通家庭特别是家庭主妇们喜欢和关注的生活日用品！这效果连我们都没有想到！"沈开成说。

20世纪八九十年代，中国的广播电视才开始大发展，新闻报业也是在同一时期蓬勃发展起来的。从那个时候起，随着改革开放和外资引入，经济发展较快的地方和企业开始利用媒体做宣传广告。沈开成属于乡镇企业中走在最前头的那一位，他对广告的专心的投入，收到了比预想还要好的效果。

"孩子们跟着大人到商场，看着'84'广告，看着镜头里的孩子宣传，就嚷嚷着也要自己的妈妈买我们的'84'消毒液。有的家长开始并不熟悉我们的产品，禁不住孩子的吵闹，就去买了。用过后发现这东西就是好，便再也离不开了。我们的产品在当时就是这样打开市场的！"爱特福厂的员工对这一过程都非常熟悉。

沈开成认为，演员王珊是立了大功的。"她的声音征服了无数消费者，首先是征服了我！"沈开成毫不忌讳地说道。

王珊配音的那个爱特福"84"广告，取得极好宣传效果后，沈开成来了个一不做、二不休：干脆请王珊出镜，直接当"84"代言人！

沈开成是个一旦"明白"过来之后，就决策极其果断的人，而且通常都会达到"稳、准、狠"的目标。后来企业发展的许多重要时间点上，也正是因为他具有这方面的决断能力，所以机会都被抓住了，故而爱特福"84"也有芝麻开花节节高的后来……

有人曾这样夸过他：开成开成，一旦开始明晓世理后，他便是大获成功者。

可不，在小孩做广告、请王珊配音成功之后，沈开成立即想到更"深入"的一件事：干脆，把"王珊"的事进行到底。

"王珊小姐，我们想请你当我们'84'的宣传代言人，也就是出镜做广告！"沈开成托人找到王珊。

"我？行吗？"王珊本人比电视里的还要漂亮和活泼。她被沈开成他们的邀请有点弄兴奋了。

"不是行不行，是太行了！"沈开成肯定不会轻易放过这么重要的"合作伙伴"，而前面王珊已经立了大功的广告已经证明这一点。

"那我向领导请示一下，再正式答复你。"王珊说。

"可以，我们等你消息。"王珊的话，让沈开成更认为自己没有看错人。一个有纪律有组织的人，是值得信赖的。

王珊不愧是一名好演员。在她亲自出镜的广告宣传片中，她的清纯、活泼、可爱劲，被淋漓尽致地演绎了出来。这样的广告，在当时并不亚于现在的一部好电影，大人孩子都喜欢看，甚至可以把广告词当歌曲一样朗朗上口地在日常生活之中唱出来。而这一点，其实开始连沈开成都没有想到。王珊的"童声"广告出来后，一下让消毒液这类中国人还不怎么熟悉的生活用品，变得如此亲切和亲近！沈开成思忖着：原来广告宣传和艺术形象，可以使一种并不暖心的东西，瞬间同千家万户、亿万百姓，情感上融在了一起啊！这种推销效应，绝了呀！

那段日子，沈开成在做梦时都会笑出声。

但有一件事也是沈开成所没有想到的，当时的一些播出电视连续剧的电视台及剧组，也主动来找到沈开成他们，希望爱特福"84"厂支持他们。

"那个时候，琼瑶的电视，火遍了大江南北。我们的'84'广告也在琼瑶的《星星知我心》电视剧播出中被安排为穿插的广告……火得不行啊！"沈开成谈起这样的事，情不自禁地手舞足蹈起来。

"大人们坐在电视前看琼瑶的电视剧，孩子们也坐在电视前，等中间插播的我们'爱特福84'广告……那个情景直到现在我们还是记忆犹新！"沈开成。

"哎哎，你们看啊，陈桥镇那个做消毒液的沈老板，现在可了不得啦！跟那个'燕舞'，天天在电视上晃晃摇摇，听说他已经在广告上花掉了几十万哪！"本来嘛，在电视上做广告是个新鲜事儿，尤其是在乡镇企业里，沈开成的做法已经是比别人多跨出了好几步，所以闲话也随之而来。

"那时广告费贵吗？"我的记忆中，20世纪八九十年代，宣传收录机的"燕舞"广告确实做到了"深入人心"。或许那是我在部队的原因，对爱特福84消毒液产品还真缺乏了解。但沈开成说，那个时候在他们苏北，他的"爱特福84"广告宣传与"燕舞"是不相上下的"广告王"。"其实那个时候广告费并不高，最早我们在江苏省电视台节目里做广告，就花了一万元钱和土特产品，连续做了近半年时间，但那个效果真是一本万利！"

因为广告宣传，那段时间里，沈开成的名声如日中天。在外满面春风的沈开成，回到厂里也不马虎，"生产动员会"一个接一个地开。

"同志们哪，加油干哪！我们现在不是出不出名的问题，而是已经

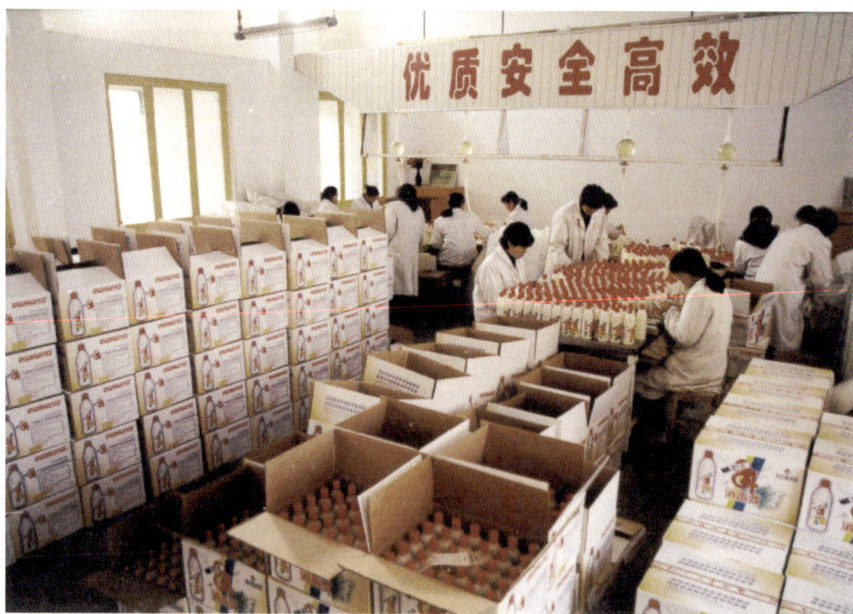

🐉 土法上马的生产线

出大名后如何把生产搞上去的问题！搞上去了，就是赢了！赢了，就是为国家、为我们陈桥镇、为金湖县添了光，更为我们农民们出了彩！当然，照这样下去，我们厂人人当个'万元户'也不是什么难事！大家甩开膀子干哪！"厂子里的会议上，沈开成已经完全是一副扬扬得意、口若悬河的胜利者的姿态。他的讲话也非常有煽动性，一番激励，全厂职工就跟着热闹起来。

"好嘞！跟着沈老板，我们就发财！"

"跟着沈老板，我们就发财！"

"我们一起发财！"沈开成听到这些话，甭提多高兴了，命令手下：食堂加伙食费！

"沈开成，我看你真的不知天高地厚了，是吧？"正是全厂上下热热闹闹、争分夺秒为广告宣传所带来的效应而加班加点生产消毒液的时刻，有一天沈开成突然被领导叫了过去，领导怒吼地责问道。

"怎么啦？出啥事了？"沈开成一脸蒙。

"你别装了呀我的沈厂长！"领导讥讽的目光像要刺透沈开成的心扉。

"我、我真不明白呀，领导，你、你给指点指点……"沈开成十分无奈和无辜地说。

"你不明白？你现在就差全世界不知道你了呀！江苏、全国的地面上你可比我们县长、书记，省长、省委书记都要出名、都要威风了呀！你是风头出尽……而且还弄个美女给你宣传是吧？"领导越说越怒，脸都有些变形了。

原来是为这事！沈开成的心顿时放了下来。

"嗨你沈开成，你现在可是了不得呀！出大名了啊！谁都不如你啊？！看看你一副骄傲相！"

"不是不是！领导你……"沈开成抢着话想解释，却被更加愤怒的声音打断："你眼中哪有这领导、那领导，你就是名人，你就是我们这地盘上最出名的大人物、大老板了啊！"

"领导请听我说、听我解释嘛……"沈开成拉住怒气冲天的领导胳膊，让其坐下静静听他解释。

"你心目中还有我们这些人？还有领导？"人家语气虽稍变了些，但目光中依然透了一股股寒气。

"领导领导且息怒！息怒！"沈开成连哄带孝敬似的一边给领导递"中华烟"，一边紧挨着领导身边，用胳膊蹭着对方，以表亲昵。

"中华烟？你看看你现在，牛皮牛到天上了啊！抽烟都是抽大中华了呀！"

"领导别误会别误会，这包烟是别人送我的……是我专门为你留着的！"沈开成此时的嘴上涂了蜜一样。

领导一听，斜眼看看他，问："是这样？"

"百分百是这样！"沈开成立即一脸庄严。

领导没有再说话，只是脸上怒色明显弱了。沈开成看准机会，将他心中的话娓娓道来："是这样，领导，我是完全按照你和其他领导的指示办的，因为你一直教导我要把企业搞好，要把企业的效益搞好，要把我们的消毒液品牌搞出名堂来，为我们陈桥镇、为我们金湖县增光添彩，为了这个目标，我一直在努力争取各种机会和可能，把我们的生产搞上去，把经济效益搞上去，把全厂职工的收入搞上去。这样正好有几个机会我参加了相关的会议，做了几次发言，结果被记者们写了出去，登上了报纸，还有电视台，而且省防疫站、卫生厅等部门的领导都很重视我们，说要把我们的产品作为重点新产品推广，这样又被电视台的人知道了，他们就来找我谈，希望让全社会的人都知道我们的消毒液，希望能为广大百姓的健康服务、为社会上一些应急的疾病治疗服务。我想这不是你一向对我们的要求嘛！所以就答应了，所以就上了电视广告宣传……"

"出了多少钱？"

"一万多块。"

"二十来次播出要一万多块？"

"是，合算起来，每一次约五百……"

领导和沈开成就这样每说一句就对一次眼神地说着——

"那让那个跳上跳下的美女做你们的广告是怎么回事？"

"这个呀是省里推荐的，他们说我们这消毒液产品，因为用于卫生和消毒，不能让像我这样的五大三粗的男人在那儿哇啦哇啦地说它好，要让老百姓喜欢的女孩来做宣传会效果更好，所以就……"

领导打断沈开成的话，问："厂里的生产效益现在怎么样了？"

"好啊！连翻了几番！"

"真这样？"

"我能骗你吗？"

"钱都到账上了？"

"到了。全到了，而且现在我们先见了钱，再发货！"

"这么牛？"

"就这么牛！"

俩人说到这儿，领导突然抡起拳头，不轻不重地砸在了沈开成的后背，然后大声道："你小子真以为我今天是来批评你的啊！哈哈……我是专门来表扬你的！而且也是代表县里领导来表扬你的！"

沈开成愣在那里没有回过神来。

"哈哈……看你沈厂长刚才吓成那个小样。哈哈……"领导说完这番话后，乐得前仰后合。

沈开成终于回过神，然后他晃了一下自己的脑袋……醒了：原来眼前是一出"戏"呀！

"哈哈……"沈开成顿时开怀大笑起来，说："领导啊领导，你这当领导的，哪有你这样表扬人的嘛！你差点把我吓死了呀！"

领导收敛笑容后，又朝沈开成半板着脸，道："该表扬你生产搞得好这没说的，但你确实要注意别太高调。广告嘛可以做，但不能胡吹，牛皮吹崩了，你沈厂长坐牢我们可不负责啊！"

沈开成一听这，就不高兴了，说："为什么呀！你这当领导的真轻松啊，我们厂生产效益好了，你来收钱；出了事，你们就甩手不管了呀？"

领导眯着眼，然后把沈开成从头到脚看了一遍，又狡黠地笑笑，说："放心吧，沈厂长，你真要'进去'了，我们还是会给你送饭的！不过呢，受的罪我们是无法顶替的……"

"我不用你们顶罪，你们现在能支持我把消毒液卖到全国各地就行，其他的我自己顶着！"沈开成又开始发誓。

"好好，知道沈厂长现在能耐越来越大了！不过，还是有一句话要提醒你：产品质量必须保证，不能出一次事！"

"这个我们知道。"沈开成这回明白领导的真实意图了，他因此也重重地点头承诺：这一点保证做到。

尝到"广告"甜头的沈开成从此在前后方发力：后方在厂内，不断加强质量管理和生产效率的提高；前方是各种媒体上的广告宣传。试想一下：在当时，在一个连国有大企业都不敢随便去报纸与电视上做广告的年代，他沈开成一个区区乡镇企业、一个赤脚农民企业家，竟然拿着大把大把的钱去各种报纸、地方和中央电视台跟人家谈广告事宜，而且完全是一副大老板的气魄。

"江苏金湖有机化工厂？"

"消毒液？"

在江苏省内，沈开成自然已经颇有名气，但到了外地和北京，他的出现，让媒体和那些名牌厂家的"大佬"常常产生一个个疑问。

"我？就是乡下的农民！"

"我？就是卖消毒液！"

每每此刻，沈开成将他乌黑的头发往后面一甩，然后潇洒地如此回答人家。

这有啥，老子就是农民咋的啦？

老子就是卖消毒液又怎么样？

那个时候，沈开成确实很"牛"，"牛"到常常昂着头走路……

"小开子，最近有啥好烟弄两支来抽抽嘛！"但是只要遇见村里、乡里的干部和年岁比他大一辈的人，沈开成几乎对他们有求必应，尤其是对那些"烟鬼""酒友"，他"小开子"还是蛮大方的。沈开成自己说："他们都是看着我长大的，多多少少有恩于我，现在我口袋里比他们要强出好几倍，掏几十块钱，多弄两包烟或酒放在身边，见了熟人扔过去，大家对我也是高看一眼。何况，一方面，这样的花销我完全扛得起，另一方面，这样的情分我也必须置起来。乡里乡亲的，我在金湖要有所立、有所为，得与当地百姓和干部搞好关系。"沈开成深谙此中真义。

"为社会做贡献，为员工造幸福，为企业谋发展，为自己有作为。"在金湖采访时，我多次有意无意地问见过的当地人，让他们对"沈开成"这个人做番评价，基本上听到的都是这些话：沈开成？搞"84"的那个老板？不错，生意做得好，给咱金湖也长了脸。也还是很"讲情分""够义气"的一个人，为县里、镇上都做了不少好事……

沈开成很在乎自己的名声。这个名声在当年，就是一种信誉，一种荣耀，一种奋进的力量和战胜一切可能遇到的困难的勇气。这是他在从商道路上体味和总结的一份人生经验：在乡村的道路上，人们的目光和视野都很有限，但在众人的眼里你是什么样的人，大家心里自

爱特福集团赞助活动——中国金湖荷花艺术节

董事长沈开成与南京军区政治部前线文工团歌手朱虹于金湖第一届荷花节合影

有一杆秤。这杆秤如果出现了倾斜，那你这人想改变"形象"，有的时候可能一辈子都难。沈开成非常懂得这个道理，所以他一开始干企业后就非常在乎周围的人对他的评价，他认为自己的生意要做得风生水起，誉满天下，先得把身边的人和事摆得平平的、稳稳当当的，否则就会"翻船"。

"而且那个时候大家对广播、电视和报纸，包括一些小杂志、刊物，都是非常相信甚至崇拜的，不像现在人们对啥都有些怀疑。那个时候就是镇里的喇叭广播一下某某人做了什么好事，那都会引来很多人的羡慕和赞扬，更不用说在省报、中央报纸上出现你的大名。如果你能在电视上露个脸，那就真是成神了！不知有多少人崇拜和相信你。我在那时，又有广播、电视的宣传，所以别说在陈桥镇，就是在金湖、在省里，都算是不小名声了……"作为企业家的沈开成，就这样随着他的84消毒液和"84"广告的传播，在他家乡和江苏地面上的影响力渐开。

沈开成说他非常敬佩日本"经营之神"稻盛和夫，是因为稻盛和夫先生说过这样的话：一个企业的成功，并不是你赶上了好机会，而是你在机会之前做好了充分准备。

"我们的'84'能够在几个机会的时间点上赶得准，其实仔细想起来，还是靠我们平时对自己产品的市场判断和积极地去创造产品的市场适应空间，并努力在技术和质量上做好准备。"有人说，沈开成做生意，一直是"顺风顺水"的人，所以这是个"神人"。

其实沈开成自己说，那是因为他在机会到来之前，在产品上做好了准备。

一阵广告宣传后，沈开成的"84"开始被人慢慢认识和熟悉起来。

1988年夏季，上海城内突然暴发一场空前的甲肝流行疫情，整个申城一片恐慌，四十余万患者"躺"瘫了大上海的医院……在上海周边的江浙几个富饶地区吓得不轻。这回上海所需要的消毒药水需求量太大,全国上下倾力帮助和支援上海。那时沈开成的"84"厂还是个刚刚起步的小厂,大上海所需的消毒药水是海量,沈开成他们的"84"厂可以忽略不计。但被大上海的甲肝流行疫情吓得"瑟瑟发抖"的苏州一带则为了打防备战,有不少单位和个人进了他沈开成的"84"产品。此番"上海甲肝"尽管没有殃及苏州地区,但苏州人对金湖"84"有了一份独特的情感。

这绝非巧合,一定有其必然。

"上海甲肝"的阴云刚刚吹散,1991年夏季的苏州、无锡、常州一带,连续下起暴雨,太湖水溢出湖区,向四周漫延,结果苏州城区内外到处"水漫金山寺"——那个时候,苏州、无锡一带是中国除深圳之外,乡镇企业全面开花的地方,经济形势十分好。一场突发的水灾让当地生产和生活受到极大影响。稍稍上些年岁的人都应该还记得在那场灾难现场——时任中共中央总书记的江泽民,穿着雨靴,蹚水来到居民区慰问受灾群众的情形。

"当时我的产品虽然小有名气,但我们江苏的企业老大几乎都在苏南地区,很少有人把我老家金湖的穷弟弟放在眼里。但就是因为'上海甲肝'和1991年这场水灾,一下让包括苏州在内的苏南几个富饶地市上上下下都对我的'84'刮目相看……"沈开成说,也正是因为他们在这场水灾之前在省里的广播和电视上做过84消毒液产品广告,所以苏南几个地区出现水灾后,立即有人就想起了金湖县有个"84"厂。

"以前我们苏南地区只要水灾一起来,就很容易引起畜瘟。所以那一年水灾出现后,我们马上派人到金湖去买84消毒液……"苏州人告诉我。

"那会儿交通差,我们金湖县连像样的公路都没有,更别说我所在的陈桥镇了。"沈开成说,"苏州来我们厂买药水的车进不到我们陈桥镇,只好划着船到我厂里。"

当时沈开成的爱特福84消毒液厂,实际上生产方式非常原始:二十几个工人,在土技术员的指导与监督下,靠着配方,在几个陶瓷缸里搅来搅去,然后再测试一下,装进桶里,就算是"产品"了。沈开成说,为了生产更多产品满足南方水灾需求,他这个厂长,便天天在厂里盯着工人们加班加点一个多月。

"我就住在厂门口的一间十来平方米的小房子里。不管白天还是夜里,天天在厂子里盯着,看工人们双手闲着了没有,这一天又生产了多少斤药水……当时着急是为了两头:一头是用户急着需要,你没货给他,人家会跺着脚要命似的!另一头是我们自己赚钱的黄金时间,你想想:这当口,人家是带着钱来买你货的呀!这种机会多吗?所以我心里比谁都急!"沈开成说。

1991年的苏南水灾,让沈开成的爱特福"84"厂第一次跃上一个台阶:原计划是二百万元的年产值,结果他在这年创造了一千多万产值,利润高达五百多万元。

"沈老板厉害!"

"咱这里又冉冉升起一颗企业明星!"

"苏北金湖品牌,名起苏南大地——"

一时间,沈开成和他的84消毒液,成为江苏著名企业家和著名商标。

然而作为企业家的沈开成也从此次苏南水灾的"84"产品供不应求中受到了启发:既然做生意,就不能一直小打小闹。这一次你小打小闹成功了,赚了一大笔,但下一回可能就轮不到你赚钱了。为什么?因为要货的人家不再跟你玩了!他们等不起呀!

"为什么?"我有些不解地问沈开成。

他说:"很简单呀!像 1991 年你们老家苏州的那场大水,如果灾情过后疫情真的大规模蔓延开来的话,大家都想用'84'消毒液时,你供应不上,人家下次再发生啥事时,怎么可能还找你呢?人家肯定要找备份方案了嘛!"

原来如此。

沈开成的脑子灵光也灵在此。他迅速调整办厂思路:马上更换设备,把原来的小陶瓷缸换成超大的,同时也扩大工人和技术队伍。厂子也进行了改头换面……

一切都是按照当年在金湖地盘上"一流企业"的模样打造。

"其实呢也就是多整几间房子,排列起来正规些,再挂上'厂长办公室''财务室''销售部'等等,主要是给外人看的……那个时候这些东西很管用,是一种信誉和信用的象征。"沈开成说得一本正经。

写沈开成和"爱特福 84"这书时,常有这样一个奇怪的"理论"在困扰我:中国的许多灾难似乎都是在为沈开成发财和他的爱特福"84"成功筑路?

因为太多"事实"在证明我的上述"理念"的成立——

1991 年的水灾,让名不见经传的沈开成和他的爱特福 84 消毒液在我苏南大地名声大振之后,他的企业开始像模像样起来。而就是这时,一场更大的洪水灾难正开始酝酿,并更加猛烈地出现在长江沿线,而在江苏境内受影响最大的依然是长江流域的太湖地区——苏州再次在 1998 年洪水中饱受灾难之苦……然而沈开成和他的 84 消毒液则"顺势而为",又一次发了大财!

参加过南北战争的美国作家比尔斯说过这样的话:"灾难这东西最能经常而确凿无疑地提醒我们,人生的事物并不全是按照我们自己的安排。有两种:自己的背运,还有别人的走运。"

沈开成就是那个"走运"的人?

这需要他本人解释这一"玄学"。

沈开成现在的脑袋闪闪发亮，年轻的时候一头乌发，十分潇洒。摸着光秃秃脑壳的他，这样解释："任何疗伤的药物，是为了愈合伤口，而不是为了伤口。我们做消毒药水的也一样，并不是为了灾难而制造产品，而是通过科学技术的先进，消除更多的灾难。灾难总想毁灭人类，而人类必须准备好战胜灾难的足够武器和能力。我和'84'就是为了让更多的人不受灾难之苦而努力奋斗与发展……"

沈开成的这一回答有水平，也有哲学意味。后来我慢慢明白，他的这些话并非堂皇而之的说辞，而是对人类文明进程的一个十分有意思的总结。也就是说，我们人类不管你发展到哪一步、你是如何先进与发达，伴之而来的各种灾难依然对你"不弃不舍"，所以聪明的人类就应该对这种"不弃不舍"的灾难做充分准备，才能在灾难来临之时少吃些亏，少些痛苦甚至死亡。

"灾难是客观存在的定律，人类不能只想好事。"沈开成说，开始他做84消毒液，完全是为了让自己和身边的一帮农民兄弟有饭吃而已。后来是为了面子——那个"金湖有机化工厂"如果不生产出一点"化工产品"的话，会被乡里乡亲们笑歪嘴的。后来他把"84"搞起来了，而且越搞越大，大到国家都少不了他的时候，他对自己的企业和生产发生了质的不同认识，就是他上面跟我说的那些话。

是的，灾难在地球上是永存的东西，而且随着人类的"技术"越进步，灾难的本事也越来越大，似乎一直在跟人类比拼高低，近年新冠病毒再一次证明了这一点。也让沈开成对这些灾难现象的"理论"越来越显得高明起来。

这个话题我们暂且搁一下。我们还是来看沈开成的"运气"时光——

1998 年的中国，其实是个非常苦难的时刻，国际上的金融风波，把改革开放刚刚创造和积累的财富一阵风似的刮走了许多，香港的衰败其实是从那一次金融风波开始的。内地受到的波及虽然并不致命，但后来的一场洪水，着实让中国特别是长江沿线的十几个发达地区遭受了百年不遇的水灾，其情其景，上一些年岁的中国人应该都还记得：当时国家领导人数度站在长江决堤的洪水边，用喇叭向抗洪部队发出一道道紧急命令和战斗动员……长江沿线的数千公里岸线上，亿万军民齐心协力参与抗洪救灾。这就是"98 抗洪"历史片段。

依然没有想到的是，这场比 1991 年更凶猛、波及面更广的大洪水，又给沈开成和他的"84"在我老家等地方创造了一个不可能复制的"高光时刻"——

"赶紧想法多备点 84 消毒药水呀！"

"能买多少就买多少！钱不缺，但货不能不备呀！"

一时间，苏州多个部门给一个叫贺淑英的女经理纷纷打电话交办紧急事情。

贺淑英是谁？"我们'84'产品在苏州地区的总代理。"沈开成告诉我，并且拉着我专程从上海赶到苏州，一再说"此人值得你一见"。

贺淑英，苏州生活日用品销售批发商，执掌苏州地区生活用品几十年的批发"老大"。一眼看上去，女将是个不简单的人，但有些不太像苏州女人——快言快语。

"做了几十年的生意，早把苏州女人的那点嗲劲给磨光了！"说完，贺淑英豪放地"哈哈"自嘲起来。

那天，同桌上还有她家另两个人：她儿子和她丈夫。贺的丈夫一直默默地坐在我对面，如果不是后来贺淑英介绍，我以为他老兄是贺淑英的生意合伙人。

"绝对的合伙人。想跑都跑不了！"贺的丈夫尽管言语不多，但冒出一句，就可以让大名鼎鼎的女企业家半天吃不消呢！贺淑英自己承

金湖县爱特福化工有限责任公司创立大会（摄于陈桥大礼堂）

第一届客户联谊会，苏州百润的贺淑英（前排右一）

认这一点。

"我们跟沈总认识可不是一天两天了……几十年了吧！"贺淑英想了想，"应该是1991年洪水那一回。"

沈开成点点头，说："那年你后来到了我厂里去了。"

贺说："是是，那个时候你那里还没有通汽车，我们一行是坐船过去的。"

沈开成笑笑，说："是。那时县里到陈桥镇的路还不像样。"

"那次到你们厂里，在那个礼堂开招商会，冻得我们直发抖……"贺淑英回忆说，"我记得非常清楚的是你们那扇门都关不上。"

"不过你那时就开始有些名气了！"贺淑英与老朋友沈开成"斗"过几回嘴后，转过头，开始正经地接受我随意性的采访。

她说："一个人生意做得大不大，其实跟他的格局有关。"

贺女士不愧是商界的大佬，她这样评价沈开成："别看沈总在苏北的金湖，但他做事一直具有北方人的性格和我们南方人的精明。当年就是在我们苏州一带的乡镇企业中，能够在市场上打开局面、产生些影响的人也不是很多。但沈总和他的'84'，在当时我们的苏州市场上就已经很有名了！后来1998年我们南方又遇上一场大洪水。那场大洪水比1991年那场可大多了！洪水一般都是在夏季，所以水一退，天又热，我们南方那边满地都是臭烘烘的，腐烂的东西特别多，这个时候最容易染了传染病。我们就想到了沈总的84消毒液。这一下子在我们这儿又成了紧俏产品。谁要是能够搞几桶'84'，那就是呱呱叫的老K了！我们跟沈总关系好啊！一个电话，他就装车运了过来，他也让我们在苏州地盘上露足了脸面啊！"贺女士在我面前夸耀沈开成。

她并没有说错。这样的事我记得，因为我家在北京，家里人在医院工作的有好几位，所以苏州大洪水刚过，老家马上有人向北京的我求助：能不能寄点消毒液回来？

我是医学卫生方面的纯外行，听说老家的希望时，便赶紧向家人求教。得到的信息是：消毒液产品不少，但市场上最好的是你们江苏出的"84"产品。

江苏的？我既高兴又感意外。后来弄点"84"产品这事虽然办成了，但并没有想到这一产品几十年以后竟然与我又有一份缘分。

"那个时候，他和他的'84'在我们这儿名气可大着呢！大家都抢着要'84'，所以我们通过关系找到了沈总和他的厂里，记得第一次到金湖去他厂是乘船才到他们陈桥镇的。因为从他那里提到了货，所以回到苏州我也成为英雄似的……"贺女士说她与沈总和"84"的交情就是那个时候建立起来的。

"一晃几十年了！沈总的'84'与我们苏州一直缘分很深，而且他的产品在我们苏州地区我是独家代理，很光荣！"贺女士说。

"那一场洪水对我们当时的苏州工业园区冲击力非常大，因为当时我们正在大建设期，洪水不仅影响到我们许多已经建设好了的设施，更受影响的是后来洪水退后的相当长一段时间的防病防灾工作，主要是怕传染病流行。所以84消毒液当时十分抢手，我们也是通过各种关系搞到的，可以说当时'84'也是给我们建设中的苏州工业园区做了贡献的。"在金鸡湖畔，我有工作室在那。想了解这方面的事，非常容易。这是一位老园区的干部讲给我听的往事。

其实，洪水受灾区的百姓还深深地记着一件事：在最困难的时候，他们许多地方收到了来自沈开成他们"84"厂捐赠的消毒液。这个数字在今天的"爱特福"厂志里有记录：1991年捐赠洪水灾区五百万瓶！这个数字对一个企业来说绝对是一笔不小的金钱。而沈开成做的时候，几乎没有人知道。他默默地为灾区人民奉献了一片爱心。

沈开成和他的84消毒液，就是在这种"乘势而上"中成为人们心目中的一个光荣品牌的，而用现在的话说，"有担当"精神的企业家，沈开成算是一个。他在那场"抗洪"战斗中的表现，受到了他所在的江苏省各级领导的关注。

1991 年至 1998 年的近八九年间，我的家乡遭遇了至少两次特大水灾，而这大灾之时，沈开成的爱特福"84"如战争年代的一支"特种兵"，给了灾区受难的百姓以极大的生命保护。此间，他的产品，也如百花园中盛开的鲜艳之花，被广为传颂，并获得一个又一个殊荣——

1992 年 9 月，"84"被评为江苏省著名商标。

1993 年 1 月，被农业部认定为全面质量管理达标企业。

1993 年 3 月，84 消毒液标贴外观设计获国家专利。

1993 年 5 月，新一代天然活性洗洁灵84好帮手研制成功并投产。

1993 年 9 月，被江苏省政府授予江苏省明星企业。

1994 年 7 月，84 消毒液获省级卫生许可证。

1995 年 4 月，84 消毒液被评为江苏省名牌产品。

1995 年 5 月，企业资信获得国际等级 AAA 级。

1995 年 6 月，江苏省政府授予省级环保先进单位。

1996 年 8 月，84 消毒液、飞毛腿杀虫气雾剂被评为全国消费者信得过产品。

1997 年 8 月，获农业部颁发的全国文明乡镇企业证书。

1998 年 12 月，飞毛腿杀虫气雾剂被评为江苏省名牌产品……

爱特福"84"品牌的崛起，无疑是沈开成的功劳，所以他本人也连连获得江苏省以至全国的诸多殊荣。所有的这些荣誉中，有一个荣誉是沈开成很在乎和记忆特别深的。因为这个荣誉，让他掉了一生中

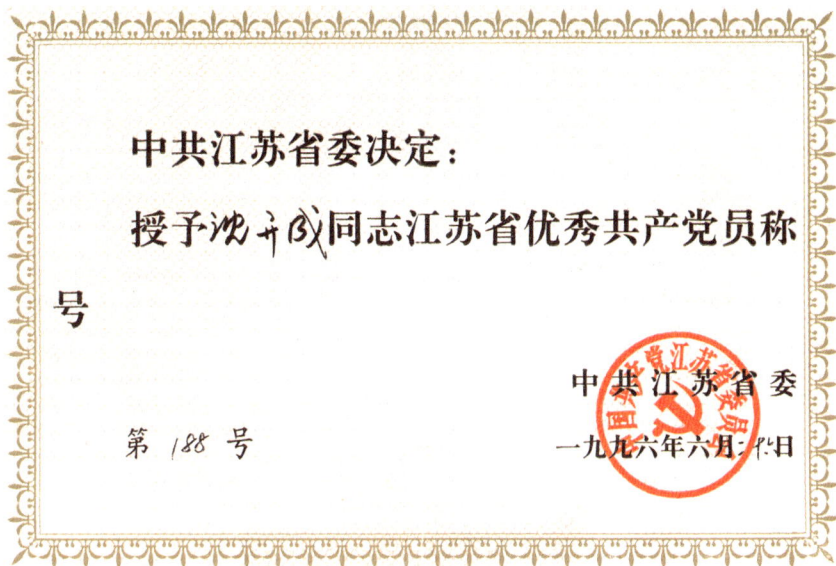

中共江苏省委决定：

授予沈开成同志江苏省优秀共产党员称

号

第 188 号

中 共 江 苏 省 委

一九九六年六月 日

荣誉证书（江苏省优秀共产党员，1996 年）

第二次眼泪……

　　事情是这样的：2001 年，中共江苏省委，趁着建党八十周年的机会和全省改革开放所取得的巨大发展形势，在全省范围内进行了一次规模很大的"优秀共产党员"的推荐和评选活动。推荐的对象大多数是改革开放以来各条战线涌现出的优秀党员。沈开成此时已经在省内颇有影响力，虽然大家对"沈开成"这个名字还不太知道，可 84 消毒液，几乎是家喻户晓。

　　"噢，'84'的老板呀！不错不错，这家企业在社会上影响很大，消费者评价也非常好。尤其是在这次抗洪救灾中，为防止疫情发生，做出了贡献。这样的民营企业主是共产党员，体现了他本人的政治素质高、党员的宗旨记得牢，应该评为优秀党员！"

　　"我同意。"

　　"沈开成啊，很好的一位企业家。他致富了不忘本，不忘为村里、

荣誉证书

授予 沈开成 同志"优秀共产党员"称号。

中共江苏省委
2001 年 6 月

✍ 荣誉证书（江苏省优秀共产党员，2001 年）

乡里和乡亲们服务，而且也为我们金湖本地经济发展做出了重要贡献。同意推荐他……"

在镇、县和市三级党委会上，大家一致同意将沈开成推荐到省级优秀共产党员的评选活动上去。

其实在之前，沈开成已经多次被县里、市里评为"先进共产党员"等荣誉称号，只是他认为搞企业、做生意的对这类政治荣誉还是"低调"些好，所以并没有太当回事。

但社会上和老百姓不这么看。

"沈开成，上台领证！"不多日，金湖县委召开省优秀共产党员表彰大会，沈开成被提前通知参加会议。他是第一批上台领证书的几位优秀党员之一。

那个时候，沈开成的名气已经比较大了，也经常在各种报纸电视和

沈开成和父母（建党 80 周年，新华日报社摄）

广播里"露面"，所以证书到了手上，他沈开成开始并没有放在心上。

回到家，见了父亲，便笑眯眯地上前将手中的证书递给老人家，随口说："又领了个证，这回我是劳动模范了！你帮我放着吧！"沈开成事先听人家说过，这个省里评的"优秀共产党员"，就跟劳动模范一样的地位，所以他顺口这么对父亲说。说完，他仍然没当回事似的转身要走。

"别忙走！"父亲一声喝住儿子。

沈开成见没识几个字的父亲，捧着证书，看着看着，脸上泛起了红光，然后非常激动地抬起头，把证书放在手里掂了掂，非常庄重地对儿子说："开成啊，这个比黄金还要贵……"

沈开成顿时愣在原地，似乎有些没想到。

老父亲一边点头，一边语重心长地对儿子说："你想想我们沈家过去因成分被人弄错了，受人家多少气！你现在是优秀共产党员，不是乡里县里的，是省里的！开成啊，加油干，我们支持你！"

沈开成根本没有想到从县里拿回来的一个"红本本"竟然让老父亲如此感慨，如此第一次敞开胸怀说了这番动情的话。沈开成的心扉一下被撞开似的，一股从未有过的感怀巨澜涌出胸膛，双眼忍不住热泪盈眶……

小时候受的苦，"文革"中受造反派小同学的白眼，做生意被人骂是"走资本主义道路"的黑心老板……包括年迈的父母对自己出来办厂做生意，其实也是不怎么赞同。老两口一生忠厚老实为人，不想让自己的子女走不正之路，尤其是他们不想做"富人"。当年就是因为莫名其妙地被人扣上了"富农"成分，一家人差点被人整得四分五裂、家破人亡。沈开成是深知父母这一点的，所以在他出来当厂长、做生意时，父母一直在他耳边念叨不要"赚黑心钱"、不要做让人瞧不起的事。沈开成在很大程度上也一直把没有多少文化的父母的这些忠告牢记在心，所以在生意场上滚打几年下来，也算对得起社会，对得起政府，更对得起方方面面。"现在，现在我是优秀共产党员了！这不仅是大伙认可我沈开成，也是认可了我做的生意是对的。也让我们沈家人有了面子……被人瞧得起了！"这些话虽然都埋在沈开成心里，但面对父亲刚才说的一番话，作为儿子的他忍不住热血奔涌。

也正是因为想到了往日的这些酸甜苦辣，那一瞬间，他感到鼻子酸酸的，眼泪忍不住像天上落下的雨，"哗哗"地流个不停……

"这是我人生中第二次掉泪。"沈开成这样跟我说。他说他是为父母和家人能理解他出来搞企业而感动的。

其实他哪里知道，在他搞企业、到处奔忙的这些年里，同村、同乡的人在背地里，没有少给他父母和家人的眼里"挤眼药水"——那种冷嘲热讽有时比直截了当向你捅刀子还扎人心。所有这些，沈开成并非不知道。许多时候，为了少让家里人为他在外面办企业操心，沈开成从不把自己在外面受的委屈、吃的苦放在嘴上，即使有时因为给厂子里谈成一桩生意，他自掏腰包甚至连口袋都掏空了，还要在家人面前表现出一副赢了生意似的精气神……

"那个时候，出趟差，厂里有时连出差的路费都付不起，根本就不用说啥出差补贴。"沈开成说，"但你回家不能两手空空，所以出差期间，你就是饿了几天，也得想法子留上几块钱，给家里带些啥东西回来，让家里人感觉你在外面挺光鲜，生意顺风顺水的。其实就是打肿脸充胖子嘛！"

这样的事，在沈开成办 84 消毒液厂的初期，可谓"家常便饭"。

"受苦并不算啥事，我们这些人从小在农村长大，啥苦没吃过。但办好事受委屈，或者被人误解，这才是叫人难受。"沈开成说，自己受点委屈、被人误解其实是"自作自受"，"但家里人尤其是一把年纪的父母跟着你受委屈、受外人冷嘲热讽，这才是叫人真难过的事……"

沈开成说，当他在拿到省里评选的"优秀共产党员"证书给父亲看时，老人家说的那番话叫他忍不住落泪，就是这个原因：他为集体办企业受的苦与罪平时没法说，有苦往肚子里咽。但他不忍家人和父母跟着他受委屈。

"你一个人光鲜的时候，外人都羡慕你。可他们哪知道这些光鲜的背后，不知道有多少苦和难，是要靠你一个人驮过来的呀！"

沈开成是个不太容易动感情的人，但说到这些，他的眼里会噙着发亮的泪花。

"记得我小时候父亲打过我两次：一次是我没有看好自留地，结果被一只猪把麦苗吃掉了，父亲生气，打了我。第二次我弄鸟枪，差点打中了人，后一次打得我整个人都发蒙……其实父亲很爱我，他以他的方式爱着我和哥哥姐姐。在他临离世时候，他嗓子里有口痰出不来，我急得没法，医生也没招。后来我含着眼泪，使劲地在他后背拍打了三下，一边拍打，一边说：我小时你打了我两次，这回我打你三下！结果还是没能把父亲救过来……"沈开成说到这儿，声音哽咽了。几乎所有成功的乡镇企业家，都与沈开成有着相同的经历。这是中国企业家成长的代价。

第九章
『广告能手』

沈开成说他一生中，没有什么特别的嗜好，就是爱喝点"散装茅台"。

我知道那个他喜欢的"散装茅台"，就是由出茅台酒的茅台镇生产出来的酒而又非正式茅台酒。

真茅台酒与茅台镇上的千百家自制"茅台镇上的酒"是有差异的，这份差异一般人都不太清楚，喝酒水平高的人才可能分辨得出真假茅台酒，因为茅台镇上的许多大大小小的作坊所酿出的酒有的口感也近似于"茅台"。我受茅台酒厂的委托，前年专门写过一本《茅台——光荣与梦想》的书，所以对茅台酒和"茅台镇上的酒"可能比一般人知道得多些。除了茅台酒外，茅台镇的土酒中，不乏好酒，原因有二：一是茅台镇上的所有酒厂与茅台酒都在同一个微生物圈，这一点极其重要。因此哪怕你在工艺上、酿酒功夫上差一点，但因为在同一张"温床"上，所以酒的基本色不会有太多差异，水、空气、环境和原料基本一样，这都是酿酒的最重要的条件；二是有些茅台镇上的私人酒坊，其师傅也都是茅台酒厂出来的老师傅，他们的手艺和技术被带了出来制作新的茅台酒。沈开成的爱特福"酱香型陈酿白酒"就是属于这样的"小茅台"。它出自茅台镇"百年黔庄"，而且在瓶上标明是"茅台镇仁溪路上的酒厂"。沈开成喜欢喝酒，所以在 2000 年时，就与茅台镇上的一家酒窖合作，自制了爱特福"酱香型陈酿白酒"。他借着"爱""特""福"这三个字，分别制作了三款"爱特福"系列酒，而且给每款酒特别的定义："爱酒"为"银婚、金婚、钻石婚，品尝爱酒，燃烧爱的岁月"；"特酒"为"想你、懂你、等着你，品尝特酒，往事峥嵘岁月稠"；"福酒"为"儿生、孙生、重孙生，品尝福酒，流长福的东海"……从这三款"爱特福"酒，可以看出沈开成对企业文化，特别是广告宣传和广告艺术，有比较深的认识和运用。这对他缔造"爱特福84消毒液"的成功具有特别重要的意义。

与沈开成接触久后，会发现他有个特点：一旦他认定和钻进去的事，最后他几乎都能成为半个行家——当然他不入"写剧本"的行当是聪明的，否则中国少了"84"这个驰名商标，却多了一堆垃圾式的影视或舞台剧——这是一句玩笑话。

说起"爱特福84"和它的广告，沈开成再三叮嘱我一定要写到原卫生部部长钱信忠，因为是这位老部长与他一起给了中国消毒液一个响当当的名字：84消毒液。

沈开成说，当时他到京城拿到专利后，就在"贵人"帮助下，去卫生部向钱部长汇报。"原来的产品名字叫'肝炎洗消剂'，定位不准确，是洗还是消呢？加'肝炎'这两个字人人见了都怕，消费者一听用它的好像都是患肝炎的人似的。我在钱部长办公室跟他一起讨论改产品名时，钱部长说，小沈你是南方人，脑子灵光，你给起个名。我一听，立

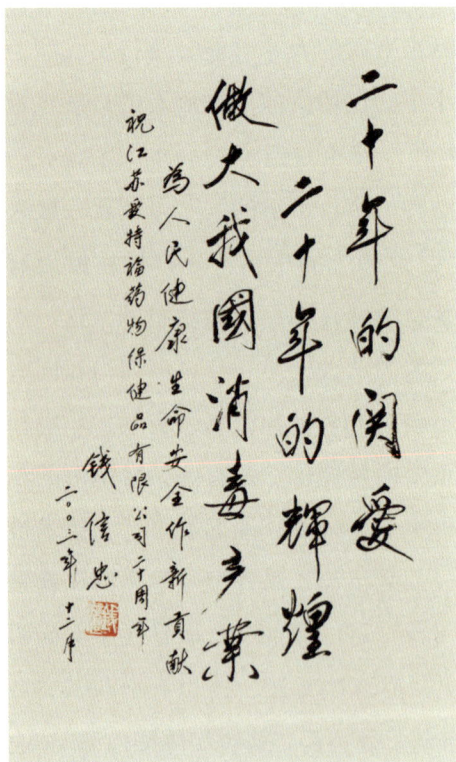

原卫生部部长钱信忠为爱特福集团20周年题词

即兴奋起来，看了看部长大办公室内的陈设与布置，那时国家正在搞'星火计划'。而这个计划也正好是我们消毒液产品 1984 年研制成功的时间。我就对钱部长说，要不我们就用'84 消毒剂'！他一听，连声说好，又说：84 可以用，消毒剂最好改成消毒液，这样更适合于广大老百姓用！就这样，一个中国品牌诞生了！"

"这应该算是我和钱部长共同的发明专利权。"沈开成笑言。后来，沈开成在给自己厂注册商标时，用的是"爱特福 84"，为的是区别于市场上其他"84 消毒液"产品。"我读书的时候英文比较好，所以知道'84'的英译就是中文音'爱特福'……"沈开成说。

再说自从在江苏省内的几次"广告战"后，沈开成对广告促生意，充满了极大的好奇和兴趣，这并不是因为他的艺术细胞又被激发起来了，而是他意识到广告原来也是生产力呀！而且是比他在陈桥镇拼命让工人们"干啊干"要好一百倍的效果哩！

想想也是这回事：你辛辛苦苦在厂里把产品弄出来了，假如靠自己和几个销售员在外面跑、拉着人家喝酒，再谈上几个"回扣"啥的，也就能够签上几个合同。广告不一样呀，你电视上、报纸上一宣传，人家就主动打电话或找上门来要你的货，这种感觉完全不一样……沈开成喜欢这种别人求上门的生意，因为这种被人仰望的谈判姿态，能让他在生意交易中获得主动权。一旦获得这种主动权，生意就是一种艺术了：你可以充分发挥想象去实现你所想的目标，哈哈，总而言之，广告像是给一个企业和一个产品插上了翅膀一样，让它可以飞起来！

"那段时间，他像上了'广告瘾'似的，甚至连厂里都来得少了。他把拍广告当作车间一样……"厂里的几位老员工这样说他。

沈开成说："这个是对的，厂里那点事交给一个人盯着就是，但广告拍得好不好，比产品本身其实还要重要！"

他的话不是没有道理。俗话说：酒香不怕巷子深。但你的酒不太香的时候，你就得靠"嘴"去外面说，让它变香、慢慢香遍每个旮旯，这你就赢了不是？

说沈开成聪明就是他在这些问题的认识上比别人深刻。他能通过一件事，看透事物的本质，然后不懈地去努力改进和突破。

"广告的最大特点和优势，就是它的创意。创意成功了，你的产品就会跟着成功！"沈开成总结道。

1991年，当沈开成刚刚从"84"广告中尝到甜头时，一场震惊全世界的"中东战争"打响，那时全球人都在看"中东狂人"萨达姆如何应对强大的美国介入，在那场战争中决定了胜败的"飞毛腿"导弹，可谓是一鸣惊人！

"它杀伤力大，一弹飞出去就把对方打得稀里哗啦的，不很符合我们84消毒液的功能吗？所以别人天天守在电视机前看热闹，我一看到'飞毛腿'导弹飞来飞去，激动得坐不住了！立即让人赶紧去注册'飞毛腿'消毒液商标，这下好了！一个名牌商品就这样问世……"沈开成在几十年的商界生涯中，有许多成功案例，这"飞毛腿"商标是较为典型的一例。

第一次改造的生产线

"好，这个创意太贴切！太赶上时间点了！"当沈开成把自己的想法告诉广告公司后，那些专业人士的眼睛都跟着亮了，纷纷称赞他的点子好。

"那就劳驾各位抓紧拍吧！"沈开成便说。

"拍！我们马上动手！"

这回沈开成请的广告拍摄和制作团队是上海电影制片厂的。

"我有一个特点：认准了谁是最强最好的，我就会不惜一切代价去把事情做好。"沈开成说。

不用说，上海电影制片厂派出的摄制团队肯定是专业过硬的！沈开成一看，嗯，不错。领队的是位老导演，他的得力干将是位年轻的北方小伙子。沈开成心想：你上海电影制片厂，肯定不会派谢晋这样的名牌大导演，这我能理解，你也不会派一群无用之才来敷衍我，因为你那样做会砸上影的牌子。

现在你派来的团队，正正好。沈开成心想：我可以对他们"发号施令"。我是老板呀！我给你们钱嘛！

20世纪90年代那会儿，中国的文化单位都不景气，上影也一样。谁有本事搞些钱，能给职工们发工资，谁就是好汉！优秀职工！上影厂长那个时候对沈开成这样的企业家、"钱袋子"非常看重。

沈开成不傻，他就是看中这一点，所以才不管你们上海人背地里骂不骂我"乡下佬"呢！

上影方面真正出场承担沈开成这趟活的是青年导演肖慰鸿。

"那时我确实年轻，二十六岁。他沈老板是四十八岁。我们这对差了二十二岁的男人开始了一段难忘的'84'广告之旅，而且从此结下了缘分……"2023年年末的一个日子，沈开成约请肖慰鸿导演与我见面，依然非常年轻的肖导开口便这样说。

下面便是他俩讲的他们共同制作"飞毛腿"消毒液广告的事儿——

第一个要重点讨论的还是用谁当代言人。

🦆 爱特福集团生产基地主门

上影方面：这个不用费心，我们厂里有的是明星。你挑便是。

沈开成直摇头：我不用明星，用跟我"84"相配的人就行。

上影方面：那你认为谁最合适？

沈开成看看几位上影老资格的导演，他们的态度好像很一致。于是他便转向青年导演肖慰鸿，问他：肖导你觉得呢？

肖慰鸿是北京电影学院来的，年轻气盛，才不管"老上海"人的感受呢！他说：我倒同意沈老板的意见，不一定非要明星，比如找个灵巧的女孩子也行。

沈开成立即打断，道：对啊，娃儿是人人喜欢的，我们头一个广告就是用的一个女孩做的……

上影方面：那——你们试试看吧！

小肖，这事就交给你了！你跟沈老板好好研究研究，把这活整好了啊！上影方面的负责人顺水推舟，把"84"广告的活，就这样交给了肖慰鸿。

其实人家是堂堂国家名牌大电影厂，你一个乡下人拍个广告，还挑三拣四！哎哟哟，你们自己搞去吧！沈开成当时并不太理会上影厂有些人的这番"小心思"，一听说让他与年轻的肖慰鸿合作干这广告，反倒十分高兴，拉着肖慰鸿就要去喝酒。

喝酒过程中，许多重要细节便定了下来：要找个女孩做"飞毛腿"广告的形象大使！

找谁呢？

先不宜定谁！可以多找些小美女……肖慰鸿说。

同意。沈开成尽管比肖慰鸿大了将近一倍年纪，但喜欢这思想有宽度的小伙子。"他没有框框，只有蹦不完的点子。我喜欢这类型的青年人。"沈开成用饭桌上的酒来代表他的心声。

这些水果怎么这么贵啊？有一天沈开成发现一个问题。

是啊，它们都是进口水果。肖慰鸿满不在乎地道。

我们也有这样的水果，为啥非用进口的？沈开成有些不悦了。

肖慰鸿不得不停下手中的活，认真地回答沈开成：因为进口的水果质量比我们国内的水果色质好，照出来的影像效果超出我们国产水果的几倍！来，你自己看看……

沈开成凑到肖慰鸿已经拍好的"素材"片子前一看，不吱声了。心里骂自己：人家就是专业，你懂个啥！

到哪儿拍呢？

就在影棚里。

影棚是什么？沈开成不怎么懂。

喂喂，啥时候带沈老板到我们影棚里看看，让他见识见识！

沈开成是好奇心特别强的人。去看看。

这一看他吓了一跳：影棚里原来啥都有啊！你要军舰，它就把军舰移出来；你要高山，它就把高山推出来；你要坦克，它就把坦克开过来……原来你们是这样拍电影的呀！沈开成从小就对电影感兴趣，原本以为都是"真"的，结果到影棚一看，奶奶的，上海人真会整啊，都是假的！

全真的谁玩得起嘛！拍电影的人笑了，笑他沈开成"乡下人"，笑他不懂电影。

沈开成心想：我才不跟你们玩这些假东西呢！回头，他对肖慰鸿说：我们要拍的景全是真的！

肖慰鸿问：那你准备到哪儿去拍呢？

沈开成：要到环境最好、风景最好，尤其是空气最好的地方！

肖慰鸿想了想，说：杭州的天目山、江西的庐山怎么样？

天目山，沈开成去过，但没有去过庐山。可他知道庐山是新中国成立前蒋介石疗养的地方，也是新中国成立后毛主席特别喜欢去的，便点头：就去庐山。

临走，肖慰鸿突然又拉住沈开成，悄悄说：沈老板，有件事得跟你说……

啥事？沈开成问。

就是，就是……肖慰鸿直着眼，看沈开成，但说话则吞吞吐吐的。沈开成就有些烦了：说吧！是不是钱的事？对对，就是这个。肖慰鸿说。

不是已经定了预算嘛！哪儿又涨出来了？沈开成严肃地问。每一个乡镇企业家都是很会算钱的，沈开成也不例外。

肖慰鸿这个年轻人，他也来了个干脆，对沈开成说：按照你的要求，我们所拍摄的是电影胶片。但光有好胶片还不行，得有高级的镜头……

沈开成有些不解：镜头？镜头有那么重要吗？

肖慰鸿立即回答：那当然。好镜头出来的胶片效果绝对不一样。

沈开成又问：那你准备用什么镜头？

肖慰鸿：蛇腹镜。

沈开成聪明，马上听出"味道"了：说吧，有啥不一样？

肖慰鸿说：我们要用蛇腹镜……

沈开成摇头：这个我不懂。一定要用那个——蛇腹镜？

最好要用它，不然效果差不少。肖慰鸿点点头。

沈开成又问：我知道你们的设备都得向厂里借，那这个蛇腹镜租一天多少钱？

4000元！

沈开成一听，一对目光像两道电似的射向肖慰鸿，意思是：真的？

肖慰鸿点点头：我们上影是国营单位，这些事情上用不着做手脚的。

沈开成想了想，说：依你的，用最好的镜头！

肖慰鸿顿时高兴道：沈老板痛快！

一切就绪后，上影人的广告团队准备向拍摄地庐山进发。

沈开成跟来了，说：我也去！

肖慰鸿等面面相觑，暗笑：这个"乡下人"厉害啊！

庐山的风景和空气确实好。但沈开成仍然与肖慰鸿有共识：要优中选优、好中择好。

"后来在那里待了不短时间。沈老板他天天跟着我们一起拍摄，甚至经常指点江山……"肖慰鸿一边说，一边指着沈开成笑言，"他这个人太厉害了，不仅后来成了广告专家，而且我们上影都认识他，慢慢地，许多人以为他也是导演呢！就叫他'沈导''沈导'的。"

"真有这回事？"我们都笑了。

沈开成红着脸，乐道："人家上影的摄制棚开棚是十点钟，我呢每天九点就到了。日子一长，门卫师傅以为我是新调来的导演，所以他们就这么叫我……"

"我说他太专业这是真的，因为一方面他介入太深，我是导演，他比我操的心还多；制作团队里有写剧本的，他比人家还认真，一字一句地琢磨。拍摄现场更了不得：他就是导演!"肖慰鸿说跟沈老板干活，实在太累，累得能把人往绝路上推。

"他是不达目的不罢休的人!"肖慰鸿说。

"我出了钱，又把广告当作是企业发展的一条捷径，能不认真吗?"沈开成有自己的道理。

在庐山拍片的日子里，沈开成跟着拍摄团队每天起早摸黑，他既是广告片的出资方，同时又是片子的"监工"，但更是摄制团队的"大保姆"。

"沈老板这人地道，特会关心人。"肖慰鸿深情道：在庐山拍摄过程中，一群女孩子睡在帐篷内，野外虫子很多的。沈开成就拿出他的产品，说如果我这东西不能保护你们，那证明我们的产品过不了关。你们尽管大胆用。用好了，就在拍广告时多卖力。用得不好，骂我沈开成!

哈哈……沈老板真是有意思!

几天下来，拍摄团队和演员们普遍反映："84飞毛腿"真管用! 女孩们用了沈开成的产品，立马不再被虫子困扰，这让她们对所拍的广告有了一种切身的体会和感情。

庐山的风景和空气太好了! 这也让导演、演员和剧作者有了许多现场灵感。

比如："老好空气净，让空气也是绿色的……"这就是大家在现场的直接感受。

沈开成在庐山的拍摄现场收获最大。有一天在拍摄结束之后的晚上，他躺在草地上边享受庐山的月色，边思考有没有更好的广告词……

一轮明月挂在夜色下的庐山之上，格外皎洁。此刻的他，脑海中泛起童年时的一些碎片式的记忆：那时身为苦孩子的他，因为夏天太热，睡不着，就只能搬把凳子在自己家门口的石板上坐下，困了就躺在石板上。可一会儿又醒了，被虫子咬醒的……唉，那时的虫子太多、那时虫子也太狠，咬一口就会起个大包。

"妈妈，月亮上有蚊虫吗？"有一天，他问自己妈妈。

"月亮上没有蚊虫。月亮是个最干净的地方……"妈妈这样对幼小的沈开成说。

对啊！我们的广告中如果有这样的一个情节多好啊！沈开成想到这儿，"噌"地蹦了起来，飞奔到肖慰鸿那里，把自己的想法告诉了年轻的导演。

肖慰鸿等一群编导听后，愣了半晌，突然几个拳头朝沈开成"砸"去——

沈老板啊，你是想砸我们的饭碗啊？

怎么啦？沈开成吓了一大跳，是不是自己这个"外行"想得太"那个"了？

不是不是，你这个创意太牛了！牛到天花板啦！

是啊是啊，沈老板，你要总这样的话，我们真的会砸饭碗的呀！

原来是这样啊！沈开成开心了，说：你们可以到我"84"厂来呀！

好，一言为定！

"沈老板是很讲义气的人，从此我们真的跟他结下深厚情谊，广告业务做了很长时间，他也成为当时我们上影的'钱袋子'！"肖慰鸿说。

不过沈开成后来一直念叨一件事：干专业的事，就得找专业的单位和专业的人，他们认真起来，绝对不会掉链子。比如拍"飞毛腿"时与上海电影制片厂合作过程中，他学到了许多东西，其中最为突出的就是人家导演和演员，一旦把活扛起来后，就非常认真、极端负责，不会像一些"野班子"为了赚钱，纯粹是糊弄你。

"为了唱好一支歌，上影的老师在录音棚里，一连录了五六十遍！那种一丝不苟的精神你不能不佩服。"沈开成感慨道。

还有，同样是用电影胶片，有的就可能是用16毫米的对付对付得了，但人家上影厂用的全是32毫米的胶片。"那种清晰度完全不一样!"沈开成因此十分满意。

"飞毛腿"广告大获全胜。这不仅要说沈开成及时抓商机，迅速把原本一个纯粹的卫生用品，一下变成了生活用品，这一产品应用对象上的突破，让"84"产品完全摆脱了纯粹的专业和狭窄的市场，而一下打开了几乎没有边际的广阔天地。最重要的是，上影厂肖慰鸿他们与沈开成合作制作成的广告在上海、江苏电视台一播，立即风靡起来。之后中央电视台和其他多家省市电视台跟着播出，"84飞毛腿"一鸣惊人，响彻大江南北——

> 广告镜头：
> 一对漂亮、可爱的母女，在空旷的绿色大地上，遥望着天上的一轮明月……
> 女儿说：妈妈，我要到月亮上去。
> 妈妈问：为什么？
> 女儿：月亮上没有蚊子。
> 妈妈：乖，妈妈有办法。
> 超现实镜头：妈妈一手把月亮"带"回家，一手持着"84飞毛腿"杀虫气雾剂。
> 清脆、美感和时尚的歌声响起：
> "84，84，爱特福……"

后来"84飞毛腿"的广告到底有多火，金湖人告诉我：如果你还记得当年"燕舞! 燕舞"和"孔府家酒"这两个广告，那么你就应该知道当时还有我们金湖的"84"的广告，这三则广告当时是平起平坐的，大人小孩都能把这三家的广告词和广告歌曲当山歌一样唱。

"是这样吗?"我问现在的沈开成。

他点点头:"是这样。'燕舞'当时是我们盐城的一家收录机厂,孔府家酒是山东的,加上我们'84',三家厂相距又不远,所以当年业内称我们是'广告三杰',彼此不分高低。"

啊,真是厉害了!

可以想象一下:一个乡镇小企业,一个卖消毒药水的小厂,竟然跟一个酒厂、一个当时全民都要提一台的收录机厂家,竞争广告宣传,该需要多大气魄!

广告的背后,说白了,就是两个字:砸钱!

相比之下,沈开成的"84"厂,产值最低、厂子最小,又是乡镇企业,怎么可能与上面两家财大气粗的大厂比高低呢?

沈开成则豪迈地回答我:"当年我就是跟他们争广告高低,而且我们也没有输过!"

"我们这个广告制作后来还获了第六届全国广告设计铜奖呢!"肖慰鸿导演说,当时那句"妈妈说,月亮上没有蚊子"这句创意,震倒了广告界的无数专业人士和评委专家,所以颁奖时,有人问"84飞毛腿"的广告是谁创意的,我们都说沈开成先生。

"好多人误以为我是广告设计方面的专家呢,一个劲地递名片给我,意思是你是否有机会帮我们也设计设计广告……"沈开成得意地回忆道。

新广告制作成功后,沈开成便开始掀起了新一轮的"84"广告旋风——说"旋风"是比喻那段时间沈开成对在媒体上尤其是电视上做广告像着了迷似的,不管前面有多少对手,他都不惧怕,什么"茅台""五粮液""古井贡"……这些酒业大佬和其他产业的王牌单位,他沈开成毫不畏惧。人家要算算账再来做多少广告,沈开成相反:哪个影响大,我就到哪儿做广告!

上海和江浙、湖南等八大地方电视台,沈开成已经布阵和铺开。

那么剩下的就是最大的广告平台——中央电视台。

业界都知道，上央视和在央视做广告，一定是大品牌。因为央视的广告是"天价"，不是一般中小企业能够承受得起的。全国人民都知道，谁能上央视广告，就意味着谁就是业界"大佬"和著名品牌。这绝对是实力比拼，也是产品名气比拼。

"84"？"84"是什么东西？

啊？是消毒液？他来凑什么热闹！想"杀"死我们哪？

头一回听说有一个"84"产品要进入央视广告竞价报名单时，有人怪声怪气道。

沈开成那时年轻气盛，心想：我才不管你是天王老子，我"84"咋啦？别看现在不得势时你们得意忘形，一旦病毒袭来，你们再牛皮的单位和企业都得下，都得来求我"84"！喊。那个时候，沈开成头发又长又乌黑，只见他潇洒地将长发往后一甩，穿着笔挺的西装，跟着参与央视招标的大佬们一起在梅地亚中心边上的豪华宾馆登记入住……

晚上是"主人"设宴，场面十分豪华气派。每一个桌子上都立着桌签，上面写某某公司谁谁董事长、谁谁总经理。那种场面，就是显摆各自的实力和地位。沈开成的眼睛里出现的尽是他平时想见却没有机会见到的那些著名企业家、名人。混杂在其中的他，既兴奋，又有些自卑，自己毕竟是小打小闹的乡镇企业，产品还是比较"边缘"的"84"消毒液。

"沈老板啊，我们都是卖吃的，而且中国人也爱吃，我们贫穷了几代人，现在日子好了，大家就更想吃好的、多吃点！你看你，弄个消毒液来做买卖！要不，你就做我们产品的代理商吧！保证，我给你个好折扣，怎么样？"

沈开成知道人家是看不起他和他的产品，心想：我才不会受你这么点小看呢！他礼貌地回敬道："我的大老板，就是因为你们卖的好吃的东西太多，所以容易把人的肚子吃坏了，坏了呢，容易得病。这一病呢就容易传染给他人。我呢，就是怕你卖给人家的东西太多，一多呢，病的人更多，所以就给大家准备了杀菌的东西……"

对方是明白人，知道沈开成在嘲讽他，便不由得尴尬地冲沈开成道："沈老板不简单，是个推理学家，是个商界高手！"

"不敢当。不敢当！"沈开成忙谦虚。

酒桌上，又有人来找沈开成碰杯。平时沈开成也是不畏酒的人，但这次不知咋的，才喝了两三杯，他的脸就通红。

过来与他碰杯的是酒业界的大佬之一，也是在央视上做广告非常敢"砸"钱的安徽古井贡酒厂代表。

央视的"广告竞标"会，实际上也是一场"笑眯眯的战役"，因为都是商界的大佬们相遇，虽然是竞标，实际上是实力和名声的决斗，输赢非常讲究，而且还有"面子问题"。中国人讲究这个。沈开成自然同样特别在乎这些"场面上的事"。

"来来，沈总，我们干！"古井贡酒厂的代表频频过来与颇有些酒量的沈开成干杯。

人家是客气，沈开成理当应酬。于是你来我往，十来杯下肚，沈开成感觉全身发热……他是西装革履出席这个竞标前的宴会的。他以前出差、开会不那么讲究，穿着很随便。这回到中央电视台竞标，场面不一样，所以沈开成特意置了套有模有样的高档西装，请人手把手地教了如何扎领带。其实他并没有完全学会，于是就参加了竞标前的这次宴会。

如此宴会上，一本正经，又要喝酒寒暄，相互敬酒，加上一杯又一杯地往下灌……沈开成显出了他的尴尬表情和动作。

"沈老板啊，现在是喝酒，你把这领带松一松！来来，我给你松……"人家古井贡酒厂的代表一边说，一边就伸手过来给沈开成解领带。

"你、你干啥呢？"领带被解开了，但沈开成不高兴地嘀咕起来，眼里露出十分不满的情绪。

酒桌上的气氛一下有些变味了。"沈总你要不早点回房间休息……"同桌人赶紧打圆场。

"对对，沈总累了，累了！先休息去吧。"众人便这样把沈开成扶着往房间里送。

这一夜到底怎么过来的，沈开成说第二天头脑才慢慢清醒过来。"我、我昨晚跟朋友们喝多了？"他自言自语起来，且似乎想起什么事来。

这个时候他拉拉自己的领带，噢——明白了，昨晚多喝了一点，跟人家撒脾气了呀！沈开成有些后悔起来。

竞标会马上就要开始了。沈开成一边认真打起领带，一边快步赶到会场。他要为昨晚失礼的事向古井贡酒厂的代表道个歉。

"咋？没事没事！你就多喝了几杯！我后来也不省人事……哈哈，酒桌上的事你也当真？走走，我们去抢标才重要呢！"

央视的广告招商会，也叫"广告竞标会"，那个阵势沈开成第一次见，其实即使是那些国内著名企业和大老板们，很多人也都是第一次出场。每一个角色、每个座位，都有些经济界的"江湖"味道：你是有意角逐"标王"，那一定是被安排在与中央电视台台长紧挨着坐的位置。很简单，堂堂央视的钱袋子是不是鼓，某种程度上也是要靠这些"标王"来支撑着的，所以座位决定了这种"江湖地位"。所谓"标王"，实际上就是在央视《新闻联播》前几秒钟的广告花落谁家的名牌比拼的结果。央视广告"标王"曾经创造过数个"标王"，比如1994年起的亿元"标王"，即某个时间段的广告费达一亿元以上的：

第一个亿元"标王"：秦池酒，3.2亿元；

第二个亿元"标王"：爱多VCD，2.1亿元；

第三个亿元"标王"：步步高VCD，1.59亿元；

第四个亿元"标王"：步步高VCD，1.26亿元；

第五个亿元"标王"：熊猫手机，1.0889 亿元；

第六个亿元"标王"：蒙牛，3.1 亿元；

第七个亿元"标王"：宝洁，3.85 亿元；

……

"我们爱特福'84'是在最早的时间点上参与央视广告竞标的……"沈开成很清楚这些"标王"的竞标过程，因为好几次他都在竞标现场。他用了这样两个形容词：惊心动魄、热血沸腾。

之所以有言"惊心动魄"，是看着一次次举牌的比拼，不管是你自己还是别人在竞标，都会很紧张。"这种现场参与感其实就是实力和勇气的比拼，还是企业家与企业家之间的勇气和智慧的比拼，很能看出一个人、一个企业是否有领头羊的作用。"沈开成认为，别小看这种竞标会，它能让人直接感受到每一个企业、每一个企业家的独特风格与精神品质，以及智慧与勇气。"可以学到很多场合不可能学到的东西。"沈开成说。

作为爱特福"84"厂老板，作为一个小企业的经营者，沈开成自己在竞标会上的表现，也充分展示了他的个性与办企业的特点。

"是淋漓尽致的表现。"他用了八个字形容自己。

显然从企业的规模和实力而言，沈开成的"84"在众多中国老牌企业和新兴产业冒出来的一个个大老板面前，是"小个子"，甚至别人根本没有把他放在眼里。但从另一个角度看，他又是令人刮目相看的一匹黑马……

在央视竞标会上，除了"标王"外，还有些"中王""小王"也十分显眼，而且它们体现的是正在崛起的一代新企业、新"标王"。"大标王"具有垄断性，如经济活动中的一场倾盆大雨；中小"标王"，则可能是真正的一场春雨、一次清凉到人筋骨的夏雨，所以它们更能引起人们的感情与视觉冲击。

如果按照实力和企业规模划分，沈开成的爱特福"84"显然是个

“小个子”。

“他？他是谁？”

“84？ 84是什么东西？”

“消毒药水？哈哈……我们都是喝的玩的，他弄个怪产品来，这不是来捣乱嘛！”

“可不是！中央台的门也开得太随便了呀！”

本来沈开成第一次参加这样的广告界盛会，尤其是看到那么多“大亨”已经如坐针毡，深感压力。但耳边听到如此一阵阵阴风凉气后，他脾气反而一下上来了：奶奶的，老子“84”咋啦？老子就是小企业咋啦？你是牛，但有你不牛的时候，也有你找我“84”的时候，那个时候我看你再牛不牛！

“我要——”竞标是一次一次的举牌。在竞标一个时段的过程中，沈开成突然把牌子举得高高的，不由自主地随口吐了一句不少人听不太懂的金湖“普通话”……

众人的目光不约而同地射向个头不高却气宇昂然的沈开成。

“‘84’中标！”竞拍师的榔头“哐”的一声落下。沈开成的脸上露出一丝骄傲的神态。

他成功竞拍。标价不高不低：数千万元。

这个数在央视竞标会上，算不了什么，只能算是中等标价广告。但对“84”厂、对“84”厂在业界的影响和社会知名度而言，尤其在江苏和金湖，还有在药业界，绝对是一颗明亮的“卫星”上天了！

“我之所以这样不惜代价去央视跟那些著名企业竞争，实际上有两方面考虑：一是我内心有个强烈的愿望，中国乡镇企业同样可以成为国家经济发展的支柱和半壁江山；其二，我们‘84’虽然在当时百姓的生活中还没有成为一种人人都离不开的生活必需品，但我有信心让它成为中国亿万已经开始富起来的人的生活必备。因为我当时已经意识到一件事：社会在发展，人类面临的生活和生存危机也随之在不

断增加。这种危机意识其实在发达国家是普遍的，只是中国人过去穷
惯了，不太在乎自己的身体和生活质量。而这个转变过程在我看来会
很快发生，因为这也是一种规律——人类发展中的自然规律。后来证
明我当时的判断是正确的。"沈开成在生产和开发"84"产品的几十年
中，最初完全是为了企业也包括他个人命运的一种基本生存需求，后
来随着企业不断发展，他越发清晰自己的产品与人类生活和社会发展
有着密切的联系，也就是说：平时大家越不太注意的一件事，可能到
后来越会让全社会甚至全人类难以应对，这就是灾难和人自身酿成的
各种疾病……

当84消毒液从一种防护性的药品，发展到人们日常生活的一种必
备用品时，这一过程其实是具有革命性的，就像人们对绿水青山就是
金山银山的认识提升过程一样。无疑，沈开成是这一过程中贡献最大
的一个人。他就是提醒不断迈向丰富物质生活和富裕之后的人们，不
要忘了疾病和灾难也在追随着人类的文明进程，并且与人类进行着实
力越来越不对等的斗争。通常情况下，看起来人类很强大，科学技术
也在不断发展和强大，医疗水平越来越高。然而狡猾的病毒与细菌，
它们也在不断变异和分化，不断隐蔽，最终有一天伺准机会，向人类
发起一次进攻，通常会把整个世界折腾得凄凄惨惨……

沈开成比普通人更清醒和清楚地认识到这一点，他甚至比一些专
业的医学家和人类学家更强烈地意识到这一点。在别人嘲笑他花那么
多的钱去跟"大象"们拼——"他的'84'就像一只小鸭子似的摇摇
晃晃"，有人就这样笑话他不自量力。

他沈开成信仰坚定，意志不可动摇。因为他内心明白：各种想象
不到的自然灾害和人类自身造成的病毒灾难随时可能袭击人类、破坏
社会。我们的"84"尽管势单力薄，但却能抵挡一下病毒和自然灾害
的肆意侵袭。不错，你堂堂的一家名牌酒厂、时尚的家电VCD，让亿
万人狂欢和陶醉，而我的"84"无法与你相比。但当有一天灾难和疫

情来袭时，你们轰然倒下了，而我"84"却会在你最痛苦、最需要的时候出现在你面前，甚至拯救你的生命和你全家人的幸福。

这就是我沈开成和我们的"84"来到你们中间、亮相于中央电视台广告之中的原因……

"我们愿做你幸福生活的陪伴。我们是你生命的保护神！"

沈开成以小船抵巨浪、以弱力挽狂澜，在 20 世纪 90 年代初至跨世纪的十几年时间里，始终如一，昂首在广告界成为真正的一匹"黑马"——

他以七千多万元竞标价，竞拍下了中央电视台十五秒的时段广告；

在上海电视台，他出手四千余万元广告费买断黄金时段；

江苏电视台节目中，他的"84"产品是常客；

全国重点省市主要电视平台和报纸媒体，"84"产品遍地开花……

另一份财务报表上，我看到"84"从 1988 年至 2010 年的十二年中，花费在广告上的总经费高达四点五亿元之多。

但"84"厂的另一份企业利润表的数字也让我大吃一惊：1988 年至 2010 年的利润只有几百万元……

什么意思？就是沈开成在那些年里，把企业几乎所有的利润都花到了广告之上！

"值得这样干吗？"我笑问他。

"当然值得。不然我们的'84'就不会有今天这样的发展，也不会成为同行中的龙头老大……"沈开成十分骄傲和淡定。

"为什么一定要以这种方式呢？"

"广告做大，质量做久，企业才有可能成为百年老店——这些年我就是按此思路在办企业。"沈开成告诉我，除了上面已经谈到的他对广告的认识外，他对企业内部也有独到的思考：如果一个企业自己不想往更好的方向发展，那么就没有必要去大做广告。广告做得越大，其实对企业而言，压力也会越大。压力大了，企业对自己的要求就会更高。这就是他沈开成用广告在不断扩大自己企业产品的影响力同时，也在通过强大的外力来推进自己企业内部的提升生产能力、质量水平，以及员工的素质。

其实，关于广告的神奇作用，沈开成并不知道他所崇拜的日本"经营大神"稻盛和夫早就说过这样的话：广告是一种具有高度认知的媒介，它就像蜜糖一样。在一个讲信誉的社会里，因为广告的作用，人们会对某一种产品和某一种事物产生强大的信任感，而这种信任感就会迸发由一种自然而然的依赖性。稻盛和夫了不起就在于他很早便看清了这一点，并在自己的经营中成功地运用了广告。

在今天的社会里，也是一样。在沈开成的"84"产品初创期时，人们对媒体上所出现的广告和广告内容都十分信任，尤其是对像中央电视台这样的"国家媒体"的信任程度是可想而知的。沈开成虽然没有像稻盛和夫所总结的一套"广告理论学"，但道理和实现的目的是一致的。沈开成深知在群雄崛起的中国老牌企业和新兴企业中，他和他的"84"只能是属于"小弟弟"。然而"小弟弟"也是一个人，也是一个有价值的人，"84"就是这样，虽然不及你"茅台""五粮液"名气大、市场认知度高，但人们不能缺少它，缺少了就有可能在灾难来临之时吃亏，因此"小弟弟"也该在大庭广众之中有一个立足之地。当有一天人们对"84"产品有足够认识之时，人之幸、国之幸、时代之幸就该到来了！

广告之战的经历，对沈开成的企业，自不用多说，可用"直上云天"来比喻。没有广告时的"84"厂，或许只能用"小作坊"来定位；"广告之战"持续发力之后的"84"厂和"84"产品，让消费者从不了解到熟知、从试试看到家庭必备……这就是沈开成的"广告旅程"。

在一路采访中，我有幸认识了曾经给"84"产品做过广告和代言人的数位明星级人物，他们都对自己能够与沈开成合作深感荣幸与骄傲。值得一提的是：有好几位原先并非明星的代言人，因为加入了

　　"84"产品的宣传广告团队，也曾红遍大江南北——他和她，现在都很骄傲和自豪。

　　"没有沈总，可能就没有我们的今天。我们永远热爱沈总，热爱'84'！"这句话，很真挚，也很暖心。

　　沈开成是个讲友情的人。他总把曾经在路上与他同行的人，视为亲密朋友。

　　"我对沈总的最敬佩之处，就是他能从一个完全的外行，竟然干着干着，成为内行！"这话是肖慰鸿导演说的。

　　"广告制作，其实是一门非常高深的艺术，我们这些专业人士，需要在专业高校学习至少好几年，但到了实际工作中，仍然需要从头做起。沈开成先生可不是，他本来是出钱让我们这些专业人士去给他完成他企业和产品的广告。但一次又一次地制作过程和宣传过程之后，他竟然对创意、剧本、取景、后期制作，特别是用什么样的代言人，比专业人士还专业。他还对电视台播出的广告与广告之间的衔接术语，

董事长沈开成与亚洲情歌天后周艳泓合影

董事长沈开成与奥运万米长跑冠军邢慧娜合影

一清二楚……这是其他企业家所不可能有的另一个优点。这样的人做企业，能不成功吗？"

肖慰鸿是个广告制作界的著名导演，他能给予沈开成如此高的评价，可见沈开成的"广告"本事。

有一段时间，金湖县有三个江苏省人大代表，其中一个是沈开成。另两个不用说也都是当地响当当的人物。但他们仨在一起开会的时候，另俩人会调侃沈开成：你沈老板不是"84"产品厉害，你是"广告"厉害人。

沈开成笑问：你们是不是嘲笑我做的广告太多了？

对方回应他，说：那倒不是。是你把广告当饭吃！我们没那胆量，也不会吃呀！

沈开成听后笑了，他明白人家的意思：你这家伙能把广告当饭吃，这碗"饭"吃饱了，企业和产品就有了力量，就可以在同行中无敌于天下！

哈哈，把广告当饭吃。沈开成想想，觉得也有一定道理啊！

平面设计专家、江南大学陈新华与沈开成和"爱特福"有二十多年的交情，可以说，为爱特福84消毒液走向市场、走到广大消费者心目中做出过特殊贡献。

"我跟沈开成先生合作是自从上世纪90年代开始的，大约是在1993、1994年那会儿，我在学校当老师，给《中国包装》杂志投了一篇企业形象设计方面的文章。结果后来收到一封沈开成先生的信，希望我为他们企业设计形象宣传用的广告和标识。说实话，当时我教学也忙，后来又到了日本学习进修，并没有太把这事放在心上。哪知一回国，沈开成先生又来信，还是希望我为他企业做宣传广告的平面设计，对他的这份诚心和诚意，我很感动，就这样在1996年开始便为他的'爱特福84'设计广告和宣传图案，这一做就是二十多年，这个是我没有想到的……"陈新华教授坦言。

　　"与沈开成先生合作这么久，我一直很愉快，原因有二：一是我们是苏北老乡，又都是在农村长大，对一些事情的认知非常接近，一说就能从心里相通。这一点非常重要。其二，他是个'夜猫子'，喜欢晚上干活，尤其是中午后，一直能干到半夜。这个作息时间与我一样，因为在学校教书，白天到教室，晚上开始给人家做设计，那个时候年轻，接的活又多，所以经常干到半夜。跟沈开成先生合作后，这一点特别能够让我们趋同一致。比如接了他的活后，他突然到了上海或苏州，就给我打电话，一般都是下午或晚上，我就开车过去，我俩边谈边干，常常干到半夜。有一次在上海，我们边谈边干到凌晨两点多！饿得不行，就到处在弄堂里找吃夜宵的地方。好不容易找到一家开着门的牛肉面店。店主说你们来得也太晚了，我们也要歇了。我们赶紧说你收多少钱都行，我们就想填填肚子……就是这种默契和愉快的合

2012 年荣获中国优秀工业设计奖金奖

爱特福集团商标墙

作，让我们俩成为好朋友！"

陈教授说，与沈开成合作时，他很有自己的见解，有时也很坚持自己的观点。但他非常尊重专业，而且虚心好学，学得也快。"磨合一段时间后，他对我充分信任，以后就基本不太管了，把活一交代，就说陈老师你干就是了。我把活干完后，请他最后审核把关，他就会非常认真地吸收你好的创意，同时也会提出一些自己独到的见解。一句简单的话可以概括：沈开成先生与其他企业老板不太一样，他非常识货，非常钻研，尤其是对广告和广告宣传感觉敏锐而准确，抓得住想表达的核心与要点，同时对新事情接受能力也强。"陈教授说。

"这个人虽然长期生活在苏北的一个叫陈桥镇的农村，但他与那里的人不一样，他比其他人敢想，也敢干，决策能力强，执行力也非常强，追求效率和效果。对任何新事物都善于接受，也敢于去尝试，喜

2015 年 8 月，董事长沈开成赴斯坦福大学学习考察

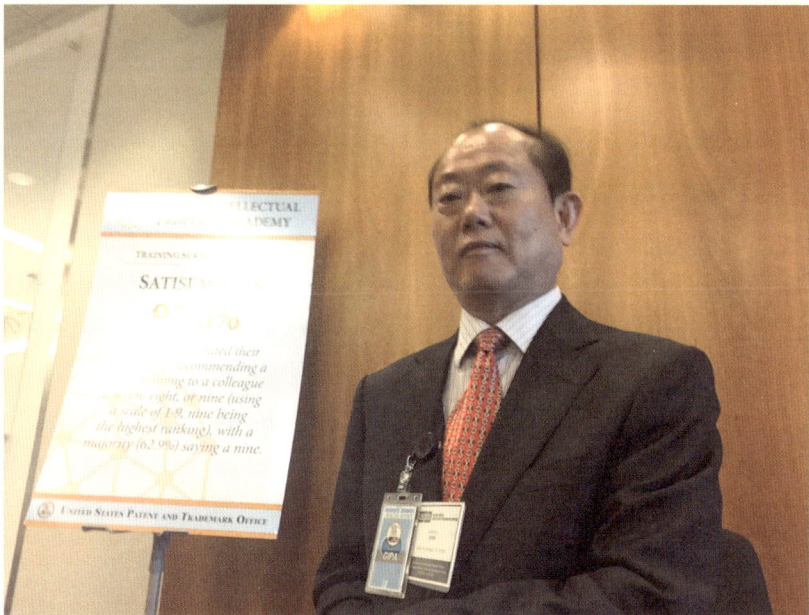

欢做跨越性很大的事，比如他做消毒液，也不只是一种单一产品，他做系列产品；做消毒液的同时，他还做车子、酒、蒿茶等等，都不乏成功的案例。在他身上有种特质：创新精神和善于探索精神。这种特质，决定了他是个非常杰出和优秀的企业家。"陈新华教授的这番评价，是真实和真诚的。凡与沈开成接触久了，都会有同样的感受，他善于学习和探索，让他对许多事情很快熟悉和内行，同时又对专业和专家深怀尊重。

说起爱特福84消毒液产品和"爱特福84"企业广告及企业标识的成功，陈教授说："这应该是我和沈开成共同完成的作品。"

"现在的'爱特福84'企业标识，以红、蓝、灰色为底色主调，红代表企业对外真诚、讲诚信；蓝代表产品质量、员工工作态度和企业技术上的高科技；灰代表爱特福84是中国大地上诞生出来的产品。整个图案是菱形，表示有力量，也暗隐书写体的'福'字体。同时它是'爱特福'的主体含意，即为民造福。这'爱特福'是84的英文谐音。这个是沈开成先生的发明，所以说，沿用至今或者说全国人民都熟悉的爱特福企业标识和广告，设计者除了我，还有一个人就是他沈开成。"陈新华教授最后特意添加一句：

"沈开成自己是爱特福最好的广告设计师……"

第十章

是运气，更是眼光

一个人的路，都是自己走出来的。一个企业的成败，也是企业自己走出来的。

有人非常期待自己的人生路上碰上好运气。也有不少企业总把命运押在运气上……然而运气总是具有偶然性，而真正决定人生命运的一定是这个人自己的选择与决断。企业也一样，选择什么样的发展方式和方向，是企业存亡的根本。

有人说沈开成的成功，是因为他的运气好，甚至说他的运气好到"推都推不开"。为什么？因为每一次他的"84"厂上一个台阶后，紧接着准遇上国家和某个地区突发一场或天灾，或人祸，这样他的"84"就大卖一阵子，卖到他的产品总是供不应求。所以有人说沈开成的存在，就是一场"祸害"。啥意思？就是我们大家经历一场痛苦，你沈开成和厂子就发一次大财！

对此沈开成摇摇头，他不这么认为。

"你就是运气好！大家倒霉时，你就大运来了……"人家说。

"照你这么说，你在好运时，我就倒大霉？"每每这个时候，沈开成既觉可笑，又很无奈，他反问他人。

"其实这些人说的话，是遇上了困难后把怨气和痛苦撒到我的头上。我能理解，谁都不愿经受灾难与灾害。但多数人并不想问题的另一面：灾难和灾害是什么造成的。大家在过好日子的时候，不会有几个人去想灾难、灾害的事，都忙着去干事、去发展、去建设、去拼搏。

他们哪里知道，极度的发展和过度的建设，以及超常地消耗自然资源、超常地消耗公共资源，甚至超常地消耗个人资源，个人体力上的透支，这些都可能造成灾难和灾害。或者说这些负能量积聚到一起的时候，就会危及人类和全社会的命运。但平时多数人是并不在乎的，他们没有危机意识，或者非常缺少这种自我保护和对环境、对自然、对公共资源的保护意识。久而久之，积聚的负能量爆发出来，便成为一场又一场的灾难和灾害……"与沈开成畅谈时，很多时候他并不像一位企业家，倒很像是一位冷静的社会学家和善于思辨的哲学家。他对灾害和灾难的某些认识，有颇为深刻的思考和理性的分析，并且能够给出自己的理论。

不错，他的这些观点，在中国社会经历了四十多年飞速发展之后，我们有着越来越多的同感：发展是社会的必然，但伴随发展出现的过度消耗、过度放纵等，必然造成"倒霉"的厄运的开始……

我们的社会和发展征程上，犯的过失太多，教训甚为巨大而惨重。

沈开成的冷静判断和"84"的崛起，以一种反向力量在向我们说明一个社会发展定律：你的每一次飞速发展、飞速前行，同时将伴随一场新的危机和更大的灾难……

"其实我希望有一天人们不再使用'84'产品，那才是真正的人类进步和理想的社会。但这几乎是不可能的事，因为人们追求的贪婪，是无止境的，意图获得'好运'的膨胀心，不是一次比一次少、一年比一年小了，而是越来越大、越来越多，甚至到了无法遏制的地步，现在依然如此，以后也会更加强烈。"沈开成说，"这其实也是一种规律和必然，不是一个思想、一种制度、一项措施，所能轻易改变得了的。"

很难想象，一位生产日用消毒剂的企业家，能有如此透彻和深刻的思考。这也不难想象为什么他的事业和企业会几十年来一直稳步向上、步步登高了。

84 2010 年，爱特福参与江西抚州唱凯堤决堤赈灾

84 抗洪救灾

1998 年的大洪水，让沈开成和他的"84"更多的是站在了与国家共命运的大局之上。这一次他发现自己厂所生产的消毒剂，在平时供应市场时可能还需要去找客户、去用各种宣传广告来扩大影响力、招揽商家，可一到国家和某地区遇到灾情、疫情时，他的产品远远供应不上，不是满足广大消费者的所需——其实那个时候的用户已非普通的"消费者"概念了，而是受灾受难的人群，他们需求消毒品，是为了救命求生。而在此时，沈开成已经深深地一次又一次地感到那不是他买卖"84"的问题，而是救他人之命、助社会之责，与国家一起拯救大众之苦的一种不可推脱的使命。

"现在，我们需要做的事是：马上更换生产设备，几口大缸、几个罐子，不能满足生产和市场需求，必须更换！"大洪水灾难尚未结束，长江下游仍有百万抢险水利大军日夜奋战在长江大堤之时，沈开成便在厂里召开骨干会议，宣布了上述决定。

这个时候有人嘀咕起来："前些日子我们辛辛苦苦加班加点，好不容易趁大洪水赚了不少钱，沈总也该给大伙分点红、发点奖金不是？"

"对啊对啊，每次厂里赚了大钱，老板都是想着给大伙发钱犒劳，这回应该发更多些奖金吧！"

沈开成听了，一笑，然后说："奖金嘛，肯定发些，这个大家放心。但绝对不会是你们都所想的那么高、那么多！"

"为啥？"众人瞪大眼珠子，问。

"道理并不复杂。"沈开成扫了一眼他的部属，然后说，"我先问你们：你们是希望这一次性把奖金发得足足的、高高的，以后咱们有没有奖金再说；还是希望细水长流，我们'84'厂年年有奖金发、年年奖金比上一回高？"

"沈总你这话啥意思？"众人疑惑地瞪大眼睛看沈开成。

沈开成瞥了一眼天，说："啥叫后劲？后劲你们懂不懂？"

"懂啊，后劲不就是……像你跟新媳妇睡觉，别在新婚之夜把所有力气用光了，后一天起不来丢丑呗！你得悠着一点儿。再补补身子骨，这样'后劲'就上来了呗！"有人这样说。

"哈哈……"众人哄笑。

沈开成笑笑，说："他说得差不离。人是这样，企业也是这样。我们这回在大洪灾期间，大卖了一下产品，而且还几度供不应求。我看哪，厂里的人，当时对供不应求抱有十分开心的观点，笑言我们'84'牛，牛到全国人民都来买我们的货，牛到原本看不起我们的那些人，现在都求上门来！可是我跟有些人想的不一样，当时供不应求的时候，你知道我想得最多的是什么吗？"

"是什么，沈总？"

"是危机！是难过！"沈开成说。

"危机？危机是什么？"众人问。

"危机就是有可能在下一次灾难来临之时，别人再不到我们这儿买消毒液了……"沈开成说。

"这、这不太可能吧！我们的产品都供不应求呢！为啥他们不到我们这儿买呢？"

"是嘛，这回发大水，好多单位想买我们的'84'都买不到哩！"

沈开成摇摇头，说："不错，就是因为他们到我们这儿买而没买到，所以下次可能就不来买了！"

"那为什么？"

"因为他们通过这一次知道想要我们'84'的时候，我们给不了他们，那他们不是记得很清楚嘛！好了，这回他们因为买不到我们的'84'就吃了大亏，有的人可能连命都没了，有的地方可能损失很大很大……所以他们记得清楚，下一回他们不会再到我们这儿买消毒液了！"

"嗯，这个还真没想到哟！"厂里的人频频点头，若有所思起来。

"再者，你'84'在要命的时候，供不上货是吧？那证明这个消毒液很紧缺是吧！好啊，你供不上，证明市场很大呀！而且大家都看到了你赚了大钱。那好嘛，人家也可以搞个消毒液厂，而且搞得比你沈开成搞的那个'84'厂还要大！看看下一次灾情来的时候，是到你厂来买货还是到人家厂买货嘛！"沈开成说完，突然停顿了一下，眼睛扫了扫他的部下们。

"你们说，会不会有这一天啊？会不会发生这样的情况啊？"沈开成认真而严肃地问道。

"哎呀，要真是这样的话，我们就惨了呀！"有人开始惊呼起来。

"是啊是啊！这个情况千万别出现呀！"众人都在感叹。

沈开成心想：我就是要你们想一想，别一看赚了钱，就光想着多发奖金、多来点分红！假如生意被人挤掉了，那个时候，大家哭都来不及！最后只能喝西北风……

"哎呀老板，可绝对不能让它有这等事出现嘛！"众人的目光一齐投向沈开成，希望他给出一条"光明之路"、一条长久的幸福之路。

沈开成认为该让大家明白道理了。他说："所以，我们在今天尽管赚了钱、尽管社会上都说'84'强，但我们要有危机意识，我们要想到明天可能不行的那个时候，想到被别人挤到没有市场的那一天！"

"所以呢？"众人说，"老板，你的意思我们明白了。你说吧，你有啥招数？有啥办法让我们厂一直好下去？"

沈开成胸有成竹："办法当然有。"

"说说。"众人心急地等待着。

"我们必须扩大生产规模，必须改造设备，也就是说，现在厂里干的活，在关键时刻满足不了社会需求，所以我们要增添新的大设备，要实现生产自动化！"沈开成亮明自己的观点。

"自动化？！太好了！自动化一旦到了我们厂里，那个时候我们才真正牛了！"

"可不，电钮一按，消毒液'哗啦哗啦'就在眼前像长江水朝大海里涌似的……"

"哈哈哈，那我们才真正叫工人！硬气！"

"老板，我们赞同你的打算！搞自动化！"

沈开成笑了，说："那你们是不是赞成把这回赚的钱多放些在设备改造上？用它来买自动化生产线？"

"赞同赞同！谁不赞同就是猪头！"

"对对，反对这事的就是猪头、狗头！"

沈开成双手一按，让大家静下来，换了一种语气："刚才跟大家讲的是'危机'。还有一份心思是：大洪水来了，很多人买不到我们的'84'，你们知道他们多着急！多担心！多苦啊！"

众人沉默。有人轻轻嘀咕："是啊是啊，我听说过有些地方洪水退后就出现了很多人畜重病，那个时候想住医院都住不进去……还有死的呢！"

"可不，每一回灾难来的时候，最后总有不少不该死的人早死了啊！"

"作孽、作孽……"陈桥镇"84"厂的员工多数是当地的农民和镇上的百姓，他们心地善良。想想灾难时邻居和亲戚受的罪，还有听说的兄弟县市受灾百姓受的苦时，都很同情，所以众人连连叹息。

沈开成进而说："大家知道我们'84'厂原来就是一家做水泥板的小作坊，后来通过大家的一起努力，做到现在省里省外，几乎全国人民都知道的一家有点名气的厂子，不容易！也正是因为我们现在有了点名气，所以我们的责任……这叫啥？社会责任，对，社会责任就也要跟着大了！就是说，我们不能光想着自己的奖金啊，多搞点分红啊，而是要更多地想些社会责任！因为我们这产品，就是用来造福他人、造福社会的。爱特福，爱特福，我们就要有爱心，这爱心就是用来爱祖国、爱他人、爱社会的，也包括爱我们自己的亲人、爱我们自己。这样的爱特福才是真正的爱特福、人家看得起的爱特福！你们说是不是啊？"

智改数转——爱特福 84 消毒液灌装生产线

"是——我们是爱特福！"

"我们是人人喜欢的爱特福——"

群情振奋。甚至有人唱起了《爱特福之歌》……

沈开成这回笑了，笑得很开心。

接下来，他的宏伟计划迅速获得了实现——从苏州的张家港市购进了一套自动化流水线，使得"84"从最初的手工、到半机械化、机械化、再到自动化……

这样的进步，在当时的金湖，甚至在全国的同类产品的生产厂家中，沈开成的"84"厂又一次开创了一个先例和纪录。

省级智能车间——爱特福84消毒液智能生产线

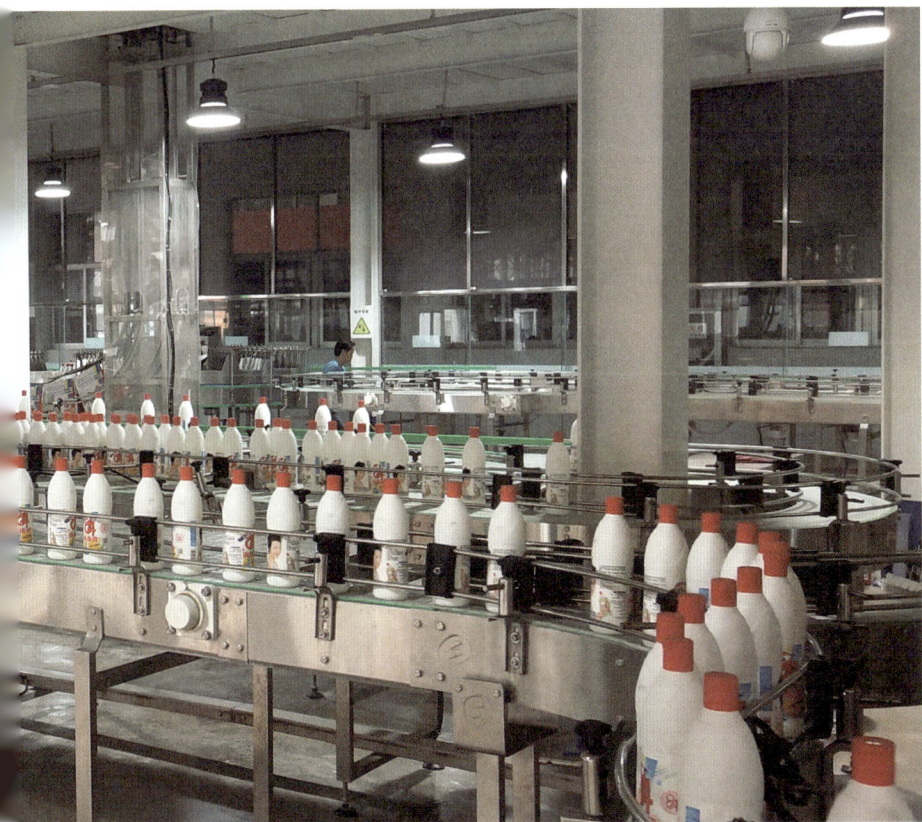

谁也没有想到，待沈开成他们厂的自动化生产线正常生产、日产可以稳定在二百吨时，2003 年，中国大地上，从南到北，发生了进入新世纪之后的第一场大灾难——它就是让我们记忆犹新的"非典"事件！

"非典"又称"SARS"，是一种急性呼吸道传染病。其传播的方式为近距离飞沫或患者呼吸道分泌物接触式传播。当时唯一可能阻止这种病毒传染的，就是人与人、人与畜和动物之间的隔离与消毒……

消毒液成为"非典"期间全民都在渴望获得的"保命液"而风靡一时、风抢一时、风潮一时、疯狂一时！

沈开成赶上了！他的"84"再一次成为全民抢购物品，再一次家喻户晓！

这一回真的是家喻户晓了——我的"84"、爱特福！

但有谁知道，就在"非典"疯狂袭击中华大地，让全国上下一片恐慌、无数患者不得不丢失生命的前几天，沈开成的"84"几乎被一件意外的事毁灭，"84"差点错失成为"救国、救命之保护神"的机会！

沈开成的"84"遇上了一场暴风骤雨……

第十一章

仁爱者的胜利

确实，沈开成和他的"84"，从北京拿回产品的专利技术和生产与销售权后，一路高歌，市场迅速形成，尤其是他的"爱特福84"消毒液产品，因不惜一切代价的广告宣传，及沈开成个人的经营才能的充分发挥，到2000年，毫无对手地成为中国消毒液商品独一无二的驰名产品和"第一企业"，其市场占有率超过所有同行总和的一半以上。十余年间，还有一份数据是同行并不知晓的：沈开成和他的企业在国家危难之时，无私献出的爱心捐助物品与现金总数甚至超过了一些同行企业的总销售金额。

然而，事情也来了，当然不是什么好事。而这一类"不是好事"的事，自1999年4月起，总有阵阵"阴风"吹来——用厂里人的话说。最初是有人拿着上海的《新民晚报》给沈开成看，那报纸上登了地坛医院代理律师的声明，说沈开成他们的爱特福公司"未经北京地坛医院技术转让，生产假冒'84'消毒液"，因此地坛医院授权律师"将依法定程序追究爱特福的法律责任，并提醒各商家在销售中遵守相关的法律条款"。过了一个多月后，又有人拿来山东的《齐鲁晚报》，该报刊发了上述同样内容。上海、山东是爱特福"84"消毒液销售大省市地区，故立即有销售商来电来函，要求爱特福暂停发货并中止销售合作。

"马上把我们与地坛医院的技术转让合同、江苏省和国家工商总局核发我们的商标及专利证书等资料给报社看，让他们不要未经核实，发表单方面的所谓律师声明！"沈开成见此情形，立即指派办公室和自己公司的律师迅速与相关报纸及媒体作澄清和消除负面影响。

"是啊，这又是一起说不清的纠纷嘛！"相关报纸看着两边的"理由"和"证据"，不知如何解释为好，只能作出"暂且不登这类声明"的决定。

沈开成感觉没事了。

但对方却不服。

风平浪静几个月后，沈开成的办公室桌子上又放上几份报纸：《江苏经济报》和《彭城晚报》等，上面又刊发了地坛医院的代理律师声明。

"他们真想打官司啊？"沈开成终于发火了，"一而再再而三地这么干，想断我们爱特福'84'的路啊？"

没错。人家就想断你的路咋啦？

没多久，依然沉浸在获得省、市、县"优秀共产党员"称号的喜悦之中的沈开成，突然有一天接到来自北京某法院的一份"诉讼件"。

打开一看：果然是要打官司了！

"哐——"沈开成的办公桌上的水杯，掉在了地上，摔了个粉碎。

"快打扫干净！"办公室工作人员赶紧过来收拾。之后，瞄了一眼桌上的法院"起诉送达书"，胆怯地问："沈总，真要打官司啦？"

闭着双眼、一脸愁云的沈开成从鼻子里发出一声"嗯"后，再无一个字……

"沈总，是……是不是我们不能干了？要关厂呀？"办公室工作人员胆怯地问道。

"关厂？关什么厂？"沈开成"噌"地从椅子跳起来，"我们靠汗珠子辛辛苦苦干出来的厂，凭啥要关？凭啥要关？你给我说出来！啊？说……"

沈开成一番"火冒三丈"的追问，吓得办公室和身边的人纷纷避他远之。

这一天沈开成确实发火了！而且火发得有些邪劲儿，见谁都要骂几句……"其实是心里憋了很长时间的气，一下子发泄了出来！"他后来这样解释。

从商一二十年了，他也算是风浪中摔打过来的人，打官司这类事也不是没有遇到过。但这回不一样，这回是有人要对他和"84"厂釜底抽薪，砸他和全厂职工的饭碗啊！

"啥，那个北京的单位也太不地道！他们要砸我们的饭碗，我们就上北京去上访！"北京某单位要跟沈开成他们的"84"厂打官司一事，没出几分钟，全厂的职工都知道了。有的甚至跑到沈开成办公室来询问和打探消息，更有甚者握着拳头，来给他们的老板撑腰……大有群情激愤，摩拳擦掌之势。

沈开成感动地安慰大家说："这事由我来处理，各位的心情我完全理解。你们要相信一点：我们的'爱特福84'，是靠大家一滴滴汗水干出来、拼出来的，不会那么容易被人轻易就搞死的。虽然我不能说对方告我们的道理不存在，但有一点我始终相信：我们是靠努力勤奋和辛辛苦苦干出来的，我们获得的技术和产品也是合法的，我们这一二十年在市场上也是跟人家拼出来的，有这几点，我就不相信天会变！"

"对对，沈总讲得有道理！我们还是好好干自己的事。"

"没错，我们靠劳动挣口饭吃有啥错？"

员工们都走后，沈开成便坐了下来，冷静地分析了一下，还是意识到事情不会太简单，因为人家是北京的著名单位，后面还不知道有多少"大人物"和多大的权力单位帮他们撑腰呢！

找领导！找律师！沈开成立即想到了这两点。

找领导的结果，自然不用说，金湖县里全力支持并愿意为沈开成提供法律方面的援助。因为"84"厂是江苏省的著名企业，南京方面的领导和朋友也都表示支持沈开成坚决应诉，不能让人欺负到头上。

江苏和金湖方面在分析之后，认为这场突如其来的"官司"，沈开成这边不会输。尤其是金湖县委林书记特意告诉沈开成："84 消毒液是你沈开成带领大家干出来的，市场也是你们打出来的。官司必须打赢！"这都给沈开成强大的精神支持。

经过权衡，沈开成决定聘请当地著名的法嘉德律师事务所的黄德昌律师作为爱特福"84"厂的应诉代理人。

"黄律师啊，你觉得我们会不会输呀？"正式打官司时，不管是谁，心里总不太舒畅，尤其是像沈开成这样一个"长"在一个小县城内的乡镇企业负责人，现在要跟北京城里大名鼎鼎的地坛医院打官司，这种悬殊是明摆着的。再看看人家对方聘请的两位委托代理人的背景：一位是北京大学知识产权学院副教授，一位是北京著名律师事务所中瑞律师事务所律师。从委托代理人的人数和名气上讲，都显弱势。沈开成是很相信某些"因果"关系的，所以他有些不太自信地问自己聘请的黄律师，因为黄律师是金湖县人，与沈开成也算是老熟人了，有些话可以直截了当。

"你是自己心虚还是对我缺乏信任？"黄律师反问沈开成。

"不不，我不是那个意思。"沈开成忙解释，"我是担心人家凭着名气大，又是北京的，仗势欺人啊！"

黄律师摆摆手，说："这个你不用怕。打官司就是靠证据论输赢。而且中国的法律，还有一个重要的社会基础，那就是它讲究道德。不管对方是啥地方的名人名单位，请的律师和委托代理人名气多大，在法律面前，谁都得遵守法和德……你知道我的律师事务所为啥叫'法嘉德'吗？"

沈开成摇摇头，说真没想过啥意思。

"就是法＋德……法律和道德的合成！"

"噢——"沈开成心想这我还是头一回明白你老伙计的"门面"意

思啊！

打吧！反正官司都是挺烦人的。沈开成自办企业之后，十几年拼搏，一路"杀杀拼拼"，一鼓作气朝前奔，哪想到有人现在要用"法律之网"把他和企业罩住并捆绑住手脚……这叫人既愤怒又无奈！

然而又有什么办法呢？在法治的国家里，既然有人已经拿起法律武器，你同样举起法律武器应对方可。这是沈开成感到无奈又劳神的事。企业要发展、工人们要保住饭碗，还有他沈开成拼搏了一二十年的荣誉和尊严，官司必须打，而且必须打赢。

如果输了，将是不堪设想的事。

那些日子，沈开成一方面还要继续组织生产、更新设备，另一方面还要不时配合黄律师准备各种材料，这是打赢官司的关键，不能有丝毫的马虎。人家已经起诉到法院，而且高价请了著名律师，显然是志在必赢。如此严峻的形势，让沈开成深感压力之大……

"爸，你的头发咋一下少了很多很多呀？"有一天女儿突然走到沈开成的身边，轻轻地动了一下他的头发，结果抓下一把脱落的头发。

"嗯？咋掉那么多嘛？"沈开成自己都十分震惊。可他又立马淡淡一笑，说："你爸不是已经快五十岁的人了嘛！老头子了！"

沈开成虽然这样轻描淡写地说了一句，但他的眼睛余光里，看到了女儿眼里闪出的泪花……

"我有事走了，你们慢慢吃！"沈开成扔下一句话，便出了家门。这一天黄律师又找他谈官司的事，沈开成需要马上赶到县城的法嘉德律师事务所。

从陈桥镇到金湖县城，现在只需要二十来分钟的车距。为了让家乡的百姓能够到县城快一些、方便一些，沈开成后来出资修了一条非常宽阔的公路，现在人们到他的爱特福"84"厂，你在厂房中间所看到的一头连着陈桥镇、一头通往金湖县城的"爱特福大道"，更是气魄非凡……

但是这一天，坐在车上的沈开成，一边看着日新月异的家乡变化——这变化显然有他沈开成和他们"84"厂所做的贡献在里面，一边又心思颇有些低沉——呕心沥血、千方百计、滴滴汗水换来的"84"市场，为啥别人就可以用一纸"告状书"，欲将你置于死地？

就因为我是农民？就因为我们是乡下人？就因为我们是小县城下面的一个乡镇企业？就好欺？就该低人一等？

此刻的沈开成，脸庞上颇有些冷峻和深沉……过去的许多场景，像放电影似的在他脑海里泛起——

不知有多少次，他沈开成为让人们认识"84"，要以自己的酒量来换取他人对他产品的信任；

不知有多少次，他沈开成为让市场上接受他的"84"，守候着黄昏和寒冬，在他人的冷嘲热讽中耐心而真诚地解释与介绍产品；

不知有多少次，他沈开成为让那些高级专家相信他和他的农民兄弟们也能做出与国营企业和专业科研机构做出的一样甚至是更好的产品，他沈开成要反反复复解释、反反复复地拎着"土特产"，去等待一个圆满的答复……

慢慢地，人们开始认识"84"是什么了。

慢慢地，人们知道了他沈开成是个什么人、他的"84"是个什么厂。

慢慢地，他可以与那些名牌企业、名优产品的老板坐同一桌吃饭、坐同一个沙发开会。

从最初他只能跟在别人后面走路，到后来他可以与他人平起平坐、同步并行，再到后来，他可以昂着头，走在别人前面，并能昂首阔步地走路……

是的，我们也是人，乡下人也是人，农民不比城里人差，差的只是我们以前不知道啥是机器、啥是技术、啥是产品、啥是市场……后来，所有这些我们都知道了，懂得了，并且比别人知道得更多、懂得更多，做的产品也更好了哟！

市场开始不排斥我们了。

消费者竟然越来越喜欢我们了。

灾情一来，我们的"84"不仅广受欢迎，而且被大家视为"救命药水""生命保护剂"……

这一切，不是天赐给我们的，是党的改革开放政策带来的，是我们的农民兄弟实实在在干出来的呀！

而这一切有错吗？

没有错。

没有错，我就什么都不怕！

这一天，沈开成百感交集，感慨万千：是啊，我们不仅没有错，而且我们一直以来，感受到爱特福"84"就像名字一样，它从一开始给予社会的，就是我们沉沉的、炽热的爱。而且消费者的反映和反响，更让我们明白和感受到了这样的爱，是纯洁的、高尚的、是人们期待和十分需要与欢迎的。那么，这就更不会有错！我沈开成做事，凭良心、凭公平、凭实力、凭努力，不会以伤害他人为前提和目的，所以我们坦荡无私，我们经得起任何折腾和指责！

县城快到了。沈开成的情绪重拾振奋和激昂，因为即使在"官司"的重压下，他仍然在策划一件更大的事：在县城边，买下一块二百余亩地的"新厂址"——这是他对爱特福"84"厂的发展和未来的一份最直接和强烈的渴望：必须把产品做得更好、水平更高、更具实用性和科学性；必须把企业做得更大、更强、更现代化！

正是怀着这份满满的信心和脚踏实地的精气神，沈开成走进了法嘉德律师事务所，与黄律师讨论和研究对北京方面的应诉……

然而，"官司"并非那么简单，它的复杂性、纠缠性甚至是对抗性，会让人欲哭无泪，又不知所措。那些日子，除了企业的正常生产，一向为产品推销而"满天飞"的沈开成，不得不暂停许多对外业务，用大量的时间去应诉和出庭。

劳动人民出身的沈开成，平时为了企业职工的生存和发展，为了爱特福"84"产品，他可以不吃不睡、吃尽天下苦、流尽全身汗，但他无法接受别人的误解，尤其是不公平、不光彩的竞争，尤其是刻意或恶意贬低他们乡镇企业、农民兄弟创办的厂子和所创造的产品与市场的行为。

起诉和反诉，是个漫长而煎熬的过程，尤其是处在"被告"劣势位置，"官司"只要不判，"被告"就很容易被外界和市场视为"输家"，因为市场和消费者是敏感的，他们容易产生某些误解和错觉，以为"被告"就是"错"了，甚至"要完了"。这份压力只有沈开成和他厂里的人知道。

"我们一定要打赢官司，而且时间不能拖长了！"沈开成一次又一次地与律师讨论，一次又一次地追问应诉的时间与结果。

但进入法律程序后的每一桩"官司"，都不以你个人意志为转移。你需要等。你需要耐心地等。你等的结果，事先无人知晓。自己的律师总是信心满满地告诉你：放心，理在我方，对方赢不了！另一方的律师其实也是这样对当事方说的。

到底谁赢谁输，法庭上见。

法庭上，原告和被告相见了。作为农民企业家的沈开成出场的那一刻，他从对方的目光中看到了他们对他的轻蔑与不屑一顾，看到了对方志在必赢的气焰……

沈开成心想：你是厉害，你们是厉害，堂堂北京大单位、堂堂著名律师，一个字：牛。我，区区一个农民，在你们眼里充其量就是个小地方来的"农民企业家"而已。

对方哪里知道，现在在他们前面的这个个子不高、头顶略秃的江苏人，其貌不扬，看上去不像个赢家的被告，虽非贵人，却早已经历过多少风风雨雨、坎坎坷坷，在巨人和强人面前，他弯过腰，但更多时候他直着腰，甚至昂着头。他可以为暂时的委屈，吞下苦涩，也可以为暂时的得失，勒紧自己的裤腰带，把"好处"谦让给他人。但你不能小看他，你更不能侮辱他、损害他人格，破坏他的爱特福"84"产品……

现在，处在原告席上的人，却就想这样做。

他们以所谓的"充分证据"和"产品技术持有者"的身份，开始对沈开成和他的爱特福展开一轮又一轮的"控诉"：

84 消毒液，原先叫 84 肝炎洗消剂，是我们开发的；

1984 年以后，经我们投向市场后，近二十年来，成为知名商品；

1987 年，你们爱特福"84"厂的前身金湖有机化工厂与我们签订联合生产 84 肝炎洗消剂协议；

1989 年

1994 年

1999 年

2023 年

企业 40 年的"爱特福 84"标贴变化

1992 年，你们金湖有机化工厂将其厂房、设备和我们转让的 84 消毒液的生产技术，一起给了你们与香港合资的爱特福 "84" 药物保健品公司，该公司从而开始大量销售 "84"，并且广告、宣传满天飞……

你们还以新的企业名义向有关部门申请 "商标" 和 "专利"！

如此严重地侵犯我方的权利和知识产权，我们请求法院判令：

被告立即停止在其生产销售的消毒液产品上使用 "84" 名称；停止在媒体上以 84 消毒液名称的广告宣传；

被告向原告公开赔礼道歉、消除影响；

赔偿原告经济损失三百六十万元！

四个条件，每一个原告的要求，都如尖刀刺向沈开成的心……他的痛只有他自己知道。

痛至心在流血。一滴一滴地流……

法庭上，黄律师非常镇定，他开始代表沈开成和他的爱特福 "84" 厂申辩——需要说明的是：当时国家有一个特别的背景，即国家推行的 "星火计划"。这个计划意在推进国家科研单位把 "躺" 在科研机构、院校和国企单位的科研成果，向社会和中小型企业与单位转让，让千千万万的基层单位和企业享有社会主义的科研成果。以星星之火可以燎原之势，来推动我国现代化建设。在这样的背景下，原北京第一传染病医院现地坛医院的 84 肝炎洗消剂当时与几十个单位签订了 "合作生产协议"。这造成后来 "满世界皆是 '84' 生产厂家和产品" 的局面。这一独特的 "中国特色" 背景，是沈开成他们处于 "被告" 席上的一个特定的历史客观原因。作为被告代理人，黄律师如此申辩：

一、原告对 84 消毒液不享有知名商品名称专用权。84 消毒液因被全国数十家生产企业冠以同品牌后使用，已客观上成为一种通用产品名称；原告并非是 84 消毒液商品的生产者与经营者，其无商品，岂有知名商品存在的可能？目前，全国市场上经批准销售的 84 消毒液的各厂商均有各自的品牌，不存在将被告生产经营的爱特福牌 84 消毒液误认为是原告下属公司所销售的"84"消毒液的事实和可能。

二、爱特福药物保健品公司生产销售的爱特福牌84消毒液合法有据。爱特福药物保健品公司自行研制与开发"84"系列产品，"84"是爱特福公司三类注册商标；销售这样的产品也是经省、市卫生管理部门批准的。

三、故此，爱特福公司不应承担本案任何民事责任。

四、原告提出的爱特福分公司和其他相关公司的诉讼理由，同样不成立。

如此"一来一回"，各说各的理。粗听起来，皆有道理，且道理皆"充分"。

第一轮交涉，没有结果。法庭有个义务：调解。

调解的结果是：原告不干。他非要赢。

被告的沈开成当然不能"非输"。

那么，只有继续打下去。

原告更加信心满满，因为他们不相信一个小小的乡镇企业、一个四五线的小县城的农民办的厂子，能扛得过堂堂京城的著名大单位！

被告的沈开成倒没有这么大信心，虽说法庭上应诉理由一二三四，但对于最后是什么结果并没有多少把握。平日里，沈开成听了太多法院的"关系案"一说。

"我和黄律师，都是金湖人，跟北京啥关系都没有，怎么可能干得过人家嘛！"沈开成多次流露出这方面的担忧。生活在现实之中的他，怎么可能不受环境的影响，且他听说过的"关系官司"也不是一例两例，颠倒黑白的案子也屡见不鲜，就你沈开成运气好？

这回沈开成真要完了！已经有不少人在明面上、暗地里说这样的话。

"我？要完蛋了？"沈开成听后眼睛往上一翻，反讥道。不过话说回来，他心里不着急是假的，毕竟官司已经在法庭上"见招"几个回合了，你说你有理，他说他有理，如果都从对方的角度想一想，还真是谁都有可能赢！那——这不也说明谁都有可能输嘛！沈开成想到这里，心头就有些发毛。他非常明白，这年头打官司不是谁占理谁就是赢家，再说人家是堂堂北京城里的著名单位，咱一个弱小的乡镇企业，更何况产品最先也确实是从人家那里出来的，在一般人的眼里，就是你沈开成占了人家便宜嘛！

想到此，沈开成欲哭无泪。

然而，谁都知道，在陈桥镇的百姓眼里，沈开成从小是个吃过万般苦的孩子，啥事都能扛得住。在商界的同行印象中，他沈开成绝对是个硬汉子，从不轻易被任何困难所压倒。现在就被一场官司打倒了？

不能啊！"沈老板，你得把自己的理由讲出来、讲透了呀！"朋友们都这么说，尤其是那些跟着爱特福84消毒液一起成长起来的经销商，怎能受得了这般打击，他们给予了沈开成各种声援，这对低潮中的沈开成和爱特福"84"产品是巨大的心理援助。

"别看他们派头很大，气势压人，但我们的陈述理由和证据更胜一筹，愁啥输嘛！"黄律师颇有信心。

沈开成那颗冰冷的心，荡漾起一丝暖意……他做梦都做了好几回官司赢了！

"现在宣布一审判决——"一审终于在"久等"之下来临。法官举起法槌，"咚"的一声，令沈开成猛地震颤一下……

这个一审的判决是沈开成早想它到来，又很不愿它到来的。希望它早早来临，是沈开成不想为这事牵扯太多精力，希望尽快消除外界的负面影响，毕竟一听说"官司"，不明真相的商家们就会紧张起来，如此爱特福"84"产品的生产和销售便会受到巨大影响。不愿它来临的原因是，沈开成无法料定到底谁是赢家。一旦自己这边是输家，那对爱特福84消毒液的打击将是毁灭性的……这绝对是无法接受的。正是鉴于此种情况，沈开成既盼法院早早宣判，又多少恐惧突然来临的

"判决"。

但无论如何，该来的还是要来的。

在法院宣判之前，双方的律师都雄心勃勃，丝毫看不出谁胜谁负的迹象。然而所有这些庭外的感受与猜测，在法庭正式宣判之后的一秒钟，将全部挥之而去——所有的结果皆由判决书来定。

标明"（2001年）高知初字第79号"的北京市高级人民法院的民事判决书共有几页，文字很长，法官宣读一遍就要几十分钟。这个漫长而紧张的宣判过程，对沈开成而言，就像硬被人拉上比赛场参加马拉松……他极不情愿，但又无可奈何。累，还不能喘；有怒，还不好吭声。

终于到了结果：

> ……综上，本院依照《中华人民共和国反不正当竞争法》第五条第一款第（二）项、第二十条第一款的规定，判决如下：
>
> 一、江苏爱特福药物保健品有限公司立即停止在其生产销售的消毒液上使用"84"作为其商品名称，停止在各媒体上以84消毒液为名称进行广告宣传；
>
> 二、江苏爱特福药物保健品有限公司于本判决生效之日起30天，在《新民晚报》《北京晚报》上，向北京地坛医院公开赔礼道歉（道歉内容须经法院审核，逾期不执行，本院将在相同报纸上公布判决的主要内容，所需费用由江苏爱特福药物保健品有限公司承担）。
>
> 三、江苏爱特福药物保健品有限公司于本判决生效之日起10天内，赔偿北京地坛医院经济损失25万元……

输了？我们输了？！沈开成的眼珠是很大的，年轻时他的这对大眼珠很能"秒杀"美貌的小姐们的，也让许多商界的对手感到"此人不可欺负"。然而现在，他的眼珠斜向了律师，用眼神询问结论。

这个结论他听得清清楚楚，但那是"晴天霹雳"，所以震耳欲聋。他根本不相信，也不想它是真的，所以一对大眼珠子盯着黄律师：你告诉我，是真的还是假的？我是输了？

黄律师的眼睛此时不敢看"老伙计"沈开成了，只能用双目一闭来表示：他们赢了。

他们赢了，就是我们输了吧？

黄律师点点头。

"凭啥他们赢了我们输了？！"走出法庭的第一个怒吼，沈开成几乎变得有些歇斯底里。

此刻的他，也确实歇斯底里了！

他无法接受——让我们停止使用生产的"84"名称？那我们的消毒液是什么？

他当然无法接受，因为他的爱特福"84"是市场上所有消毒液的"领军者"，没有爱特福"84"就等于没有消毒液！而且，广大消费者知道和慢慢接受了"84"作为生活日用品，就是因为爱特福公司用了十几年时间、花了数亿元广告宣传费，这是他沈开成及厂家团队上上下下的无数人拼搏努力创出来的"宝贝疙瘩"呀！

现在，就凭你法院一张纸就要全盘否定我们的一切？

还要让我们登报"赔礼道歉"？

还要我们支付赔偿费？

天理何在？公理何在？

那一天如何回到休息地的，沈开成说自己都忘了。"只感觉一下掉进了万丈深渊……黑乎乎的一片，没有光和希望了！"沈开成回忆说。

"我不服！我相信我们这样一个伟大的社会主义国家一定会有公正公平的！"那天晚上，沈开成开启一瓶原装的茅台，在酒杯碰到嘴边时，他喊了这样一声，然后一饮而尽……

什么时候醒来的，他都忘了。

醒来之后的他，独自把自己关在办公室很久很久。"沈总？沈总没事吧？"员工在门外不停地喊道。

没有回音。

"不会出事吧？"

"喝多了，可能还没有醒……"

"那我们到底还生产不生产'84'了？"

"这个得问他。"

"沈总？沈总你说一声我们到底还生产不生产了？啊，你说一声……"

还是没有回音。

"那——是不是先把机器关了，要不浪费可就大了呀！"

仍然没有回音。

"那、那我们先把机器关了……"外面的人话尚未落音，沈开成办公室的门突然"哐"的一下打开了——

"谁让你们关机器了？啊？我说让你们关机器了吗？"满脸涨红的沈开成，像头怒狮似的站在办公室门口，冲着刚才说要"关机器"的人怒吼起来。

"关机器干吗？是要关厂子？然后再砸厂房？再砸我沈开成的头？再砸你们所有人的饭碗？啊？是不是这个意思？"半醒半醉的沈开成，继续怒吼着，其声其吼，震荡"爱特福"厂区，连陈桥镇上的人都能听得到……

爱特福"84"厂没有关机器，更没有停产。在这个时候，金湖县领导来了，江苏省有关方面的领导也来了，各路专家和法律方面的朋友也来了。他们是来向沈开成表示同情和慰问的，更是来给他撑腰的。

"别急，一审并不代表什么。我们可以上诉。"

"对嘛，这个判决明显有倾向性，我们向国家最高法院申诉！"

"是是，'84'是爱特福和你老沈打出来的市场和天下，怎么可能反倒成了人家可以用的名称，而你们不能用了？这不公平！"

"上诉！"

"坚决上诉！"

"对对，不能因为我们是小地方的厂子，就欺负我们呀！"

"我们相信法律终究是公平公正的……"

声援沈开成和江苏爱特福"84"渐成一股不可遏制的浪潮，无论是市场和消费者，还是政府层面和法律界，此时纷纷向沈开成伸出温暖有力之手，这让他倍感温暖也有了信心。

上诉！坚决上诉！这不光是为了我们爱特福"84"，更是为了市场的信誉尊严和广大消费者的利益——他们应当有权知道事情的真相。沈开成和厂里的骨干、金湖县领导、江苏省有关方面的负责人和多年销售爱特福84消毒液的经销商们，态度高度一致。

打过官司的人都知道。一审输了，再打"翻身仗"可是难上加难。更何况，沈开成的这一次一审就输在北京市高级人民法院，意味着如果要上诉，就必须把这官司打到最高人民法院。

"你这个农民，啥背景都没有，你打得过人家？如果再输了，别把我们全家都弄得支离破碎、家破人亡啊！"以往沈开成在外闹出多大的事，家里人从不过问。但这一回家里人出来说话了，话虽然不多，但让沈开成倍感压力和痛苦。他不得不想如果官司再输了的后果，而这件事确实让他辗转难眠，一时寻不到更好的办法。

显然，如果上诉到最高人民法院，肯定是两种结果：一种是翻案，一种是根本翻不了案。前者的把握有多少？微乎其微。想想看：北京市高法，与国家最高法，就在一个城里，法官与法官肯定也有不少是熟人。再说，人家北京市高级人民法院既然能判你输了，从判决书上看，条条"依据"铁板一块——硬邦邦的，你沈开成一个小农民——

充其量也就是个卖消毒液的，你干得过京城里的大法官？

上面这些话是家里人、亲戚朋友们说给他听的，也是他自己一直盘算的自言自语。

那一阵子，沈开成陷入了人生最痛苦的阶段：以往他干的是小打小闹，尽管艰难，但却能通过努力甚至是吃尽人间之苦，力挽狂澜、挣口饭吃。即使有许多苦水，没有人的时候往自己肚里灌一通就算释怀了。可这回不一样，一旦输了，爱特福"84"一二十年的创业与奋斗、花出几个亿的广告宣传费，以及不知吃了多少苦头建立起的全国销售网络和与千千万万消费者之间的关系，将彻底化为乌有，前功尽弃啊！

想到这里，沈开成真是欲哭无泪。

别无选择，只有把官司进行到底：上诉！向最高人民法院上诉！

这是唯一一条可走的路。当然也有人建议：找地坛医院求个情，能不能搞个"通融"的办法，争取个"半输"，也就是说，仍然让沈开成他们的爱特福"84"在市场上销售……

"人家判决书上写得非常清楚，这是不可能的事。如果有这可能，人家就不会跟你打官司了！"懂行人告诉沈开成。金湖县的领导和朋友们帮助沈开成分析的结果，都是一样：对方就是想夺回和占领爱特福"84"的市场和生产与销售权。

商战的残酷性，在此时让沈开成深切地领教了。

"那就这样吧，我们背水一战了！"沈开成思前想后，最后下决心上诉。

有人建议：这回一定要找位比对方更"厉害"的大律师，否则就没有赢的希望。

我也这么想。沈开成对此早有自己的想法。

那么到底找谁呢？

说来也巧：一次活动中，北京有几位律师在场，其中一位江苏籍的大律师让沈开成眼睛一亮：我得找他！

他是谁？

若干年后，在北京我原单位的长虹桥那里的一间普通的饭店，沈开成带了这位律师与我见面。都是江苏老乡，一见面，彼此就有一种天然的亲近感——

大律师看上去很年轻，利索精干，显然是行业中的佼佼者。不过他一报名字，令我好奇：吉达珠。

"有点像少数民族的味道是吧？"吉达珠笑着说。听得出，与我一样怀疑他身份和性别的人不止一两个。

吉达珠律师现在是北京惠中律师事务所法人代表，公司建于1992年。"是最早的一批律师事务所之一。"他说。

"我主要做国际知识产权方面的案件，像沈老板这样的事还真的遇到不多，或者说以前很少去做……"吉达珠的话后面的意思是：他过去打的官司都是国际的和比较大的官司。

"但我很佩服沈老板，他是个不简单的人。"吉达珠说。

这是他接受沈开成这宗官司的关键所在。"开始我并没有在意，因为是朋友介绍的嘛，说江苏有位企业家不容易，和北京的一家单位打官司打输了，希望我帮帮忙。于是就有了与沈开成先生见面的机会……"

沈开成插话说："第一次与吉律师见面，人家是大律师，又是打国际官司的多，我这小官司能不能接还是个事。但我心底想：必须找他这样的大律师。所以黏上了他。"

吉达珠："我本来确实没有想接他这官司的想法，但后来的发展让我下了决心。我就对沈开成先生说：你要打官司，就得有证据。他拍拍胸脯说：我证据充足，很多哩！我就说你拿来吧！一个星期后，他真的把所有证据都拿到了北京来，而且是整整的一车！这下，我怔住了，于是就下定决心：接了他的这案子！"

84 2003 年，爱特福参与全国消毒标准修订工作

84 "爱特福 84 杯"传染病防治法律法规有奖知识竞赛

8 "爱特福 84 杯" 消毒知识电视大赛（北京）

8 "爱特福" 杯《妇女权益保障法》知识电视决赛（江苏）

一车子证据？这是个什么概念？

"就是一车子。我们企业从一开始，就特别注意保存档案，这是我的习惯。当年相互之间发名片时，我就喜欢把所有认识和不认识的人的名片收藏起来，放在办公室，一旦有啥事，就翻翻这些名片，有时候一个电话过去，事情就办成了！逢年过节，就是那些没有见过面的人，我也会按名片上的号码给人家打一个电话，问一声好。熟人更不用说，也肯定会打个电话问候一下。这样关系就慢慢建立起来，朋友遍天下了……"沈开成无意之间，透露了一个经商秘诀。

吉达珠："很难想象，一个乡镇企业家，从他带着几个农民、抬着几口缸，开始做些手工作坊式的生意时，就把自己厂里点点滴滴的业务资料，几乎不遗漏地全部保存了下来。这是一种什么精神？这是一种干大事、干长远事的精神！这样的精神支撑下，他能不成功吗？在复杂多变的市场经济环境下，他和他的企业，就是典型的弱者，但他从来没有感觉别人能干的事我不能干、我干不成。他沈开成就是这样的人。他能保存好完整的一个企业发展过程中的全部资料和档案，就等于是一个医院的医生，能将每一个患者的病历完整无损地保存下来，它的意义是，能够让医生和医院对每一个患者的病史有全面彻底的了解，同时进行追踪和治疗，这种治疗是细致的、全面的、准确的，也就一定是有效的。一个企业的管理者，能像医院一样完整地保留患者的'病史'，实际上是对自己企业的一种高度负责的不断会诊、不断检查和'治疗'的过程，从而会让企业少犯病、少走弯路……这样的企业肯定让人敬佩。所以我与沈开成先生说了'你得有证据'之后的一个星期，他竟然从江苏老家拉了一车子证据跑到北京来，当时我真的是既感动，又佩服……他沈开成先生太厉害了！估计世界上没有哪个人可以同他比的，因为不可能有人像他这么认真仔细，而且是自始至终地能够把一个企业所有的资料存放得如此整齐！就凭这一点，我觉得他这案子有可能翻过来。于是我就把他的上诉案件接了！"吉达珠律师说。

沈开成则说："吉达珠律师真的也是位值得尊敬的大律师。他没有架子，只认当事人所拥有的事实，这才是律师的好素质。"

吉达珠那天看到沈开成带着司机从金湖带来一车子资料后，迅速投入工作。几个人在一家酒店开了一间房间，开始埋头整理证据，一一进行核对。

"难以想象：沈总带来的证据太丰富，我们整整用了一个星期时间才整理完。这样的工作我和同事们已经很长时间没有干过了。但跟沈开成在一起的时候，你不干也得干，因为他自己干得比你还要欢，而且一边干一边不断地询问这、询问那，你不可能歇着不干！"吉达珠指着沈开成，笑道。

采访对象多了，会发现沈开成即使现在其貌不扬，除了喝酒也没有什么爱好，但他却拥有很高的情商。特别会处置一些人与人之间的

🐉 董事长沈开成与央视 CCTV-5 节目主持人韩乔生合影

8 董事长沈开成与央视著名节目主持人陈铎合影

8 董事长沈开成与江苏卫视著名节目主持人孟非合影

董事长沈开成向著名舞蹈家邰丽华（"千手观音"）赠送飞毛腿磁动车

爱特福集团参与全民爱老 24 小时特别公益行动启动仪式

关系，比如许多著名人物、业界大咖，他都能在很短的时间里把对方搞得"舒舒服服"，多数时候并非因为钱，恰恰是他自身的魅力和身体力行，让人愿意与他交往、成他朋友。

此时的吉达珠，已经满怀信心，以他所看到的证据和与沈开成的交流，他深信可以让案子翻过来。显然，已经有了一审结果，原告的社会地位与影响力又较高，沈开成和爱特福"84"作为被告及一审的输家，想把审判结果翻过来，肯定是一场"恶战"。

"但我们仍然非常有信心。"吉达珠告诉沈开成，上诉期间，要随时准备配合律师准备各方面的材料和证据。

"没问题。"沈开成坚定地点点头。

上诉的过程远远超出了沈开成的想象：首先是什么时候重审。

只能听天由命吧。

其次是啥时需要出庭。

律师告诉沈开成：短就随时开庭，长就可能一年半载。

沈开成一声"呜呼"："那我的厂和市场不完蛋了吗？"这回他真的想大哭一场，但哭的结果是让对方嘲笑、让外界的一些人喝彩。

"想得美，老子不会掉一滴眼泪！"沈开成在外面硬气着呢！

可不，官司一旦进入审理阶段，只能听法院的。关键是，这期间会不断传出"小道消息"，它会让沈开成情绪起伏不定。他的情绪会极大影响厂里的生产和销售——这是沈开成在那些日子里最苦恼的事，他想竭力摆脱，但并非那么简单。

吉达珠律师告诉他，法院方面几次与他和对方律师交涉与交流过。"情况并不那么乐观。"吉达珠说。

"那些日子我的心情像漂荡在海面上的一叶小舟，忽而跌至低谷，忽而被裹到浪尖……其实都是很难受的。但你还得忍受。"沈开成说，好在他从干乡镇企业到把爱特福"84"做成全国著名品牌的二三十年里，已经习惯这种事业上的起伏不定。

"有时候很无奈，因为我们船小，遇到的风浪有大有小，所以不管是大风大浪，还是惊涛骇浪，你都得顶住，否则就容易翻船，船一翻，厂子完蛋，几百上千人的饭碗就丢了，几百个家庭、几千户百姓可能日子就难过了。我身上就是背着这样一个责任，因此我不能被击倒，只能硬挺着，坚定地挺着……"沈开成说。

爱特福"84"的案子从开始就一直受到社会各界的关注，尤其是进入最高人民法院重审程序后，沈开成的压力确实也大，不管是对方放出的风，还是有人有意给沈开成施加压力，一时间说什么的都有。有的说沈开成一介农民，他想赢，那是白日做梦。有的说，如果最高院再判他输，有可能不仅爱特福"84"要完蛋，他沈开成也绝对要"进去"——啥意思？就是有人要把他"送"进监狱。为此一些朋友好心劝他："你胳膊扭不过大腿，算了，撤诉吧。大不了再来一次创业。'84'不让搞，你沈开成本事那么大，就搞个'94'嘛！"

"我不信。天底下哪有不讲公理的！何况我们的法院是人民法院。他们不为人民，为谁呀？"沈开成的回答清楚而坚定。

"沈总，明天要开庭了！你快过来吧！"2003年4月初的一天，沈开成突然接到吉达珠律师的电话，催他马上准备后一天的终审开庭。

"哎呀，这些天听说广州疫情已经非常严重了，你们北京好像也是越来越严重了呀……"沈开成一听，顿时着急起来。

"可不是！如果照现在的非典疫情发展，北京有可能要'封城'的。所以法院也估计是想赶紧了结这件案子。我们盼望了好长时间，现在终于等到了，你快过来吧！"

"明白明白。"沈开成一边回答，一边又问吉律师，"你穿什么衣服？要不要我给你置件西装？我肯定是要穿西装的……"沈开成突然想起一件事。

对方笑了："你放心，我不缺西装。你呢？这回要神气一点！"

"明白。明天法院见……"沈开成此刻无法抑制内心的激动和担忧。激动的自然是终审终于要有个最终结果了。担心的当然是怕最高法院仍然判他输……要是再输了，那就是彻底的输！这输的结果是沈开成难以承受的，可法院的事你怎么知道呢？

"开成，我跟你一起去！"听说沈开成要进京出庭等候终审，原金湖县委林书记主动向沈开成提出要求。林书记此时已经提升市检察长，正好还没有报到，所以一直关心沈开成和爱特福"84"厂发展的他，很想助沈开成一把力。

"你去最好，给我撑腰。"沈开成立即给林书记买了一起到北京的飞机票。

第二天，也就是 2003 年 4 月 9 日这一天——这个日子沈开成是终生不会忘的。这一天他和林书记早早地起床，到最高人民法院附近的一家面店要了一碗面。"当时心理负担太重了，根本吃不下东西，林书记也为我着急，所以俩人合吃了一碗面……"沈开成回忆说。

后来，吉达珠律师也到了，仨人一起进了最高人民法院。

时间还早。他们只能在法院门口等待。也不知咋的，这一年北京初春的早晨，寒气特别逼人，加上北风阵阵吹拂，本来就个子不高的沈开成，又加上穿的只有西装，所以法庭尚未开门，他的身子骨就有些颤抖……

"他都在发抖了……"对方有人这样在讥讽他。

"冷啊，沈总?"吉达珠关切地问沈开成。

沈开成摇摇头，说："不冷。主要是心里没底……"

经历了太多法庭的吉达珠笑笑："我想我们不会输！"

沈开成听后立即挺了挺胸脯，说："现在我不冷了！"

俩人对视一眼，笑了。

"现在开庭——"最高人民法院审判庭墙上的那个国徽特别大，沈开成第一次进入这样庄严的地方，他第一眼看到的就是闪闪发光的国徽。见到国徽的那一刻，他的心中便变得暖融融起来。心想：人民法院为人民，我沈开成做的事就是为广大人民服务、为身边的农民过好日子，我一定会赢——他这样给自己鼓劲。

"全体起立！"庭长一声令下，沈开成等所有参加此次宣判的人员，全体起立。

"现在宣读终审判决书——"

庭长在庭上开始宣读，沈开成与吉达珠律师并排站着，他立得笔直，两眼一眨不眨地盯着庭长宣读，生怕漏掉一个字。

审判书非常长，宣读的法官读得很累。台下的沈开成他们更是因为紧张而显得异常吃力。这时，吉达珠律师悄悄伸过一只手，捏住沈开成的手。沈开成一个冷战，目光扫视了一下吉达珠律师。对方的目光明确告诉他：法庭接受了我们的上诉理由。

就是我们可能会赢了？沈开成用目光问道。

吉达珠微微地点点头。示意沈开成往下听——

综上，知名商品的特有名称依法受到保护，权利人有权制止他人未经许可擅自使用其知名商品特有名称进行不正当竞争的行为。但是本案诉争的84消毒液不是知名商品的特有名称，不能为一家所独占使用。原审判决对84消毒液是否为知名商品特有名称的事实认定不清，适用法律错误，应当予以纠正。本院为公正、合理解决双方当事人之间的纠纷，曾在诉讼中做了充分的调解工作，又给双方当事人安排自行协商解决纠纷的机会，但双方当事人仍各执己见，未能达成协议，故此，本院根据《中华人民共和国反不正当竞争法》第五条第（二）项、《中华人民共和国民事诉讼法》第一百五十三条第一款第（三）项的规定，判决如下：

一、撤销北京市高级人民法院（2001）高知初字第79号民事判决。

二、驳回北京地坛医院的诉讼请求。

三、二审案件受理费共计 56020 元，由北京地坛医院承担。

本判决为终审判决。

……

"沈总，我们赢啦！"突然，吉达珠使劲地摇晃沈开成的肩膀，喊了起来。

再看沈开成，他竟然像一根竖着的石柱——傻傻地愣在那里……

"我们赢啦，沈老板！"吉达珠"狠狠"地捶了沈开成一拳，意思是让他醒醒了！这时，一旁的林书记也哈哈大笑着，说："我们赢了！"

"我们赢了？"沈开成这才回过神似的问吉达珠律师。

"赢了！"吉达珠律师和林书记左右挽着沈开成的胳膊，说。

瞬间，沈开成的眼里掉出两行眼泪……他的表情又是笑，又像哭。但他说他是高兴的笑，他一直坚持这样认为。

这个终审判决来得及时，来得关键，来得太让沈开成悲喜交加。那天从法院出来，他和吉达珠律师回到住处，与林书记一起举办了"庆功宴"。这一晚，仨人兴奋地把一打二锅头一扫而光。先是沈开成把吉达珠灌醉了，后来是林书记把沈开成灌醉了，再后来林书记自己也醉了……

"沈总，你赶紧走吧！北京你不能待了——"第二天上午 9 时左右，沈开成住的房间门"咚咚咚"地被猛击，发出阵阵响声。

"怎么啦？出什么事了？"沈开成惊得一身冷汗，忙起床打开房门问道。

"北京要'封城'啦！你们赶紧退房吧！"原来是酒店服务员在一个个房间发通知。

"是非典更严重了？"沈开成问。

"可不！已经听说有死人啦！死了不少啦！赶紧离开吧！再晚了就回不了家啦！"服务员神色惊慌地说。

"好好，我马上走……"沈开成终于明白了。这回他的"回家"是欣喜的、愉快的、爽爽的。

走！

沈开成离开北京的这一天，是 2003 年 4 月 10 日。

而早在 3 月 27 日，世界卫生组织宣布"北京为非典疫区"。

谁也没有想到：一场旷日持久的官司之后是一场空前的大疫情。而最高人民法院的终审，也让大疫情中的沈开成和他的爱特福 84 消毒液为亿万同胞带来了福音。

沈开成回忆起这段历史，无比感慨，用他的话说，爱特福，就是为人类造福，为他人造福就会有好的报应！

他真的获得了超乎寻常的好回报。

顺便提一下：后来最高人民法院还把沈开成的这起案件的判决书，编入了《最高人民法院公报》，作为"裁判范例"全文发布，并指出"对于指导各级人民法院审理相关案件具有重要的参考和借鉴作用"。

"爱特福 84"出了名，其"官司"也出了名。

自然，最出名的是他沈开成。

第十二章

铜墙铁壁「84王」

稻盛和夫先生说过这样一句非常经典的话：只要努力，神也会来帮助你。

沈开成的成功，与他始终如一的努力与奋斗有直接关系，所以我们现在看他的成功，其实也是在情理和必然之中。

我们再来说那一天从最高人民法院出来后，沈开成是一路兴奋得有点忘乎所以。因为当时非典疫情完全超出了所有人的想象，所以处在疫情中心区的北京，处在惶惶不可终日的状态之下。封城的传说和决定之间有几天时间，属于最恐慌的日子。沈开成拿到法院终审判决书后，当有人告诉他"还不赶紧跑"的那一刻，他沈开成完全可以说是逃出京城的！

当时我在京城，并每天都在关注事态的发展。作为作家，我从来都是在国家重大事件出现后，出现在第一线，因此也比一般人更清晰当时疫情的发展态势和决策的想法。

所以说沈开成逃离北京，确实一点也不过分。如果再晚上一两天，他肯定是不可能跑出去，因为老家那边当时对北京出来的害怕和紧张了，他即使想"飞"回去，一方面北京已经停止了许多交通线路包括航线，更别说他想乘其他车了。他江苏老家如果知道他要回去，也会严阵以待，像逮野兔一样，绝对不会轻易放过他！

沈开成的运气真的超常地好。不仅官司赢了，而且一个天降的大生意正等着他……

"最高院的判决书太及时，因为当时疫情暴发后，各地马上抢购消毒药水，我们'84'是最抢手的东西，国家也需要，到处紧缺这消毒液……"沈开成说他回到厂里后，全力以赴，加班加点干都来不及。

"我们老板那段时间天天吃住在厂里，就跟我们一起不分日夜地赶产品。当时官司刚刚打赢，他就告诉我们：要知恩报恩，现在国家有难，我们'84'厂要为国家解困救难。那段时间，我感觉我们的沈总好像浑身有使不完的劲！"工厂的老工人告诉我。

沈开成自己说："'84'在我们厂里，它是一种产品，到市场上它是一种商品。但它在我心目中，更是一份我们对社会的爱心之物，所以我们用的企业名字叫'爱特福'，它有几层含义：它既是'84'的英文译音，又是我们注入了我们企业的文化，即要让我们对社会的那份特别的爱，来造福人类之意。所以当时正巧一是最高法院判了官司我们赢，二是国家遇上了大灾大难，而且这个灾难又格外需要我们的84消毒液，所以我告诉全厂职工，我们一定要懂得知恩报恩，为国家解难出力、出全力！"

"老沈啊，你要救救我们呀！"

"沈老板，你是优秀共产党员，现在国家有难，你要多做贡献啊！"

"沈开成同志，我们现在就等着你开恩哪！"

一时间，方方面面的领导与朋友、客户和经销者，甚至根本不认识的人，都纷纷来电恳求沈开成，希望"弄"点84消毒液……

再看从金湖县城到陈桥镇的公路上，各种车子，排着等购84消毒液的队伍，足足有几里路长。

"平时我们厂的日生产量也就是几吨，但4月中下旬时，我们的日产量达到了二百多吨……但还是供不应求！"沈开成回忆说。

2003年一场突发的非典，将沈开成和他的爱特福84消毒液的声望和消费者的认知推到了前所未有的高度。当然，"沈开成"的名字在百姓中可能不知道的居多，但84消毒液就是连几岁的孩子也都知道了。

爱特福集团向红十字会捐赠救灾物资仪式

让沈开成特别骄傲的是：在疫情最艰难的时候，中南海的领导也为没有“84”而犯难的一个情节——

中办领导：马上打听一下哪个地方有“84”!

部下：我知道江苏有个小企业生产这产品。

中办领导：质量可靠吗?

部下：可靠。这些年市场上有的“84”，基本上都是这家厂里生产的。

中办领导：立即想法调些货过来。

部下：好的，我马上去办。

很快，电话到了沈开成那边。

“沈厂长，请你帮助调集一批‘84’到中央单位，这是紧急任务，务请落实!”

沈开成一听这，马上想到了自己的身份——共产党员。便立即回应道：请领导放心，我全力以赴！

之后，他每天派出车子，特供北京中央单位十吨 84 消毒液……

"那个时候，我厂里的日产量达到二百五十吨，但仍然供不应求。不过也确实尽了最大力量支持各地抗击非典！"沈开成对这一场疫情中自己企业的贡献，颇为满意。

疫情过后，有人问沈开成：这回你和厂里可是发大财了呀？！

沈开成笑笑，没有说啥。

"到底赚到什么份上？"我采访时问他。

"其实是不赚不赔……"他说。

"怎么会呢？不是当时大卖吗？"我觉得奇怪。

他点点头，说："是大卖。比平时高出了几十倍……但我们厂确实没有赚，苦干了一个多月，账上收支是持平的。"

"这……这是怎么回事？"我不解。

沈开成笑笑，解释道："我们当时确实赚了六千多万元。由于当时大家不懂怎么使用消毒液，所以我们花钱在央视做了四千多万元如何使用'84'的广告，又义务捐献了五百万元产品，加上后来各地退货一千五百万，这样从账面上看，是不赔不赚。"

原来如此。

"但我们的企业生产规模和生产能力，以及企业精神，在这次非典疫情中获得极大的提高，可以说是质的变化和飞跃。"沈开成总结说。

从手工作坊小厂，到日产二百五十吨的消毒液企业，这是爱特福"84"生产企业，从创业到成为全国同行"老大"的实质性跨越。从此，中国的同类产品中沈开成和他的爱特福"84"产品再无竞争对手——它一直处在市场和品牌的巅峰，一直到今天，从未被他人所超越……

一个企业的定位是非常重要的，这首先可以看出法人的境界和胸怀。沈开成在创办"爱特福84"厂时，就立下四句话：为社会做贡献，

爱特福集团 30 周年庆典

为企业求发展，为员工谋利益，为自己展作为。

四十年过去，回眸这漫长的岁月，可以说是"爱特福 84 厂"和他沈开成践行这四句话的过程。

其实从爱特福"84"的"大事记"里，我们就可以看到它进入 21 世纪之后的发展趋势，那是一种不可阻挡的磅礴之势——

2000 年 5 月，通过 ISO9002 质量体系认证。

2001 年 1 月 18 日，江苏爱特福实业（南京）公司成立。

2001 年 1 月，品质研究所在生产基地成立。

2001 年 1 月，董事会召开会议，决定全力开发北京、温州、杭州、武汉等新市场。

2001 年 5 月，九里荒天然无公害蒿茶投产。

2001 年 6 月，江苏省政府授予省级"爱国卫生先进单位"。

2001 年 11 月，老好空气净通过省级鉴定并获江苏省优秀新产品金牛奖。

2002 年 6 月 5 日，北京爱特福科技开发有限公司成立。

2002 年 8 月 4 日，第二届股东大会通过了变更组建"江苏爱特福股份有限公司"决议。

2002 年 9 月，获国家农业部颁发的"全国诚信守法企业"证书。

2002 年 12 月，飞毛腿杀虫剂、爱特福 84 消毒液获省级重点名牌产品称号。

2002 年 12 月，获省级高新技术企业认定证书。

2002 年 12 月，总裁沈开成当选为江苏省第十届人大代表。

2003 年 1 月，研究所被省经贸委认定为江苏省重点支持的企业技术中心……

从上述的"大事件"中，可以看出这一阶段的"爱特福 84"发展轨迹，它一方面在不断扩大全国性的市场布局，另一方面又不断开发新产品，特别是在产品质量上下大功夫，产品品类从"一枝独秀"，到"万紫千红"。用沈开成的话说，"爱特福"——就是爱你爱到特别幸福。要爱你爱到特别幸福，就必须有能力、有实力、有底气。对企业而言，就是要有过硬的产品。

重视产品质量，不断改进消毒液的日用方便性和多样性，一直是沈开成和企业技术人员所追求的方向与目标。他们始终认为，中国是个人口大国，又是多民族国家，东中西部地区差异很大，自然环境和气候条件很不一样，这就决定了同一类产品，需要适应不同人群、不同族群和不同地区的用户所需，就必须不断研发适应不同消费群体的新产品，还要加大投入，提高已有产品的质量。

消毒液产品并不是一成不变的。病毒对人类和环境的侵袭，也在不断发生变化与变异。而消毒液的用途与用法，同样不停地发生变化。过去一瓶消毒药水、消毒剂，可能是医院或药店的专用品，后来慢慢成了家庭和单位都可以拥有的专用品；后来随着几次疫情的出现，此类产品被普通人所广泛使用，之后便成了"家用必备品"。这一过程其实也在变化，比如新冠疫情持续三四年后的今天，人们发现，消毒液这类专用产品或家庭日常必备品，也需要改变使用方式了，特别是城市生活的人和那些讲究卫生的人，他们会像随身带些化妆品一样，身边备一份消毒液，这些消毒液可能是擦手用的，也可能是喷雾用的，有的直接用于手脚或脸部防毒防感染，有的则就是为了进行环境的消毒。这个时候，因为环境不同、消费者身份不同，他们对所需的"84"这样的消毒用品，就有花样多、实用和精致等需求了。沈开成和他的市场销售部门一直在研究消费者对自己的产品的满意度，其中一条便是：更加广泛地满足更多消费群体的所需，实现市场的最大化。

2003 年非典疫情结束之后的爱特福"84"，可谓是完全进入了一个全新的"国家型企业"的状态。

4 月和 5 月，沈开成和企业的"抗非"捐赠获得国家卫生部以及江苏省红十字会的表彰。

7 月 26 日，位于金湖县城的"爱特福工业园"举行奠基仪式。这是沈开成的一个大战略布局，它使爱特福"84"走向"国家型企业"迈出了关键性的一步。没有天空的雄鹰，是飞不高的。爱特福"84"要成为全国著名企业、其产品要成为驰名品牌，后方基地必定是至关重要的。沈开成通过几年努力，与县里达成共识，所以现在的爱特福企业，不再是陈桥镇附近的一方天地，在金湖县城开发区的二百余亩土地正在开创新的世界……这是后话。

9 月，"1＋1"新一轮市场开发战略全面启动。

9 月 20 日，赞助中国第六届残运会，总裁沈开成被授予"爱心大使"称号。

10 月，沈开成被推选为中华预防医学会消毒分会委员。"这可不是一般的荣誉称号，而是国家级的专业技术委员会委员。"沈开成十分在乎这一"委员"，因为它在行业中具有很高的话语权。

2003 年 12 月 1 日，北京爱特福科技开发有限公司专家会所启用。在之前，上海、南京等多个城市已经有了爱特福的"分公司"。而北京成立爱特福科技开发有限公司专家会所，则是沈开成布下的更大一盘棋——他要把国内领先的专家们团结到自己企业内来，形成强大的技术力量。用沈开成自己的话说：2003 年，是他和企业从"地方"的台阶迈上"国家"台阶的重要年份。这一年年底，除了企业的"5A 皮肤黏膜消毒液"新产品获部级卫生许可证之外，爱特福 84 消毒液又获中华预防医学会专家认证产品。在 2003 年即将过去的 12 月 28 日，他的企业又被国家卫生部聘为消毒标委会成员企业。

注意了，如上所述：北京爱特福科技开发有限公司和这一公司的专家会所启用，这是沈开成的一招大布局：从与地坛医院的一场差点要了他和"爱特福 84"命的法律纠纷中，沈开成深深地明白了一件事：企业的技术和产品的权威性，将决定企业能走多远、攀多高。中国的爱特福"84"，要进入千家万户，成为中外驰名的品牌和产品，并打造成"百年老店"，没有过硬的技术和专家团队，其实就是一场梦想而已。

沈开成的清醒，是他成功地把爱特福"84"从一个无名小产品，推到全国人人皆知的日用产品的秘诀。从乡村的一条田埂，到一片荒地上建起一片厂房，再从手工作坊的陶瓷缸灌注销售，到机械化生产、央视广告满天下的营销，沈开成的清醒，在于他明白一个道理：小打小闹时，产品的技术含量和质量保证，可以是"马马虎虎"的，但一旦形成巨大市场和品牌之后，任何一点马虎和忽视，都可能造成全军覆没和彻底翻船。也只有不断地把自己的产品与技术质量提高到没有人能与之竞争时，企业才可能立于不败之地。后来沈开成在把"84"做成全国第一后又有了更清醒的认识，那就是：一个民族品牌、一家百年老店，更需要每一个细节、每一个营销理念、每一个产品质量，必须过硬、必须与时俱进、必须引领行业之先。为此，沈开成在不断推进企业快速发展的同时，把产品质量和研发新产品，作为一项久久为功的战略任务，或悄然闷声，或轰轰烈烈地进行着……

我到他的企业走访时，看到了厂区有一栋专门的楼房，是给技术人员使用的。几位年轻的技术工程师告诉我：一些名气听起来不小的消毒液生产厂家，其实是没有专业技术人员的，差不多都是临时性地雇用技术人员，而沈开成自办厂之后，就设立了"技术科"，后来是专门的研发部。"最多时，一年厂里拨给我们的研发经费达七八百万元！"研发团队的负责人很自豪地告诉我。

在乡村的企业里，有来自全国各地的硕士、博士高才生，专心从事产品开发，本身就显示了爱特福"84"的强大和实力。"我们的产品，全国闻名，所以我们在金湖陈桥镇这样一个乡下企业里工作，并没有感觉低人一等，反而感到特别自豪，因为我们为自己的研发成果能够走进千家万户而荣耀，觉得人生价值很高……"几位长年在金湖陈桥镇"84"厂本部工作的技术人员不无骄傲地向我诉说。

从1984年1月18日成立金湖有机化工厂起，沈开成的企业和他自己的办公室，从未挪过"窝"，只是今天和四十年前的面貌发生了巨大变化，但厂址始终在陈桥镇边的那块土地上。

我去过，所以印象很深。除了"爱特福84厂"，这里四周仍然是一片片绿油油的菜地（春天能看到的）和麦地……也就是说，沈开成一手创造出的中国最大的"84"企业一直生根在他家乡的土地上。然而厂貌变了，道路宽了，连陈桥镇也因"爱特福84厂"而变得很神气——它的街景、它的居民、它的兴衰，与之密切相关，随潮长势。就是这样的一个地方，一个作坊小企业，能够变得全国人民人人皆知，国家危难时刻，连国家领导人都要亲临这个厂督战，它靠的是什么？当然是靠沈开成领导有方、治厂得力。而在纷繁复杂的种种管理模式和企业制度中，有一件事是沈开成最为崇尚的，那就是他所追求的企业生产技术与产品质量问题。

采访调研过程中，我发现了沈开成的这一秘密：他有一大批国内著名的技术专家，他们在背地里为沈开成的"爱特福84消毒液"，不断注入技术活力和革命性的生产活动。这也许是沈开成最"牛"的地方，因为任何企业想发展和壮大，在今天这个以科技为生产力的社会，谁掌握了强大的技术队伍和人才，谁就是"王者"。

在北京，我有幸认识了沈德林教授。

沈门的大专家一开口就夸沈门的企业家沈开成："开成是位有眼光的人，别看他远在金湖这么个不起眼的地方，但他眼光很毒……"我明白沈老说的这"毒"字，意思是厉害。

沈教授已经是八十之上的长者，他在消毒专业领域具有顶级的权威。沈开成能够让这样的大家成为"爱特福84厂"的技术顾问，也就几乎确定了他的企业在技术和产品上的无敌地位。

"但我看中的是他沈开成的人品和管理能力。没有这两个方面的优势，我是断不会轻易为他鞍前马后地奔忙的！"沈教授是军人出身，看得出一身铁骨铮铮，不会轻易受"糖衣炮弹"诱惑。也许正如他所说的这两点，他成为沈开成几十年来创业道路上的重要支持者和质量上的保驾护航者。

那天晚上，陪沈教授一起接受我"聊天"的还有他夫人，老两口谈起当年他们的恋爱经历，让我们几个晚辈开心了一晚上。而从两位老专家的访谈中，我点滴了解了沈教授耿直的人生和他对沈开成及"爱特福84"的偏爱："我支持他，是因为每次国家有难、百姓受苦时，他会不惜代价担当起救死扶伤和保护他人生命的责任。照理说，他是企业家，做生意的，完全可以借此机会发大财，但他没有。倒是组织

董事长沈开成、消毒专家沈德林和著名作家何建明

全厂职工拼命地工作，然后把生产出来的产品，及时送到需要的单位和地方、送到百姓手上，让大家尽早摆脱疫情的侵袭与困扰。我知道他一次又一次地在大灾大难中做了赔本生意，但他却一直坚持把'84'越做越强……"沈德林教授用不着为沈开成"吹捧"，所以他的每一句话都叫人信服。大概其他许多专家也与沈德林一样，对沈开成有某种道德上的偏爱，因此他们也甘愿为爱特福"84"奉上自己的贡献。

像许多外行人一样，最初我对84消毒液的技术含量的认识很肤浅，觉得又不是什么高科技，似乎没有什么需要技术与质量方面多操心的。其实不然。尤其是像84消毒液这样一个具有药物作用的生活日用品，它虽不需要尖端技术，但却同样需要不断更新、提升和改进。沈开成的爱特福"84"能够成为同行中的第一品牌，恰恰正是他的团队高度重视了新产品的不断更迭和创新，同时坚持质量第一的原则。

技术总监吴耀举先生向我介绍，沈开成领导的爱特福"84"产品，自1984年从北京完成技术引进后，先后共进行了五次重大技术革新。

最初引进的"84消毒液"，沈开成他们在实际生产中，发现会产生大量的副产物。这些所谓的"副产物"，实则为有机物（活性剂）。它们在高碱度高盐量环境下，其碳链断裂后形成的成分是复杂的有机盐，既不溶于水，也不太容易和其他溶剂相融，而且对环境影响比较大。"我们是给人用的产品，不得造成不良环境！得改进！"沈开成当即就请来技术人员对此问题展开多次改进试验，经过反复技术试验，最终发现通过高温，可使副产物实现绝大部分的可溶。在此基础上，配制成活性水，再重新投入爱特福84消毒液的生产过程。其结果是：不仅降低了后续产品生产时有机物的投入量，降低了生产成本，还降低了污染环境风险。

全国生产"84"的企业，大大小小并不算少，但就是有相当一部分企业不注意技术上的突破，因此造成生产地的环境污染，最后不得不"关停并转"。沈开成的爱特福"84"则相反，他们是越做越大，其中经验之一就是重视了技术革新，从而减少了环境污染的负面影响。

爱特福"84"消毒液，是一种具有广谱杀菌、灭活病毒作用的药物。它的有效成分为次氯酸钠。这种化学成分在高温和光照下并不稳定，一般保质期为三个月。三个月后由于有效成分下降，需适当增加用量从而达到消毒效果。也就是说，要使"84"产品储存的时间超过三个月以上，就必须对产品进行技术增量和改革，否则不利于消费者使用。

"中国人的生活水平还不高，尤其是广大农村，他们能够买一瓶消毒液，就希望在家放上半年、一年的，一旦有灾难和需要的时候拿出来使用。即使单位用，三个月的保存期也实在短了一些，而作为国家储备物资，三个月时间也是不行的。所以，我们能不能在时间上提升一倍甚至几倍，这对'84'产品的市场效应将是一次革命！我们必须突破这一难关！"为了解决这一技术难关，沈开成亲自担任攻关组长。

"技术我不懂，但我能够做好'后勤部长'。你们缺啥尽管提出来，我全力以赴保障！"沈开成的信仰如石，胸怀如海。

攻关技术人员在他的影响下，连续攻关数月，对消毒液产品进行了数百次的实验与分析，并增加完善了微量指标的检测。在数以千万计的检测数据基础上，通过新技术的注入，有效控制了各指标的波动范围。同时改进外包装，采用了避光效果好的包装瓶，这样一来，将产品的稳定性大幅提高，使得84消毒液在常温状态下，保质期达到一年。

这一革命性的技术进步，使爱特福成为首家获得卫生部消毒产品卫生批件的企业。"硬气"——沈开成喜欢这样的结果。

存放时间的技术问题解决了，随之又有一个新的问题摆到了沈开成面前——温度。各种不同温度下，你们的"84"能不能保住质量？这又是一个"高难度"。

你们爱特福"84"现在是国内排名第一的消毒液，你就得承担这样的重任嘛！这话不仅是广大消费者在说，而且"领导们"也一次次跟沈开成提出来。

这个事，你们不提出来，我也要去做的。"84"既然是人民生命的保护神，我们就得有这方面的本事：时间上能够放长些，各种温度下仍然不变质。沈开成心想：温度影响是一个技术瓶颈，必须克服和突破！

又是一次艰难而激动人心的技术攀登……

此时的沈开成，就是一位"科研会战"的"总后勤部长"，而像沈德林这样的大专家，便是他的主力部队的将军们。

别小看了消毒液的温度影响问题，其实它是一项非常实用又有极大意义的科研工作。比如战争年代，军用、医用的消毒药水，如果不能消除温度限制，那么它会影响到战场上伤病员的消毒作用，这可不是一般的小事，它是关乎生死和战争输赢的大事。

"你可给我们找了一项大科研题目啊！"有一天沈德林教授对沈开成这么说。

作为药用或医用的消毒液产品，常温下使用和保存比较容易。而在这之前，爱特福"84"已经取得了保存时间上的创新，实现了保质期达一年。这一技术突破在很大程度上依据了"常温"这一概念和物理与化学的原理。现在又要在此基础上，实现温度影响的技术突破，这对科研人员来说，也是一次挑战。

"我看这回要来个双肩挑了！"一天专家们向沈开成提出新的概念。

"啥意思？"沈开成问。

"就是争取把原来的时间概念，再往长里拉，就是保质时间再拉长它一年半载的，同时再在温度上进行一次技术突破……"

"那不是我沈开成一下捡了两个馅饼嘛！"沈开成听痴了。

"是这个意思。"专家们笑着对他说。

"那赶紧去多准备些甲鱼！"沈开成又拿出他的"撒手锏"——土

特产来犒劳专家们。

这一回的"双肩挑"攻关时间比较长。但在专家进行反复研究和大量试验基础上，通过选用新材料、新工艺等，最终解决了加速试验（54℃和37℃的高温试验）状态下次氯酸钠的稳定性，同时也使新产品的保质期从一年增加到了两年。

当新产品研发成功后，沈开成抱着新的爱特福"84"，如同抱着自己刚刚出生的亲儿子一样兴奋。因为这项技术填补了国内外空白，从而也让中国的"84"享誉全球。

爱特福 84 消毒液产品的第四次技术革命，是沈开成对全厂生产线进行了改造。通过投入雄厚的资金和引进技术人才，把原先比较落后的生产设备，全部改进成全自动工艺智能化生产流水线，建成了国内第一座、世界首创的日产（八个小时）万箱的"84"智能生产车间和

江苏省工业和信息化厅
江苏省财政厅 文件

苏工信投资〔2020〕681号

关于发布2020年江苏省示范智能车间
名单的通知

各设区市、县（市）工业和信息化主管部门、财政局：

为引导企业加大智能化改造力度，提高智能制造水平，经企业自愿申报、市县推荐、材料评审、现场核查、信用查询、名单公示等程序，南京钢铁有限公司高线生产车间等252个车间被评为2020年江苏省示范智能车间（名单见附件）。

望上述企业再接再厉，继续加大智能化改造投入力度，更好地发挥行业示范引领作用。全省工业企业应以示范智能车间为标杆，围绕设计、生产、管理、服务等智能制造各环节加快推进智能车间建设，切实提升企业智能制造水平和本质安全生产水平。各地工业和信息化主管部门要及时做好总结推广工作，进一步加大推

—1—

进智能车间建设工作力度，营造良好氛围，加快推进我省制造业高质量发展。

附件：2020年江苏省示范智能车间名单

江苏省工业和信息化厅
江苏省财政厅
2020年12月29日

江苏省工信厅办公室　　　　2020年12月29日印发

—2—

2020 年爱特福 84 消毒液智能灌装车间荣获省级示范车间

智能立体仓库

堆垛机器人

ABB 码垛机器人

爱特福 MES 系统

智能立体库，荣登中国消毒液生产的高峰，从而使产品生产量大幅提升，生产成本大大降低。

一座现代化、智能化的消毒液生产线，在一片普通的中国乡村大地上奋然崛起……

沈开成在技术和质量问题上的脚步，从未停止过。

在解决时间和温度问题之后，沈开成并没有因此而满足。他要求技术团队必须根据社会发展和消费者所需，不断改进质量、促进技术进步。"只要有利于市场、有利于消费者的健康与实用，我们就该努力去突破。"这是他的一贯思想。

一段时间里，爱特福84消毒液产品的生产过程中，其副产物虽经活化后再次使用，但仍有少量副产物重复利用后无法再次活化，无奈只得彻底地成为废弃物，这容易对环境造成污染。为此，公司每年需花费较大精力和费用进行处理。针对这一问题，沈开成要求技术团队进行研究，并且明确提出：这不是一个简单的减少企业成本问题，而要当作爱特福"84"产品能不能适应社会主义生态文明建设的一件大事来看待。为此，技术团队的专家们通过不断研究和实验，最终选用碳链稳定的有机物作为替代品，并将生产用水全面改为纯化水，从而彻底消除了生产过程中产生的副产物。生产工艺高于同行不少，完全清除了爱特福"84"生产过程中的污染源。

"我们企业的五次重大技术革新，可以说是爱特福人坚持技术改进的决心，也是爱特福人对环境保护的重视和我们的社会责任担当，同样也是爱特福人精益求精的追求和企业技术力量的展示。也正是因为我们不断进行技术改进，我们的质量意识，爱特福84消毒液产品，才有了今天的质量更优、成本更低、生产过程更环保的效果与效应。也才受到消费者的广泛认可和青睐，市场占有率逐年提升和巩固。"沈开成这样总结他和技术团队几十年的不懈努力。

什么是企业的"硬气"？什么是企业的发展"原动力"？质量和

中国驰名商标（集团拥有3枚驰名商标）

技术便是。沈开成领导的爱特福"84"企业就是牢牢依靠这两个"轮子"，使得产品越来越受到广大消费者的欢迎和爱戴，同时也不断受到国家及专业部门的认可。下面是我们从企业的"大事记"中摘选的自 2003 年非典之后，爱特福"84"企业和产品所获得的国家和省级荣誉——

2004 年，爱特福 84 消毒液获国家产品质量免检证书。

2005 年，申报中国名牌。

2009 年 4 月，"爱特福及图"商标被国家工商总局认定为中国驰名商标。

2009 年 12 月，爱特福 84 消毒液、洁厕灵、飞毛腿杀虫气雾剂荣获"江苏名牌"称号。

2009 年 12 月，爱特福荣获江苏省产品万里行金奖。

2010 年 12 月，爱特福股份有限公司荣获国家高新技术企业。

2010 年 12 月，84 天然活性洗洁灵、家家果蔬消毒剂、5A 衣物消毒剂荣获"江苏名牌"称号。

……

五年间，一个企业荣获国家和省级"名牌"奖与"驰名商标"，并不那么容易，但沈开成的爱特福"84"却都做到了。这也让他在业界有了响亮的"84 王"之称。

读者现在明白我为什么用"铜墙铁壁'84 王'"作为这一章的标题了吧？是因为沈开成的爱特福"84"产品，就是靠技术、靠质量打拼出来的！他的专家团队其实就是中国消毒液领域的国家队，有这样一批国家队专家大力帮助他研发"84"产品和为其产品保驾护航，还有谁可以同沈开成他们的爱特福"84"产品比拼呢？

庆幸的是广大的中国消费者。他们用的爱特福"84"产品，就是这样过硬的中国货。

沈开成就是通过这样的铜墙铁壁，将自己打造成了中国的"84 王"！

第十三章
『爱特福』的密码

沈开成或许自己都没有意识到，他的命运和人生其实在他的名字里就珍藏着一个美丽的"密码"，这就是他的好运——开即成。

卡莱尔曾经说过："我们的行动是唯一能够反映我们精神面貌的镜子。"

革命导师马克思认为，一步实际行动比一打纲领更重要。

另一位伟人伏尔泰也说过：人生来是为行动的，就像火总上腾，石头总是下落。对你来说，一无行动，也就等于你并不存在。

"开"是个动词，即打开、启动、伸展等意思，是一种行动和状态。开，又是一种积极的行为，比如开放、开始、开端……

"成"，通常是一种行动之后的状态，也可是实现目标的一个过程的状态。完成、成人、成全等等，都包含了"行动"和"目标"的双重意义。

"开成"二字，从字面上解释，可以说它是行动即可成功、即能成就、即为成全等意味。

"开成"放在沈开成这个人的身上，从他创办"金湖有机化工厂"和后来的"爱特福84消毒液"的奋斗历程看，那就是开启成功之路、开始即能成全大业之意。

沈开成的名字解释，实际上是一个文字游戏。但许多发生在沈开成身上的事，连他自己都一直觉得很"玄幻"。我听后，细细思来，倒并不感觉是"玄幻"，恰恰认为有些事非常必然，合乎情理。

沈开成为江苏省第九届、十届、十一届人大代表

比如，沈开成出身卑微，创业时他什么苦都吃过、什么低三下四的事都忍让过。那若干年后，当他发了财，成了名人后，他就见得各种世面、交往各界精英和领略人世间的千姿百态。他再也不会受人白眼、受人污辱，他无须再看他人眼色行事，可以堂堂正正挺着胸膛和脖子，为中国农民们争回尊严。

比如，他吃尽人间之苦，受过创业和市场竞争中的种种排斥与轻蔑。他不埋怨，也不在乎。他默默承受，默默努力，私底下使劲，直到有一天奋然跃起、一鸣惊人，胜过所有对手傲立于同行之巅峰。他用自己的汗水，撕碎了一些人的伪善和假意，让公平和正义，以及合理的竞争，成为生意场上体面和相互尊重的常规与常识。

比如，他说他轻易不掉泪，即使生意"翻跟斗"、自己被他们无数次骑着走路，他也不会埋怨，不会吱声，更不会"复仇"，因为他认为成功与失败，并非是人生的根本。人的最大价值在于他对社会的贡献和社会对他的认知和评价。他因此对"爱特福"这企业和企业名字充满感情，甚至比对自己的亲儿女更看重、更珍惜。

他早已刻骨铭心地知晓穷人的眼泪是不值钱的，富人的眼泪同样不值钱，唯有对他人、对社会施爱才是最真切、最值得流下热泪的……

"爱特福"——让有爱的世界，特别幸福！这是沈开成内心存放的一块最宝贵的精神家园。为这，他从不吝惜，满面笑颜。

爱是无私的。爱可以让人变得善良和心底亮堂。沈开成在接受采访时，多次这样说。

他的话，引发我对他办企业四十年的那份"爱心"的追索，并由此令我内心产生无限敬意。我知道，在爱特福"84"集团的前身——金湖有机化工厂成立后的前几年，企业多次无偿给金湖当地机关与百姓捐赠消毒液。后来企业稍稍进入良性发展，沈开成便热心组织各式各样的献爱心捐赠。下面这几个时间点的捐赠，可以看出爱特福"84"厂企业虽小，但一旦国家有难、百姓受苦时，他们总是不遗余力地奉献自己的一份爱——

1991年7月，在江苏发生水灾时，他们向洪水受灾区域投放和捐赠84消毒液五百余万瓶。

2005年东南亚"海啸"期间，爱特福集团向受灾的马来西亚、泰国等地捐赠五十多万元的消毒产品。

2007年7月，爱特福集团捐赠了价值四十八点八四万元的消毒产品支援洪涝灾区抢险救灾。

2008年5月12日"汶川地震"，爱特福第一时间将84消毒液等卫生消毒药品送往灾区，总裁亲自赴灾区慰问，先后六次捐赠累计价值五百零八万元。

2009年5月3日，在全球暴发甲型H1N1流感之时，爱特福关爱校园公益活动走进醴陵四中校园并捐赠二万元的消毒杀虫产品。

2009年6月24日，江苏爱特福集团公司通过绵竹市红十字会向

🦺 社会公益——向江苏省残疾人联合会捐款

🦺 社会公益——向江苏省红十字会捐赠物资

董事长沈开成亲自赴四川汶川慰问（资助王磊小同学）

灾区捐赠电热蚊香片、电热蚊香器、灭蚊喷雾共计二千九百箱，价值一百三十余万元。

2010 年 4 月 21 日 "玉树地震"，无偿捐赠的高效 84 泡腾片、5A 衣物消毒液、家用碘伏、84 消毒液等卫生防疫系列产品，总价值一百八十四万元。

2012 年 7 月，爱特福集团向河北保定地区捐赠价值五十万元的物资。

2013 年 4 月 21 日，向四川省雅安市芦山县捐赠消杀、洗涤系列产品近八十万元。

2016 年 6 月，江苏爱特福集团总裁沈开成带着价值三十余万元的消毒杀虫产品，赶往盐城阜宁进行赈灾。

2020 年 5 月，江苏爱特福集团通过江苏省红十字会向南京市十一

爱特福集团通过省红十字会向南京 11 所大中小学捐赠抗疫物资

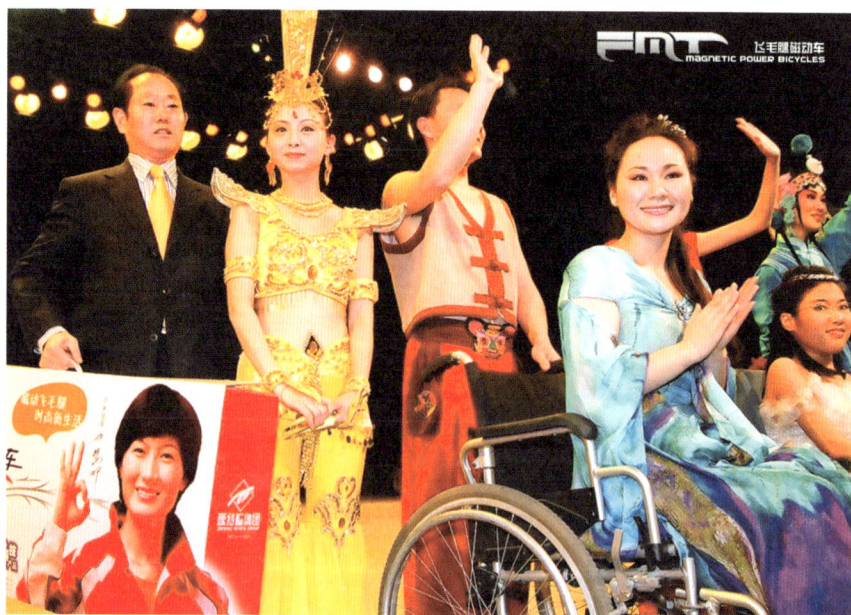

社会公益——"爱特福爱心之夜"《我的梦》

社会公益——爱特福向金湖县敬老院慈善捐赠

社会公益——爱特福慰问盐城阜宁龙卷风受灾群众

社会公益——爱特福 84 助力苏州疫情防控

社会公益——爱特福 84 抗震救灾（四川雅安）

所大中小学捐赠三百二十点六七五万元消毒产品用于抗击新冠疫情。

2022 年 2 月,爱特福集团向苏州捐赠五十四点一八万元消毒产品助力苏州疫情防控。4 月,爱特福集团向上海捐赠五十二点三八万元消毒产品用于新冠疫情防控工作。……

上述数字是生硬的,然而在这些生硬的数字背后,是沈开成和"爱特福人"的一颗颗火热之心。

沈开成告诉我,每一次国家或者哪个地方受灾落地,他都会特别紧张和心痛。"那一刻起,我会全神贯注地关心灾区的情况,随后马上组织人马和力量,把厂里最好的物资准备好,不用哪个人、哪个领导跟我说,我们就会主动地想方设法把灾区急需的 84 消毒液等物资送到受灾百姓的手中,而且每次国家大灾大难时,我们都是倾尽全力,宁可耽搁了生意、宁可放弃赚钱的机会,也要倾力为国家和受灾地区出份力量。"沈开成说。

社会公益——爱特福 84 助力上海抗疫

2008 年汶川大地震时，消息一出，沈开成第一时间动员厂里，"尽快组织物资，装满车就走"！当时他这句动员令，鼓舞了厂里的众多干部职工，随后跟他奔赴了灾区一线。

在灾区现场，沈开成看着成千上万受伤的灾民，心如刀割，更不用说见到那么多遇难者的血淋淋场面。"尽管用，我们这'84'擦一擦、喷一下就会消毒伤口的……用吧用吧，用完了我们会马上再运过来！"这样的话、这样的安慰，沈开成在灾区现场不知说过多少回。而他也正是这样做的：他和厂里的员工们，先后六次组织救灾物资送达灾区，价值达五百多万元。尤其是他从北京专门组织了周艳泓、阿宝等四十多位明星艺术家亲赴灾区慰问演出，广受欢迎，现场一幕幕"爱的关切"，"有爱就有一切"给正在饱受灾难之苦的万千家庭和遇难者家属及小朋友们带来无比的温暖与温馨……

"其实当时到灾区还是非常危险的。因为余震不断。虽然我们住在酒店，但为了完成好慰问工作，向灾区百姓发放消毒液，我一方面要求所有的慰问团员们都要自己做好安全防震措施，也想出了一些绝招：比如晚上睡觉前，在床头放一个火柴盒，再在上面放一个倒立的瓶子，这样稍稍有余震发生，瓶子就会倒下，这样我就能马上一个打滚，从床上翻到地面……"沈开成说这样"保险些"。

当时我也在灾区采访，他说的这事，其实大家都经历过。难能可贵的是他作为民营企业家，又带了那么多艺术家去灾区慰问、无偿送去人们急需的 84 消毒液，确实不易与可贵。

在国家大灾大难面前不吝惜财物与金钱，是沈开成和他领导的"爱特福84厂"的传统，用他的话说，这就是"爱特福的本色"。至于对家乡金湖和乡亲们的捐赠与救助，沈开成和"爱特福"的口碑，更可以用"江河流水一般"来形容。

在金湖采访时，你只要稍稍在县城内走一走，随处可见可闻"爱特福"的形象和气息……

社会公益——董事长沈开成带领二十多位明星赴四川汶川慰问

84 市民健身广场

那市民健身游乐的 84 广场、那车水马龙的爱特福大道，还有金湖大桥、老年公寓等场所和公共设施，都是沈开成所在企业"爱特福"建设或捐助的。

"爱特福，在我们心目中，就是一个暖心的名字。沈开成，是我们金湖可以倚仗的好人。"那一天我独自在县城的大街上，随便问了两个长者，他们伸出拇指，这样直言道。

都说金杯银杯不如百姓的口碑，我想沈开成听这样的口碑已经很多次了。也许，这也是他的"84"大本营从来没有在故乡的陈桥镇挪过窝的原因吧！

沈开成曾经与我多次长谈，其间他也多次真诚地坦露其内心世界。他说：当一个人有了"五子"（儿子、房子、车子、票子、面子）后，还需要什么？情感。情感从某种意义讲，超过了"五子"的总和。他说了句"金句"：没有情感铺垫的物质生活是油腻的，而没有物质基础的感情交融也是苦涩的。

"家国情怀"，在沈开成身上异常浓烈。把"84"产品做好、做到极致，是他对国家、人民和社会的赤诚之情。在平时，他对家人和子女同样要求严格，且教育有方。他有三个孩子，两女一儿。大女儿二女儿叫"晓霞""晓云"，儿子叫"晓龙"。"三个孩子名字联起来，就是朝霞彩云与祥龙，我希望他们的未来都有作为。"

大女儿毕业于北京外国语大学，二女儿在英国读完的大学。她们在淮安中学读高中时，有一次开家长会，沈开成看到那些孩子的家长们，多数都是当地领导干部或头面人物。"就我是乡下来的。但校长却让我讲几句如何教育子女的话。当时我急中生智上台讲了四句话：小孩上小学之前要管教；孩子上初中阶段要引教；高中阶段的孩子要自教；上了大学要学社教。没想到这四点体会引起现场家长和老师们热烈的掌声……"

如前所述，沈家曾经是个大家，方圆几十里皆知"沈大先生"一族。查沈氏家谱，也算当地名门望族。沈开成之上的世代，其实已经给后代留下坚厚的基石。我查阅沈氏后代的字辈排序，足见其血脉之旺，且源远绵长——

国长万念文 成德启生序
家盛兆学勇 才恩承龙章

从排序的内在组构与每个字面意思而言，似乎"老天"就已经给沈氏后代的繁荣隆盛开宗明义了！

我们来说在沈开成的个人家庭里，有不少传奇色彩：在他父亲去世之后的"三七"忌日那天，沈开成说父亲托梦给他：你们兄弟仨（沈开成有两个哥哥——作者注），你最有能力、最有钱，所以你得有个儿子。这是梦，但谁也没有想到在沈开成五十八岁时，他真的有了

四世同堂（右一：沈开成　右二：沈德乾　右三：沈启俊　右四：沈文生）

小字辈"七个葫芦娃"（前一：沈德乾　中：沈开成　左一：刘军　左二：沈德荣　左三：沈德柱　右一：沈德益　右二：刘峰　右三：王成军）

个儿子，即前面提到的"晓龙"。晓龙后来按家谱上的沈氏排行名字改名，组成了沈开成一辈三兄弟之后的沈氏"四兄弟"：沈开成大哥是俩儿子，分别取名为"德柱""德荣"，二哥的儿子叫"德益"，所以沈开成在自己的儿子读初中时，为他正式改名为"沈德乾"。除了对应沈氏家庭辈分排序外，沈开成对自己的儿子还有另一层期望："省点花钱，有道德就有乾坤。"

老来得子，让沈开成喜出望外，满是欢欣。儿子四岁时，他带儿子到自己的园区爱心岛玩。那个时候，正有人想买下园中的爱心岛，作为休闲钓鱼所用。沈开成对此犹豫不决，他随意跟幼儿说："儿啊，你说爸爸卖还是不卖？"四岁的儿子竟然脱口而出："卖掉了不是没有了吗？"沈开成听后很是吃惊："我的好儿子啊，你竟然会有如此反问式的回答呀？"

儿子六岁时，有一天在玩耍时，突然转过头，对沈开成说："爸爸，我四十岁时，你是不是就死了？"沈开成顿时惊恐，随后他一算，又哈哈大笑，乐得手舞足蹈起来，因为儿子说的他四十岁时，沈开成正好是九十八岁了！能活到九十八岁，我算是大福大贵之人了呀！他能不因儿子对他的提前"祝寿"欢欣嘛！

一个奋斗者的足迹，是有其胸怀和精神支撑的。沈开成能把84消毒液产品，做成全中国百姓日常所最不能离手的日用必需品和疫情灾难的必备品，不是没有道理的，而且从某种意义上讲，完全与他个人品质、理想与追求和家庭背景有密不可分的关联。

他讲过一个故事：那年农村分田到户时，作为一家之主的沈开成，竟然在土地分到他的头上时，一口拒绝，说自己不要地。谁都知道，土地是农民的命根子。他沈开成不要地，以后吃什么？村里的人都这么说，而且觉得不可思议。

沈开成笑笑，坦然地告诉大家，也向自己的父母和哥哥们说明："我不要地，就是早想不种地，想做离开种田谋大业的事！"

办厂。办好厂。做企业。做出品牌企业。到现在他想把"爱特福84"做成百年老店，就是他年轻时立下的"初心"：为国、为家、为自己，做出跟他人不一样的事业来。

第十四章

担起国家大任

　　沈开成在创业之初，绝对没有想到自己和自己所办的厂子，会跟国家的事连在一起。那个时候他确实不敢，也轮不到他想。但自从与"84"结缘后，他越来越发现自己和国家、自己的企业和国家的命运竟然联系得如此紧密，甚至是无法分开一样。

　　看看，只要国家一有灾难或疫情，他沈开成便成了谁也离不开他似的，更不用说他企业生产的 84 消毒液。

　　有人因此还嘲讽他：你是发"国难财"。

　　这个时候，沈开成会心平气和地拿出账本，让人看。结果看账的人看哭了：他沈开成和"爱特福"，几乎每一次在国难和灾害时，生产的"84"最多，最后基本都是没赚，甚至赔本。

　　为什么？

　　"因为他把货都捐了出去……"那些原本嘲讽他的人发现了这个"秘密"。这个"秘密"足可以打到一批曾经吆喝他沈开成和其爱特福厂是"发国难财"的人的脸。

　　我想弄明白这件事：为什么可以大发一笔钱的时候，他沈开成和企业反倒"不赚钱"了呢？

　　对此，沈开成先是闭闭眼，然而平静而坦然地道："灾难或疫情一般都是突发的。突发时大家都很惊恐和紧张，而且一般灾情最初和高潮时，药物用量会成倍成倍地增加，甚至是没有限度的。包括一些单位和国家机关，他们会大量采购我们的 84 消毒液。那个时候，我们必须开足马力，超负荷地生产，并且必须保证尽可能地以最快的速度、最大的供应量把急需货源送到灾区或疫情一线……而这个时候，灾区或疫情一线也会尽可能地伸开双臂，抢购或囤积相关货物。这个过程，通常是无序的、不理性的。我们又不能不生产，还必须多生产，以满足所需。"沈开成告诉我，"等到灾情或疫情平缓和开始消失时，我们的货物已经大量和超量地发往了各个地方与单位。而就在这个时候，退货比退潮还要猛烈和汹涌，所以我们只能源源不断地接受退货……"

"搞企业的都知道，假如你卖十吨货，退回一吨两吨，就等于你十吨原本应有的利润也基本没有了！因此每一次大灾大难时间段中，我们生产的消毒液是最多的，但赔本也可能是最大的。"沈开成苦笑地看着我，好像在反问：现在你们明白了吗？

我依然不明白。问他："那——你就不能让他们先付款再发货，附加条件不得退货？"

沈开成不说话了，把头抬得高高的，然后朝远方看去，似乎失去了继续谈话的兴趣。

这又是为什么？难道我说错了？错在哪儿？我思索起来。然后笑了，自我检讨起来：明白了，那个时候，国难当头，怎么可以让人先付款再发货呢？

绝对不可能，也不应该！我再一次检讨。

沈开成的目光慢慢收回，重新回到了可以对话的状态……

他点点头，又摇摇头，似乎在说：是这样。又似乎在说：并非全是如此。

慢慢地，我了解到：其实每一次灾情突袭，情况都不太一样。沈开成和他的"84"厂也都会经历前所未有的突发处置情况。"那个时候，生意和赚钱，其实根本就不去想了，人命关天，国家危难之时，谈什么赚不赚钱的事！"沈开成终于说话了，说这些话时，语气沉重。

一个人和一个企业是否真的具有国家情怀、是否心想消费者，这需要在平时和某些重大危难时刻来考量。前些日子，"娃哈哈"创始人宗庆后病逝后，引发的一连串事件和社会反响，也证实了这一点。

其实，沈开成和他的"84"四十年走过的路，宗庆后经历的所有事，他几乎也一样经历过，只可能是大小不同而已。然而，许多事情的本身与大和小无关，对企业家真正的冲击与影响程度，并没有太大的差别。

沈开成经历的坎坷同样是狂风暴雨式的，而且可以这样说：由于沈开成生产的产品的特殊性，他的"84"与人的生命和健康紧密联系在一起，所以每一次大灾情、大疫情来临之时，他就是风口上的人，他常常身不由己，但他必须站在比一般商人、比一般企业家更高的层面上去应对和处置产品与市场、供给与销售等等，这既是商业活动，又更多的是社会责任问题——

什么叫"社会责任"？沈开成与其他人的认识不太一样。他说我们的社会责任，就是平时未雨绸缪，国家和消费者需要时，能拿得出大家所急需的货物。

这话听起来似乎有些过于"高大上"？其实不然，对沈开成和他的企业而言，可是实实在在的。

"像我们这一类卫生防疫和消毒类产品，平时你有三五家生产企业可能就足够了，但一旦到了大灾大难时，你一百家都不够。所以平时竞争的对手很少。原因是，你看到我们爱特福'84'生意做得很好、很持久，你也来干这行当，结果你投入了许多资金，市场上并不需要那么多产品，那你可能本都拿不回来，所以那些喜欢干'短平快'的投资者就不再愿意投'84'产品了。我们不一样，我们是'84'产品的主要生产者，这个市场是我们打出来的。不管平时它什么样，我们一直维系着国内的基本市场，并一直位居市场占有额的第一名。这个时候，我所考虑和承担的社会责任，就是一旦出现大灾大难时，全国各地方方面面都要'84'时，我必须尽可能地供应得上，那么我就要

爱特福荣获"十佳博爱单位"

2015年，爱特福参与江苏援疆招商洽谈会

在灾情尚未来临之时，便未雨绸缪，把该干的事先干好。比如，这次新冠大疫情前的 2017 年，我们就按照国家有关部门的要求，对生产设备进行自动化提升与改进工作，投入的资金达八千多万元。是与常州一家自动化研制机构一起，用了三年时间才完成的全套自动化生产流水线。有了这样的一套先进的自动化生产流水线，我就不会太担心一旦国家需要我们全力以赴供应产品时，力不从心……"听完沈开成的这段话，我才明白了我第一次到他厂里为什么他非要带我去车间看看，原来这是他引以为豪的"宝贝"。

那天，我站在那条花费八千万元资金完成的"84"自动化生产流水线面前，感慨颇多，是因为想起了沈开成曾给我讲的他最初办厂时，带着二十几个农民，从别人手中求得一个配方，然后回来在几口缸里，掏搅着弄出桶所谓的"产品"，然后靠关系卖了出去，赚得了第一桶金。之后一步步成为全国 84 消毒液的"龙头"，在一次又一次的国家灾情中成为英雄好汉、立下汗马功劳。而今天，他的厂子完全是鸟枪换了大炮，一个庞大的工厂里，已经看不到几个操作工人了。那眼花缭乱的生产流水线上，源源不断地正在灌装着一瓶瓶"爱特福 84"，然后被机器人装入包装箱，再运移到仓库……

"一天十二小时就能生产一亿五千万箱，合二百二十五吨。一个月，我们生产二十天，近五千吨，基本满足市场所需。"沈开成很自豪地站在我身边介绍道。

"一个月生产二十天？为什么不是三十天呢？"我很奇怪这个问题，便问。

沈开成解释道："毕竟，像'84'消毒液，它在医用和工业用途及消费者日用上，是有限的，尤其是我们不断进行技术与质量的提升后，产品的使用时间延长了许多，所以它的用量还是有一定限度的。我们爱特福'84'占有量在全国超过百分之五十，加上其他同行生产量，每个月平时市场供应量在六千吨左右。如果我们每个月开足马力三十天生产，其量就大了。再加上每月有库存超量，必定会造成生产成本加大，所以一个月中有二十天生产流水线在工作就可以了！"

原来如此。"那么工人们还有几天干什么呢？"

"参加技术培训和各种学习。机器先进了，人也是要加加油的嘛！"沈开成说。

"这也是为了'未雨绸缪'？"我笑问。

他点点头："一定程度上是这样。"

果不其然。沈开成耗资八千多万元的新的自动化生产流水线刚刚验收和试用完成——这个时间是2019年年底。几天之后的2020年年底元旦刚过，销售公司经理气喘吁吁地突然跟到办公室报告："不好了，又有大灾要来临了……"

"啥？哪儿来要货嘛？"沈开成敏感地问道。

"武汉和湖北其他市县。"

"那我们要全力准备投入生产噢！"

"明白。"

沈开成跟我说过几次：他们厂的供货量，就是国家灾情的"晴雨表"，只要哪个地方的灾情和疫情冒头，他们厂的销售供货"箭头"就会迅速往上蹿，而此时通常社会的传说和舆论随之慢慢开始，不多时，整个社会便"喧哗"起来……

2020年年初的武汉疫情，同样如此。

湖北省下达第一批消毒抗疫物资调拨文件（3天3万箱）

"什么？你是哪里呀？武汉？！要多少？二十吨！直接送医院？！明白了。我们马上组织力量送去——"2020年1月初的一天，沈开成再一次被一个接一个的电话惊得内心强烈颤抖了，因为这一次似乎比2003年的非典还要紧张和急促，疫情刚刚才冒头，就听说那边已经有死人的了！

这第一个官方出面要货的是：医院已经出现死人，因为医院对尸体事先没有喷洒消毒液处理，抬尸工人拒绝干活，所以尸体停放在医院门口不能处理。在疫情紧急时刻，这种情况是最让人紧张和不放心的。所以沈开成接到了这个紧急求助的电话。

他的"84"产品又到了"战时"式的急用状态！

"马上组织货源，不惜一切代价送达武汉！"沈开成向厂里发出战时"第一号令"。而这一次的"战令"发出之后，他和他的全体企业员工，便在之后的2020年、2021年和2022年三个年头中，几乎倾尽了全力在为确保国家和十四亿同胞的生命安全做着自己的贡献——

武汉的疫情已经不可收拾，各种消息如妖风席卷大地……

先是国内各个地方的恐惧，再是疫情旋风中心的武汉大有失控之势——必须"封城"！

"封城"本来是武汉那边的事，但"封城"之前的十几个小时里，沈开成和他的厂快被各方"逼"疯了：因为谁能抢在"封城"之前拿到哪怕是一瓶、一桶84消毒液，就意味着一个人、一家人的生命有了一层保护圈啊！

"求求你们了！就给几桶也行吧！"

"我们不要多，你们能给多少都行！"

"沈厂长啊，你要救救我们哪！求求你啦——"

"你救救我们吧……"

那些日子，沈开成简直不敢接手机。可不接又不行，而一接又让他不知如何是好……

武汉的疫情已不再是武汉的事了。连全世界都把目光盯在那里，所有舆论集中到一点：新冠病毒传染性极强，主要是通过空气和人的接触……

唯一预防者，需要极度注意空气和接触过程中的感染。

而能够减弱和消除传染源的，就是不停地消毒！消毒！！再消毒！！！

"'84'！哪里有'84'！"

"你能搞点'84'来吗？"

"我们太需要'84'了呀——"

疫区的武汉在呼号。疫区之外的全国各地在呼叫……

沈开成和所有"84"生产厂成为"生命的护卫者"，甚至许多人把希望都寄托在他们身上。

国务院应对新型冠状病毒感染的肺炎疫情联防联控机制(医疗物资保障组)

紧急任务调拨单

江苏省人民政府：

　　为贯彻落实党中央、国务院重要决策部署，切实做好新型冠状病毒感染的肺炎疫情防控工作，解决重点疫区特别是武汉市防控物资紧急需求，请你省继续克服一切困难，组织江苏省爱特福股份有限公司(负责人：沈开成，13905168484) 84消毒液(5%)16万箱，分期分批运送至湖北省武汉市(收件人：九州通医药集团股份有限公司曾令芝，15071401318)，货款费用由九州通医药集团股份有限公司支付。请将物资调拨情况(平均每天不少于5000箱)于1个月内分期分批反馈工业和信息化部运行监测协调局。

　　附件：紧急物资调拨情况反馈单

联系人及电话：张文明，010-68205570，18600565651
　　　　　　　　张　戟，010-68205264，13701201784

传　真：010-68205564

国家下达第二批消毒抗疫物资调拨文件(部分)
(1个月16万箱)

"我感到了前所未有的压力，空前的！过去几十年里都不曾有的压力……因为这一回跟以前所有的灾情和疫情程度都很不一样！太大了，全民性的，全国性的，而且一时又看不到希望似的……"沈开成说。

"沈开成，现在我来问你：根据现在的情况，你和你的厂，将服从谁？"突然有一天，沈开成接到一个自称是"省里"的电话，对方的口气非常坚决和严肃。

"是啥意思？"沈开成第一次遇到这样的事，再加上自己也没有弄清对方到底是不是"省里"的。

"你是共产党员吧？""省里"的人口气更严厉地问沈开成。

"是，我是党员。"沈开成一下明白了：看来对方不像是"骗子"，于是老实回答道。

"那么我再问你一声：现在你也看到了，疫情已经非常严重了……你们厂生产的'84'，都在关注和需要它，这种情况下，你的供货服从谁？"领导再次责问他。

别看沈开成个子不高，但这回他挺了挺腰板和胸脯，说："第一，我服从中央；第二，我服从省里的；第三，服从市里和县里的；第四，服从市场，也就是过去我们的供销商；最后我服从自己的朋友，他们也都是我身边和周围的人……"

对方满意了："好，我们要看你的行动！"对方放下电话没多久。县里、镇里的领导都来到沈开成的厂里，同时也证实了刚才的电话确实是省里的。很快，省里领导也来到厂里。北京部里的领导也来到沈开成面前……一场空前的大仗拉开战幕——

领导们开始向沈开成布置任务：每天要把生产能力提高到六百八十吨，也就是说比平时增长两倍！

"行吗？"领导问。"行！"沈开成毫不含糊地道。

"老沈，来来，我们一起研究怎么'行'的问题……"大领导友善地向沈开成示意他坐下。其他人随之也各自找椅子坐下。

"后来我才知道，这次领导过来，是准备对我的厂有所行动的，就是说我如果不能服从国家需要，只顾干自己的生产和销售的话，那么国家将按战时的需要接管我的厂和我管理的权力……"沈开成这样说。

可见，当时国家的形势严重到何等地步，而沈开成他们的"84"产品，地位也同"战争物资"一样重要！

"那个时候我还有啥可想的！国家大难临头、百姓大难临头，虽然我领导的是一个企业，一个要赚钱养活大家的工厂，但我更知道自己是党培养的一名共产党员，而且还是一名多次被省里、市里评上优秀的共产党员，我怎么能不服从国家需要、为国家之难担当起一份责任嘛！"沈开成事后对许多人吐露当时他的心声。

接下去的日子，是一场旷日持久、惊心动魄的战斗——沈开成和他的"84"厂随着三年新冠疫情的反复而一次次地被推到风口浪尖之上——

武汉的疫情还没有消停，全国各地疫情已开始肆虐起来……

"不好了，沈总，我们厂门口的路被堵住了，所以装货的车出不去了呀！"全厂真正行动起来才不到两天，陈桥镇的爱特福"84"厂前的那条宽阔的道路，已经被堵塞好几回了！公安干警出面都难以维持正常进出。前来提货和购货的车辆，已经排到几里路外……

许多车辆都是从外地直奔过来的。他们的司机见车进不了厂区，便走到厂门口，都说要找董事长沈开成，而且许多人手里举着当地单位和省市政府的公函，说务必要请沈董事长和"84"厂"救救他们"。

"那个时候，多少人在我面前，求帮忙、求给点货。说心里话，他们的一个'求'字，让我心都软……"沈开成说，"当时我真的没有办法。发谁的货，给谁多少，我得听领导的。"

没错。那些日子，工信部来了一位司长，他代表国家；省里有位副省长，代表省政府；市里和县里都是主要负责人在现场，陈桥镇更不用说，镇长书记在这个时候，就像沈开成厂里的一名员工一样，领导让干啥，他们就是沈开成的"助手"，协助他进行生产调度和供货安排。

部、省、市、县、镇各级领导，进驻一个乡镇企业，这在共和国历史上少有。而这也是沈开成事后时常感到骄傲的地方。

他的那间也就四十来平方米大的办公楼二层的会议室，此时就是国家疫情"84消毒液"供应作战指挥部，而沈开成和他的厂，便是这个疫情供应作战指挥部直接管理的生产基地，所有货源统一服从指挥部管理与调配。

"我的任务，就是保证厂生产线和原料供应正常。那些日子我们所有人都忙得不可开交，自动化生产线二十四小时开足马力，一天生产的任务比平时翻倍增量，即便如此，仍然供不应求。我们的会议室里，各级领导的电话，都此起彼伏，每一个人都在为前方和后方进行协调与供货调配……"沈开成说，这是他一生中最难忘的一幕，也是真切感受到自己的社会责任和国家使命的一幕。

"没说的，我当时只有一个想法：只要能把领导交给的任务完成好，能让疫区的单位和百姓用上我们的'84'，尽快地压住疫情蔓延、让我们的同胞们少担疫情袭击的恐惧，就是最大的心愿。什么钱不钱、赚不赚，都统统地甩到了脑后……"我相信沈开成这话。

有道是：危难见真情，烈火炼真金。沈开成是一个什么样的人，此时此刻，便是一面镜子。而沈开成自己也深深地感受到，尽管自己所管辖的厂子不大、自己干的也就是一个"消毒液"日用产品，然而那些日子里，自己活得很有价值也很体面，更感到肩上的责任神圣与崇高——他心底在想：做生意、追名利，都不如自己的个人价值与国家和社会的命运紧密联系在一起这样崇高和神圣！能为国家和受苦受难的人做点事、做点贡献，这是多么光荣和幸福啊！

累啊，一天不能睡两三个小时，但他沈开成每天精神抖擞，似乎有使不完的干劲！

忙啊，领导找、厂里找、朋友找、家人找……但沈开成并不感到不堪忍受，更没有焦头烂额，反而清晰无比，井井有条，每一样、每件事，他都明明白白、干干脆脆地完成和安排得妥妥的，他告诉自己：越紧张的时候，越不能出乱子，我们这里一乱，疫区的前方会受更大的难和吃更多的苦啊！

这叫什么？这就是责任嘛！有人说，沈开成在大是大非面前，表现出的超然能力，以及驾驭全局的素质，让他的名字——"开成"二字得到了更高层次的展现：开启即能成大事、成大业。

从 2020 年之初，一直到 2022 年的上半年，再到 2023 年春节和"五一"前后的三年多时间里，沈开成和他的"爱特福 84"，经历了过山车似的反反复复……行外人并不知道，但沈开成和厂里的人都知道：在疫情大暴发之初，他的厂无论怎么生产，都不够国家的调拨和各地的抢购。而一到疫情稍稍好转时，大量的退货能压得他和企业喘不过气来。

"你只能千方百计地把退货利索地回收到厂里和销售点。你也没有理由去朝退货的单位发脾气，人家说得对呀：人都要死的时候，我肯定拼命也要想法搞到你的货，可现在没疫情了，我还要那么多消毒药水干吗？你说人家有错吗？"沈开成有些无奈地苦笑，但他最终还是乐呵呵地说，"只要疫情真的没了，国家安宁了，大家也能过上正常日子了，我爱特福亏就亏点嘛！"

瞧，这叫境界和格局！

沈开成和他所领导的"爱特福 84"已经再一次证明了他和他的企业，就是这样有境界和有格局。

其实，在 2020 年 3 月 21 日，第一波大疫情刚刚趋向稳定之时，他公司便收到一份来自国务院"应对新型冠状病毒肺炎疫情联防联控机制（医疗物资保障组）"的感谢信——

江苏爱特福84股份有限公司：

新冠肺炎疫情发生以来，在以习近平同志为核心的党中央坚强领导下，按照中央应对疫情工作领导小组、国务院联防联控机制要求，全国人民团结一心，各条战线紧急动员，众志成城抗击疫情，经过艰苦努力，全国特别是湖北和武汉疫情防控形势出现积极向好变化，取得阶段性重要成果，初步实现了稳定局势、扭转局面的目标。

在消杀用品保障过程中，你公司识大体、顾大局，组织全体员工加班加点，争分夺秒，不辞辛劳，夜以继日地奋战在医疗物资保障一线，自觉服从国务院应对新型冠状病毒肺炎疫情联防联控机制医疗物资保障组的调度安排，积极配合我部做好84消毒液保供工作，持续向湖北省供应84消毒液产品，为疫情防控作出了突出贡献。

在此，谨向你公司表示衷心的感谢！希望你公司再接再厉、善作善成，为争取抗击新冠肺炎疫情全面胜利再创新的佳绩！

获评工业和信息化系统抗击新冠肺炎疫情先进集体

国务院应对新型冠状病毒
肺炎疫情联防联控机制(医疗物资保障组)

感 谢 信

江苏爱特福 84 股份有限公司：

　　新冠肺炎疫情发生以来，在以习近平同志为核心的党中央坚强领导下，按照中央应对疫情工作领导小组、国务院联防联控机制要求，全国人民团结一心，各条战线紧急动员，众志成城抗击疫情，经过艰苦努力，全国特别是湖北和武汉疫情防控形势出现积极向好变化，取得阶段性重要成果，初步实现了稳定局势、扭转局面的目标。

　　在消杀用品保障供应过程中，你公司识大体、顾大局，组织全体员工加班加点、争分夺秒，不辞辛劳，夜以继日地奋战在医疗物资生产保障一线，自觉服从国务院应对新型冠状病毒肺炎疫情联防联控机制医疗物资保障组的调度安排，积极配合我部做好 84 消毒液保供工作，持续向湖北省供应 84 消毒液产品，为疫情防控作出了突出贡献。

　　在此，谨向你公司表示衷心的感谢！希望你公司

"告诉大家一个好消息：北京给我们发来感谢信啦！"

"北京？是谁？哪个给我们发的感谢信呀？"

"是国务院！"

"国务院？哎呀，这是中央表扬我们啦！"

北京来"感谢信"的消息，像飞鸟一样，转眼工夫传遍了"爱特福 84"厂，也传遍了金湖县上上下下……

"沈总，真是中央表扬我们啦？"工人们见了沈开成，就围着他问。

"那是，你们看，这是盖着国徽大红章的嘛！"此时的沈开成也掩住脸上的荣光，他举着北京来的"感谢信"，对员工们说，"中央表扬我们了！同时也要求我们再接再厉、争取更大的成绩！同志们，我们一定要拿出'爱特福 84'人的样子来，为国分忧，为民造福，再立新功！"

"沈总放心，我们一定继续努力，干得更好！"

"对，请沈总放心！请中央放心！我们一定干得更好——"

员工们的回应响彻"爱特福 84"厂区，回荡在金湖大地的上空……

这一刻，沈开成的眼眶又湿润了。

第十五章

高远者的天空

　　天，又开始蓝了。三年疫情过后，大地重回生机，阳光变得又是那样温暖……

　　全国各行各业，复工复产，再现你追我赶之势。而就在此时，沈开成的"爱特福84"厂则关停了机器——开始又一个新战场：凝聚技术和力量，备战再一次随时可能出现的疫情和灾情。

　　现在的沈开成太有经验与预测能力了：未来何时我们的人类和身边的人，再度遭受疫情和灾难的袭击……他的目光在探测，他的脑海在运算，他的精神在备战！

　　这是现在的沈开成。

　　现在的沈开成，在想着如何把"爱特福84"厂打造成中国的又一个具有新型管理经验和生产能力的"百年老店"。他在经历了四十年生产"84"的经验之后，认识到一个问题：人类在自身快速发展的道路上，将会不断遇到越来越多、越来越难以对付的灾情与疫情。他的消毒液也将是人类应对各种灾情与疫情的"常规武器"，而这种"常规武器"要保持"常规性"，就必须不断加强它的生产能力和与灾情疫情斗争的战斗力，那么他的企业发展之路，就是为了实现这种能力和战斗力而设计未来。

　　灾难和疫情是必然的，无论是天灾还是人祸，都是必然的，只可能是或许三五年来一次，还是一两年遇一次，或者连绵不断而已。因为这是人类和地球同在于一个世界上相互依存与享有共同命运的代价。

所以他说他的产业和企业未来，将有很大的空间和市场。"这是人类命运共同体的远景所决定的"——他这样总结。

我曾经问过沈开成：你把一个默默无闻的医用小产品，打造成今天驰名的"爱特福84消毒液"品牌，几乎无人不晓，而且生活中也离不开它。难道没有遇到过企业经营方面的挫折吗？

"怎么没有呢？可以说，中途差点毁灭了'84'和爱特福品牌……"沈开成说，他犯过一个"严重错误"，曾聘了一个"职业经理"，但此人在经营和管理方面，在"84"和爱特福企业"水土不服"，结果干不下去了。"他不干还是好的，关键是经营理念和方法上严重偏离了我们爱特福的传统和企业原有的文化，及多少年来培养出来的经营理念及经验，结果导致我最后差点成了一个光杆司令！"沈开成回忆2012年企业所经历的一幕，颇为沉重地道。创业艰难，而有的时候，守业和续业更难。任何丝毫的对原有的优良企业文化和管理经验的偏离，都有可能把一个艰难创业起来的企业与品牌瞬间搞垮。

好在沈开成是个清醒者。他迅速刹车，及时高速布局，最重要的是把人事统筹到正确的方向上，重新调动和调整骨干力量，再度明确企业发展的四个关键性的方面：江苏精品、独家工艺、智能制造、纯净水配制。这四句话，是印制在后来的"84"产品包装上的。"我们还有一句话：使用满意时，请告诉您的朋友；质量有问题，请告诉我们总裁。这是硬碰硬、实打实的承诺。一直以来，我们爱特福在'为消费者造福'过程中，坚持的就是这比泰山还要重的承诺。"沈开成说，他在近十多年所开启的"二次创业"过程中，确立了三个战略"牌子"，即正牌、副牌和贴牌。

所谓"正牌"，就是以"爱特福84"为主品牌的系列产品，主要陈列展示在大型商超和医药门店，这是树立企业产品形象的；副牌产品，就是以自有商标"家家"自主开发的系列产品，靠其开拓市场；贴牌产品，是联手兄弟厂家来贴牌，做大与"84"相关和接近的产品，目的是把一些市场上时不时冒出来的"杂牌"产品，挤掉销售空间，使其慢慢失去消费者。

沈开成的这三块"牌子"，每一块甩出去，都获得了超乎寻常的效应，使其"爱特福84"永远立于不败之地。

我们回过头来，把"爱特福84消毒液"作为纯粹的一种产品来论说其"沈开成市场法"——

"84消毒液既是一种普通的日用品，同时又是应对特殊灾情疫情的一种必备预防物，是人类自身生命防护的武器之一，因此它比一般商品更具有与人类生命紧密相连的特殊性，所以从事这一产品的生产者和经销者，就不是一般和普通的企业经营者。这是我内心一直铭记的一点。"看一位企业家是否强大和有前途，并非是看他的企业多大、产值多高，而是要看他的思想和精神境界高低。从沈开成的话中，我们可以品味出他是一个什么样的管理者和经营者。

沈开成还有一个理念令我敬佩：他说他的企业之所以四十年一直扶摇直上，有两个重要原因：第一当然是他和他的全体员工的努力与奋斗；第二是像他这样发展和规模的企业，全国不能有三家、五家，因为在无大灾、无大疫时，消毒液市场根本用不着有像他爱特福这么大规模的厂子，如果有的话，也只能是绝对多数倒闭了，原因很简单：货太多，没有人买。"我们爱特福厂一年生产的货，占了全国消毒液的百分之五十以上的份额，如果有两家三家差不多规模的厂的话，那必定有大多数厂家要倒闭。"沈开成分析得透彻，转过话锋，又说，"但一旦大灾情、大疫情再起，那一刻，像我们这样的厂，即使有一百家也嫌少！就这个客观情况！"

我们可以从沈开成的话中看出一个严肃而又非常现实的问题："爱特福84"厂，他办得多么不容易！一个大国，如果没有他这样的人、这样的厂存在，那么一旦灾情、疫情袭击时，谁来维护千千万万人的生命与安全？当然我们有伟大的国家，但国家并不是一个空概念，它

需要有制度的体系，需要有"国企"这样的强大骨架，也需要有畅通无阻的层层组织，自然还需要大大小小的细胞……沈开成说："我们'爱特福84'厂这样的一个不大不小的企业，就是这些社会细胞中的一个，平时有没有它可能并不是问题，而急需它时，它可能会关系到整个国家肌体是否健康、能否正常。所以我们存在与发展的意义，就在于我们是千千万万个百姓的'护卫者'之一。你重要的时候，人们需要看到你冲锋陷阵的身影；你不重要的时候，人们无须知晓你在忙碌还是空闲，当然也不会在意你是成功了还是失意了……但你必须和自觉地存在，必须自觉和自愿地去经历被推至风口浪尖的那一刻惊心动魄、光照四方的荣耀，你还必须默默地承受随时被人忽略与冷落的境

遇。而这一切，都是你的'正常'。"

你的"不正常"才是你最应该做的事：当整个天下都在快乐和平静时，你需要警惕可能瞬间暴发的新一场的疫情与灾难。因此为了这，你的任务和责任，就是把车间建设得更美、更现代化、更有提升生产力的能力，你的工人和干部们的素质更加提高与强大，你的产品不断更新迭代。在这新的一场场不可预见的抗灾救难中，战胜不可预知的敌人！

四十年伴着"84"出征的沈开成，深谙他和他的"84"如何在明天和未来的发展中寻找到自己的位置。这个位置，其实是他自己设定的：企业和产品，都在"等待"、时时处于"备战"之中……没有太多

& 爱特福九步枫情街"梦想之门"效果图

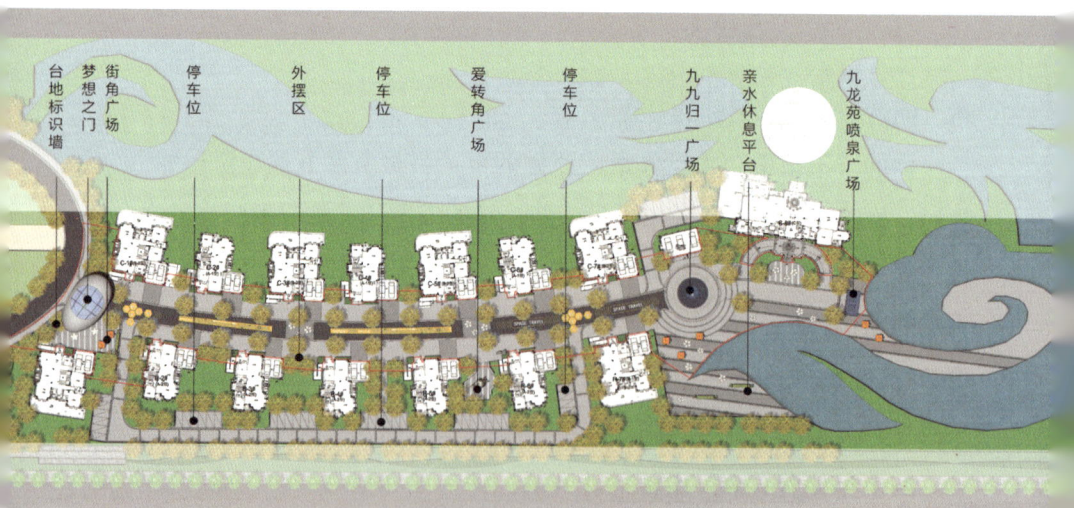

台地标识墙
梦想之门
街角广场
停车位
外摆区
停车位
爱转角广场
停车位
九九归一广场
亲水休息平台
九龙苑喷泉广场

& "梦想之门"详细设计图

爱特福九步枫情街"幸福之门"效果图

怀旧园　白虎水系　九环展示墙　景观桥　九里广场　幸福树雕塑　七星石园　外摆　停车位　街角广场　幸福之门　幸福广场

"幸福之门"详细设计图

的人能在日常的市场行为中，扶植和引领他应该怎么走、应该走向何方，或者给他提供更多的可能，就连提升产品的技术，也都需要他和专家在对未来的灾情和疫情作出精准判断后竭尽全力去研制。

四十年前行的过程，就是他自己绘制的心空，这个心空有多高，就是他事业和"爱特福84"厂的整个天空——它的颜色是蔚蓝的，阳光普照时，万物生机勃勃，丰收景象令人羡慕。而阴霾笼罩时，他需要用智慧和勇气去抵挡与周旋袭来的风暴。有时，他被猛烈的"雨滴"和"沙尘"，吹打得遍体鳞伤，血染疆场。虽然也会有人帮助与同情他，但更多的是他自己擦干泪痕，抹掉血迹，重新挺立而起！

这就是沈开成和他的爱特福"84"——他是一个人，它是一个企业。他和它就是这样走过了四十年。

现在，他知道自己的"它"，已经牢牢地根植于祖国的大地上、羽翼丰满地展翅在市场上。然而未来是什么？未来该担当什么？他正在运筹帷幄……

此刻，万千鸟儿由远渐近地向他和他的厂子飞来。那一刻，他的神情庄严，目光炽烈——

那一刻，他的心空无限广阔，仿佛天地皆是他的，因为他必须这样想：爱特福"84"的未来，就掌握在他手上，而未来却又不是他的——是儿女的，还是社会的或国家的？他更相信是后者。

所以那一刻，他想到了在自己熟悉的土地上，建一座与他命运、与爱特福"84"厂发展轨迹相合的中国乡镇企业发展博览园——让这样的一座由中国农民所创造的中国工业社会的缩影能够永远地保存下来，让后一代人甚至子子孙孙都能铭记他们的祖先是如何艰辛创业起来的。中国真的没有一座完整的乡镇工业发展博物馆，而沈开成的"爱特福84"厂本身，就是中国农业社会走向工业社会的缩影。

"叽！叽叽——"天空的鸟儿在啼鸣。那啼鸣声仿佛在齐声为他的这一宏愿欢呼着："好！好好——"

　　那一刻，他的心空更高远了——他站在孕育自己生命的土地上，看到了人类更高远的文明世界：巴黎香榭丽舍大街和埃菲尔铁塔、莱茵河入海口的鹿特丹港及逆上千里的两岸读书声，以及伦敦街头林立的沐浴了数百年不衰的城堡，和文艺复兴时的诗篇与剧本……

　　所以，沈开成从繁忙的生产业务中，腾出大块时间，突然修身养性般地静下心来，全神贯注地投向一个耗其亿元资金的新天地——"九步枫情街"。

　　一步、两步、三步……八步、九步！

　　这是他的脚步。也是爱特福"84"发展的年轮。"九"在中国的传统文化中，是代表"极多"和"最多"的数字，有吉祥如意和富裕丰足等美好寓意。今天的沈开成，已经把目光从现实更多地投向未来。因此他的脚步不再是迈在生产和销售"84"的那一亩三分地上，他欲建一个"世界"的爱特福园——与自然融为一体的、令人陶醉的"白鹭园"；沉浸式启蒙教育的"放鲤桥"和催发你人生进取的"五'象'前程"之道等景致。那里有读书的楼阁、有音乐的殿堂、有枫林陪伴的林荫、有抬手揽月举足踢水的荷池，以及欧洲文艺复兴时期造就的剧院和爱神下凡的婚礼广场……

　　啊，这就是沈开成献给四十年"爱特福84"的礼物。人们好奇而又兴奋地问他：这是为什么？

　　他笑了：因为这就是"爱特福"。

　　爱——特别的你，特别的幸福。

（第一稿：2024 年 3 月 18 日于北京）

爱特福集团大事记

(1984—2024)

初创期（1984—1991）

1984年1月18日，爱特福集团前身——金湖有机化工厂成立，政府
任命沈开成为厂长。

1984年3月，首次考核择优录用初中以上文化程度员工23名。

1985年3月，工业用清洗剂及印染用洗涤剂投产。

1986年1月，改性白乳胶及内外墙涂料研制成功并投产。

1987年8月26日，厂长沈开成经政府批准乘飞机赴北京引进技术。

1988年6月，自行研制的新一代84消毒液投放市场。

1988年7月，首次在江苏电视台推出84消毒液画面广告。

1988年12月，84消毒液获得江苏省科技进步奖。

1989年1月，医用碘伏消毒剂投产。

1990年4月7日，申请注册第一枚"水仙花"商标。

1990年9月，84消毒液荣获江苏省优秀新产品金牛奖。

1991年7月，向洪水受灾区域投放和捐赠84消毒液500余万瓶。

1991年11月，沈开成厂长参加县政府组团去深圳特区引进外资。

变革期（1992—1999）

1992年7月2日，与港商合资成立了江苏爱特福药物保健品有限

公司。

1992年9月，"84"被评为江苏省著名商标。

1993年1月，被农业部认定为全面质量管理达标企业。

1993年3月，84消毒液标贴外观设计获国家专利。

1993年5月，新一代天然活性洗洁灵84好帮手研制成功并投产。

1993年6月，新一代以酒精为载体的飞毛腿杀虫气雾剂研制成功并
投产。

1993年9月，被省政府授予江苏省明星企业。

1994年1月18日，来自上海、深圳、香港等各界领导和朋友参加
10周年庆典。

1994年7月，84消毒液获省级卫生许可证。

1995年4月，84消毒液被评为江苏省名牌产品。

1995年5月，企业资信获得国际等级AAA级。

1995年6月，江苏省政府授予省级环保先进单位。沈开成获得江苏
省委党校经济管理大专学历证书。

1995年8月，在全国范围内开展"1984年8月4日生日学子联谊会"
活动。

1996年6月，中共江苏省委授予沈开成同志优秀共产党员称号。

1996年8月，84消毒液、飞毛腿杀虫气雾剂被评为全国消费者信得
过产品。

1997年8月，获农业部颁发的全国文明乡镇企业证书。

1997年9月，总裁沈开成随江苏企业代表团赴美国考察调研。

1997年12月，总裁沈开成当选江苏省第九届人大代表。

1998年12月，飞毛腿杀虫气雾剂被评为江苏省名牌产品。

1999年1月18日，与港商合资成立江苏爱特福气雾剂有限公司。

发展期（1999— ）

1999 年 8 月 20 日，集体企业改制为民营有限责任公司并召开了第一届股东大会。

1999 年 9 月，总裁沈开成代表中国气雾剂行业参加世界气雾剂协会在法国举办的行业大会。

1999 年 9 月 9 日，上海爱特福实业有限公司开业剪彩。

1999 年 10 月，总裁沈开成创意执导的飞毛腿广告《月亮篇》荣获中国第六届广告作品大赛铜奖。

1999 年 10 月，爱特福 84 消毒液获部级卫生许可证。

1999 年 11 月，飞毛腿杀虫气雾剂获农业部科技进步奖。

2000 年 5 月，通过 ISO9002 质量体系认证。

2000 年 8 月，总裁沈开成与上海企业界知名人士去澳洲考察。

2000 年 11 月，法国理想集团执行总裁李弥先生来生产基地访问。

2001 年 1 月 18 日，江苏爱特福实业（南京）公司成立。

2001 年 1 月，品质研究所在生产基地成立。

2001 年 1 月，董事会召开会议，决定全力开发北京、温州、杭州、武汉等新市场。

2001 年 5 月，九里荒天然无公害蒿茶投产。

2001 年 6 月，江苏省政府授予省级"爱国卫生先进单位"。中共江苏省委再次授予沈开成同志优秀共产党员称号。

2001 年 7 月 4 日，为纪念中国共产党成立 80 周年，集团全体党员瞻仰周恩来纪念馆。

2001 年 11 月，老好空气净通过省级鉴定并获江苏省优秀新产品金牛奖。

2002 年 6 月 5 日，北京爱特福科技开发有限公司成立。

2002 年 8 月 4 日，第二届股东大会通过了变更组建"江苏爱特福股份有限公司"。

2002 年 9 月，获国家农业部颁发的"全国诚信守法企业"证书。

2002 年 12 月，飞毛腿杀虫剂、爱特福 84 消毒液获省级重点名牌产品称号。

2002 年 12 月，获省级高新技术企业认定证书。

2002 年 12 月，总裁沈开成当选为江苏省第十届人大代表。

2003 年 1 月，研究所被省经贸委认定为江苏省重点支持的企业技术中心。

2003 年 4 月，为抗击"非典"爱特福 84 消毒液连续 8 天日产 200 吨以上的高产纪录。

2003 年 4 月 9 日，长达 8 年之久的"84"官司在最高人民法院以胜诉而终结。

2003 年 4 月，"抗非"捐赠受国家卫生部表彰。

2003 年 5 月，抗击非典受江苏省红十字会表彰。

2003 年 7 月 26 日，第二生产基地爱特福工业园举行奠基仪式。

2003 年 7 月 26 日，形象代言人周艳泓参加金湖县第三届荷花艺术节义演，全体员工现场向组委会捐赠人民币 84840 元救灾款。

2003 年 9 月，"1 + 1"新一轮市场开发战略全面启动。

2003 年 9 月 20 日，赞助中国第六届残运会，总裁沈开成被授予"爱心大使"称号。

2003 年 10 月，总裁沈开成被推选为中华预防医学会消毒分会委员。

2003 年 10 月，台湾中农集团简杨柳先生一行考察爱特福工业园。

2003 年 11 月，韩国 WOORI 公司董事长金昌泰先生访问上海爱特福公司。

2003 年 12 月 1 日，北京爱特福科技开发有限公司专家会所启用。

2003 年 12 月，加拿大亚洲集团国际有限公司总裁 Ken NGAI 先生来生产基地商谈投资事宜。

2003 年 12 月，九里荒蒿茶被认定为中国绿色食品。

2003 年 12 月，5A 皮肤黏膜消毒液获部级卫生许可证。

2003 年 12 月 18 日，江苏爱特福股份有限公司取得法人营业执照。

2003 年 12 月 20 日，爱特福 84 消毒液获中华预防医学会专家认证产品。

2003 年 12 月 28 日，被国家卫生部聘为消毒标委会成员企业。

2004 年

2004 年 1 月 6 日，爱特福 84 消毒液获国家产品质量免检证书。

2004 年 1 月 18 日，江苏爱特福股份有限公司举行揭牌仪式并召开 20 周年庆祝大会。

2004 年 10 月，聘请奥运万米冠军邢慧娜作为飞毛腿产品形象代言人。

2004 年 12 月，北京爱特福科技开发有限公司成立。

2005 年

2005 年 1 月 14 日，总裁办第一次工作会议——爱特福 84 消毒液打假维权保名牌。

2005 年 2 月，申报中国名牌。

2005 年 5 月 13 日，邢慧娜代言爱特福集团"飞毛腿"新闻发布会在沪举办。

2005 年 7 月，丹麦伊纳克赛内饰有限公司总经理尼尔森来爱特福生产基地参观。

2005 年 9 月 9 日 "飞毛腿"锂电高磁动力车项目开工。

2005 年东南亚"海啸"期间，爱特福集团向受灾马来西亚、泰国等地捐赠 50 多万元的消毒产品。

2005 年 6 月 30 日，爱特福参加央视"心有多大，舞台就有多大"黄金时段广告招标。

2006 年

2006 年 6 月，"情感援助"环省行大型公益活动在盐城正式启动。

2006 年 8 月 4 日，飞毛腿磁动车在金湖工业园区成功下线。

2006 年 10 月，爱特福参加连云港展会。

2006 年 11 月 18 日，"飞毛腿"磁动车招商大会在南京希尔顿大酒店举行。

2007 年

2007 年 1 月 18 日，爱特福客户联谊会在南京举行。

2007 年 5 月，爱特福赞助"迎奥运·飞毛腿磁动车杯"央视主持人队 vs 江苏百姓明星队足球挑战赛。

2007 年 7 月，爱特福集团捐赠了价值 48.84 万元的消毒产品支援淮河洪涝灾区抢险救灾。

2007 年 10 月，爱特福参加在广州举办的第 102 届中国进出口商品交易会（广交会）。

2007 年 10 月，爱特福集团董事长沈开成参加清华大学"企业家领导力提升高级研修班"学习。

2007 年 12 月，爱特福集团董事长沈开成参加在北京举办的中华预防医学会重大活动公共卫生安全高层论坛。

2008 年

2008 年 3 月 22 日，爱特福与著名节目主持人何炅签订"飞毛腿"磁动车代言协议。爱特福集团积极参与以奥运为主题的各种公益性和志愿性活动。

2008 年 5 月 12 日"汶川地震"，爱特福第一时间将 84 消毒液等卫生消毒药品送往灾区，总裁亲自赴灾区慰问，先后六次捐赠累计价值 508 万元。

2008 年 7 月 10 日，何炅代言"飞毛腿"磁动车暨产品在沪上市新闻发布。

2008 年 8 月 4 日，爱特福集团 25 岁生日庆典活动。

2009 年

2009 年 2 月 14 日，爱特福集团 25 周年暨 2009 年度客户联谊会在南京金陵饭店举行。

2009 年 4 月，由市粮食局和陈桥镇共同引进的江苏爱特福粮食科技物流园项目在金湖县陈桥镇正式签约。

2009 年 4 月，"爱特福及图"商标管理案件中被国家工商总局认定为中国驰名商标。

2009 年 5 月 3 日，在全球暴发甲型 H1N1 流感之时，爱特福关爱校园公益活动走进醴陵四中校园并捐赠 2 万元的消毒杀虫产品。

2009 年 6 月，江苏爱特福气雾剂有限公司吸收合并江苏爱特福药物保健品有限公司。

2009 年 6 月，爱特福集团与国信证券股份有限公司签订上市辅导协议。

2009 年 6 月 24 日，江苏爱特福集团公司通过绵竹市红十字会向灾区老百姓捐赠电热蚊香片、电热蚊香器、灭蚊喷雾共计 2900 箱，价值 130 余万元。

2009 年 7 月 21 日，江苏爱特福粮食科技有限公司成立。

2009 年 10 月 8 日，江苏爱特福 84 股份有限公司隆重举行揭牌仪式。县长肖进方、江苏爱特福 84 股份有限公司董事长沈开成出席，并共同为公司揭牌。

2009 年 10 月 13 日，集团总裁沈开成先生带领磁动车展组赴广州参加第 106 届广交会。

2009 年 12 月，爱特福 84 消毒液、洁厕灵、飞毛腿杀虫气雾剂荣获"江苏名牌"称号。

2009 年 12 月 26 日，集团总裁获得最具中国特色社会公益人物荣誉。

2009 年 12 月，爱特福荣获江苏省产品万里行金奖。

2010 年

2010 年 4 月 21 日，"玉树地震"，无偿捐赠的高效 84 泡腾片、5A 衣物消毒液、家用碘伏、84 消毒液等卫生防疫系列产品，总价值 184 万元。

2010 年 7 月，江苏爱特福股份有限公司荣获江苏省民营科技企业称号。

2010 年 12 月 13 日，江苏爱特福股份有限公司荣获国家高新技术企业称号。

2010 年 12 月，飞毛腿磁动车荣获江苏省高新技术产品称号。

2010 年 12 月，84 天然活性洗洁灵、家家果蔬消毒剂、5A 衣物消毒剂荣获"江苏名牌"称号。

2011 年

2011 年 3 月，FMT 磁动车荣获江苏省消费者推荐商品。

2011 年 4 月，"爱特福"荣获 2010 江苏品牌紫金奖·风云品牌提名奖。

2011 年 5 月，"爱特福 84"商标管理案件中被国家工商总局认定为中国驰名商标。

2011 年 8 月 4 日，爱特福 28 岁生日庆典活动。

2011 年 8 月，江苏爱特福 84 股份有限公司荣获江苏省博士后创新实践基地。

2011 年 9 月 10 日，向金湖中学、外国语学校、实验小学等学校送一千多套爱特福产品（价值十余万元），感恩社会，关心教育。

2011 年 9 月，江苏爱特福 84 股份有限公司荣获江苏省知识产权管理标准化示范单位。

2011 年 9 月，爱特福被推举为中国卫生监督协会卫生产品安全专业委员会副主任委员单位。

2011 年 10 月，爱特福集团赴西安、兰州招聘高层次人才。

2012 年

2012 年 1 月 18 日，爱特福"苏鲁皖"客户联谊会。

2012 年 2 月，爱特福集团董事长沈开成出席江苏省第十一届人民代表大会。

2012 年 4 月，爱特福集团参加广交会。

2012 年 7 月，爱特福集团向河北保定地区捐赠价值 50 万元的物资。

2012 年 8 月 4 日，爱特福 29 岁生日庆典活动。

2012 年 9 月，向河北、贵州、云南等灾区捐赠百余万元消杀产品。

2012 年 9 月，爱特福受邀参加第七届国际发明展。

2012 年 10 月，爱特福集团赴西安、兰州招聘高层次人才。

2012 年 10 月，江苏爱特福 84 股份有限公司荣获国家高新技术企业。

2012 年 10 月，爱特福集团组织先进个人赴华西村、海澜之家、波司登、天目湖、拙政园等地旅游。

2012 年 10 月，爱特福参加在重庆举办的"中华预防医学会消毒分会学术年会"。

2012 年 11 月，爱特福被推荐为中华预防医学会卫生应急分会第一届委员会常务委员。

2012 年 11 月，爱特福荣获江苏省管理创新优秀企业。

2012 年 11 月 30 日，飞毛腿磁动车荣获中国优秀工业设计金奖。

2012 年 12 月，爱特福被认定为江苏省两化融合试点企业。

2012 年 12 月，爱特福 84 消毒液、洁厕灵、飞毛腿杀虫气雾剂荣获"江苏名牌"称号。

2012 年 12 月，爱特福集团董事长沈开成参加在北京举办的"首届中国卫生应急学术论坛"。

2013 年

2013 年 3 月，江苏爱特福 84 股份有限公司荣获江苏省放心消费创建活动先进单位。

2013 年 4 月，爱特福集团参加第 113 届广交会。

2013 年 4 月 21 日，向四川省雅安市芦山县捐赠消杀、洗涤系列产品近 80 万元。

2013 年 8 月，爱特福集团董事长沈开成赴欧洲考察。

2013 年 9 月，爱特福集团董事长沈开成受邀参加在广州举办的 2013

第八届日化行业联合会议。

2013 年 9 月，董事长沈开成被推荐为中华预防医学会消毒药械与新
    技术学组副组长。

2013 年 10 月，爱特福集团赴西安、兰州招聘高层次人才。

2013 年 10 月，爱特福集团参加第 114 届广交会。

2013 年 11 月，爱特福集团组织先进个人赴今世缘、临沂、泰山、曲
    阜等地旅游。

2013 年 11 月，爱特福受邀参加在北京小汤山举办的消毒分会委员会
    会议。

2013 年 11 月，爱特福集团组织员工赴南京军区总院汤山分院体检。

2013 年 12 月，爱特福集团举办员工"掼蛋比赛"暨生日宴。

2013 年 12 月，爱特福集团董事长沈开成受邀参加江苏省日用化学品
    行业协会六届二次理事会。

2013 年 12 月，爱特福集团荣获淮安市重合同守信用企业。

2014 年

2014 年 2 月，爱特福荣获金湖县十强工业企业。

2014 年 3 月，爱特福荣获江苏省十佳博爱单位。

2014 年 3 月，爱特福荣获淮安市放心消费创建先进单位。

2014 年 4 月，爱特福参加广交会。

2014 年 7 月，爱特福集团董事长沈开成赴法国考察。

2014 年 8 月 4 日，爱特福集团 30 周年活动，在金湖中学操场举办
    "84 爱特福"30 周年庆典综艺晚会。

2014 年 9 月，爱特福集团董事长沈开成参加在合肥举办的"中华预
    防医学会消毒分会 2014 年学术年会"。

2014 年 9 月，爱特福受邀参加第八届国际发明展览会。

2014 年 9 月，爱特福在江苏省股权交易中心挂牌。

2015 年

2015 年 1 月 18 日，爱特福集团厂庆及员工生日宴活动。

2015 年 3 月，爱特福集团董事长沈开成赴法国、瑞士、意大利、德国考察。

2015 年 5 月，爱特福集团受邀参加"江苏产品万里行成都展"。

2015 年 9 月，爱特福集团组织优秀员工赴杭州、绍兴、舟山等地旅游。

2015 年 9 月，在教师节来临之际，爱特福赠送 84 礼品套盒慰问老师。

2015 年 11 月，爱特福集团董事长沈开成在市委、市政府的带领下，赴新疆援建。

2015 年 11 月，爱特福集团赴哈尔滨招聘高层次人才。

2015 年 12 月，江苏爱特福 84 股份有限公司承建江苏省消毒用品动员中心。

2016 年

2016 年 1 月 18 日，爱特福厂庆活动。

2016 年 3 月，爱特福处理义务兵商业保险信访工作。

2016 年 5 月，江苏省工商局副局长王俊胜一行来爱特福集团开展"三解三促"调研活动。

2016 年 6 月，江苏爱特福集团总裁沈开成带着价值 30 余万元的消毒杀虫产品，赶往盐城阜宁进行赈灾。

2016 年 6 月，爱特福参加美国拉斯韦加斯国际自行车展览。

2016 年 7 月 1 日，爱特福集团组织全体党员赴周恩来纪念馆瞻仰学习。

2016 年 7 月，扬州市科技镇长团部分专家教授来爱特福集团参观考察。

2016 年 7 月，全国知名作家看金湖，实地来爱特福考察。

2016 年 7 月，第 16 届中国金湖荷花节，为感谢金湖父老乡亲，爱特福集团组织部分员工进行"乡情特卖"活动。

2016 年 7 月，台湾客商鼎泰丰电线电缆股份有限公司、台湾意昌股份有限公司、易洁智能环卫股份有限公司、紫光科技股份有限公司执行长蔡易洁和国际扶轮 3490 地区泸州扶轮社社长李丰存先生等一行来爱特福集团进行投资考察。

2016 年 8 月，爱特福受邀参加非公党务工作者助推企业创新能力拓展青岛行。

2016 年 8 月，爱特福受邀参加在山东济南召开的全国消毒与感染控制学术年会会议。

2016 年 9 月，在第 32 个教师节来临之际，爱特福集团来到江苏省金湖中学、金湖县外国语学校、金湖县实验小学等 16 所学校，给教师送上节日的祝福。

2016 年 9 月，金湖县实验小学来爱特福集团参观。

2016 年 9 月，爱特福组织优秀员工赴今世缘、泰山、青岛旅游。

2016 年 11 月，爱特福集团赴安徽理工大学、合肥工业大学参加"江苏名企优生引才活动"专场招聘会。

2017 年

2017 年 1 月 18 日，爱特福集团召开股东大会。

2017 年 2 月，爱特福参加全省消费品工业 "三品" 专项行动工作推进会暨 "金山杯" 企业家沙龙。

2017 年 5 月 12 日，第 106 个国际护士节，爱特福走进金湖县医疗系统，为 439 位 "最美天使" 送去价值 8.4 万元的夏季防蚊虫产品。

2017 年 6 月，化工企业 "四个一批" 专项行动，爱特福符合要求列为升级改造一批。

2017 年 6 月 8 日，江苏爱特福粮食科技有限公司更名为 "江苏爱特福土特产有限公司"。

2017 年 7 月 8 日，爱特福开展 "感恩回馈家乡父老" 活动。

2017 年 8 月 4 日，爱特福组织员工赴南京体检。

2017 年 10 月，爱特福参加江苏省品牌管理专业人才培训。

2017 年 11 月，爱特福集团董事长沈开成带领设计团队赴意大利米兰、佛罗伦萨、威尼斯、罗马，瑞士苏黎士、琉森、卢森堡，法国斯特拉斯堡、巴黎，比利时布鲁塞尔参观学习。

2018 年

2018 年 3 月，爱特福集团董事长沈开成赴山东德州参加全国卫生消毒产业分会。

2018 年 4 月，日产万箱 84 消毒液生产线技术改造项目获得省级综合奖补资金。

2018 年 4 月，爱特福集团董事长沈开成赴韩国首尔参加飞毛腿磁动车展会。

2018 年 5 月，爱特福受邀参加首届中国自主品牌博览会。

2018 年 5 月，中厚明德产业研究院行业专家来爱特福指导特色小镇建设。

2018 年 5 月 23 日，爱特福集团董事长沈开成赴越南胡志明参加飞毛腿磁动车展会。

2018 年 6 月，科技镇长团来爱特福考察并提供合作方案。

2018 年 6 月，县长徐亚平带领部委办局领导来爱特福调研。

2018 年 7 月，爱特福集团董事长沈开成受邀参加县政府组织的企业家赴苏州、杭州学习参观。沈开成获得"金湖工业十大杰出贡献者奖"。

2018 年 8 月 4 日，爱特福组织部分员工慰问敬老院。沈开成被中国管理科学研究院学术委员会聘任为"特约研究员"。

2018 年 8 月 15 日，爱特福集团董事长沈开成组团赴越南胡志明、新加坡、印度尼西亚巴厘岛参观学习。

2018 年 9 月，爱特福集团慰问全县教职工，并送上礼物。

2018 年 9 月 17 日，爱特福集团董事长沈开成赴美国旧金山、里诺、萨克拉门托、夏威夷参加飞毛腿磁动车展会。

2018 年 10 月，爱特福受邀参加江苏省企业信息化协会淮安代表处成立大会。

2018 年 11 月 7 日，爱特福集团董事长沈开成赴缅甸仰光参加飞毛腿磁动车展会。

2018 年 11 月，爱特福集团组织部分优秀员工赴北京旅游。

2018 年 12 月，爱特福获得 2 件软件著作权。

2018 年 12 月，FMT 商标在越南注册成功。

2018 年 12 月，爱特福参加广州中山大学股权融资学习培训，资本助力企业发展。

2019 年

2019 年 2 月，金湖县委工作会议，实地调研爱特福。

2019 年 3 月 26 日，爱特福集团董事长沈开成赴台北、高雄参加自行车（参展）。

2019 年 4 月，爱特福参加首届大运河文化旅游装备博览会。

2019 年 5 月，爱特福组织部分员工参加金湖马拉松活动。

2019 年 5 月 21 日，爱特福集团董事长沈开成赴越南胡志明参加飞毛腿磁动车展会。

2019 年 5 月，聘请沈开成为上海市消毒品协会第四届理事会副会长，同时推荐爱特福为全国卫生产业企业管理协会消毒产业分会常务副会长单位。

2019 年 6 月，爱特福集团董事长沈开成赴越南河内参加飞毛腿磁动车展会。

2019 年 7 月，爱特福集团组织部分管理人员赴青岛、连云港、海南旅游。

2019 年 8 月，爱特福 84 商标入选"我最喜欢的江苏商标品牌"。

2019 年 8 月，陈桥镇部分离退休老党员来爱特福参观。

2019 年 8 月 4 日，爱特福邀请经销商代表参观现代化灌装生产线并慰问敬老院。

2019 年 9 月 3 日，爱特福集团董事长沈开成赴泰国曼谷参加飞毛腿磁动车展会。

2019 年 9 月，爱特福引进日本先进的消毒设备，生产 5A 次氯酸钠消毒剂。

2019 年 10 月，爱特福集团董事长沈开成受邀参加金湖县建县 60 周年发展大会。

2019 年 10 月，爱特福组织员工赴南京慈铭体检中心体检。

2019 年 10 月 31 日，爱特福集团董事长沈开成赴日本东京参加飞毛腿磁动车展会。

2019 年 11 月，江苏爱特福 84 股份有限公司档案管理入选国家档案局企业档案信息资源开发利用优秀案例。

2019 年 12 月，爱特福集团董事长沈开成参加在杭州举办的全国消毒产业分会。

2019 年 12 月，爱特福集团董事长沈开成赴印度德里、孟买参加飞毛腿磁动车展会。

2019 年 12 月，金北街道办在爱特福进行安全生产宣贯会。

2020 年

2020 年 1 月 24 日，爱特福参与国家新冠疫情防控第一批调拨任务（30000 箱爱特福 84 消毒液）。

2020 年 2 月 2 日，工信部徐春荣副司长在爱特福集团召开 84 消毒液保障供给会议。

2020 年 2 月，爱特福参与国家新冠疫情防控第二批调拨任务（160000 箱爱特福 84 消毒液）。保障武汉市场供给 30 天，每天不少于 5000 箱。

2020 年 3 月 21 日，爱特福收到国务院应对新冠病毒肺炎疫情联防联控机制（医疗物资保障组）感谢信。

2020 年 4 月，爱特福申报国家工业遗产名录。

2020 年 5 月，爱特福获得国家发改委政策扶持。

2020 年 6 月，爱特福集团通过江苏省红十字会捐赠消毒物资价值3206750 元，用于新冠疫情防控。

2020 年 7 月，江苏省市场监督管理局一级巡视员冯新南视察爱特福。

2020 年 8 月，江苏省人社厅党组书记、厅长戴元湖视察爱特福。

2020 年 8 月 4 日，爱特福集团成立 36 周年庆典活动，爱特福全体员工赴荷花荡旅游。

2020 年 9 月，江苏爱特福 84 股份有限公司被评为江苏省"四星上云"企业。

2020 年 10 月，爱特福高效环保消杀用品研究中心入选江苏省工程技术研究中心。

2020 年 11 月，爱特福 84 消毒液灌装生产车间被评为江苏省示范智能车间。

2020 年 12 月，江苏爱特福 84 股份有限公司荣获"金湖县县长质量奖"。

2020 年 12 月，江苏爱特福 84 股份有限公司荣获"国家知识产权优势企业"。

2020 年 12 月，江苏爱特福 84 股份有限公司被授予"工信系统抗击新冠疫情先进集体"。

2021 年

2021 年 1 月，爱特福集团向全县医疗系统捐赠消毒物资价值 184000 元。

2021 年 1 月，爱特福集团入选江苏省重要物资储备保障单位。

2021 年 3 月，江苏省盐业集团来爱特福考察，并进行强强联合。

2021 年 4 月，金湖县委书记贺宝强视察爱特福。

2021 年 6 月，爱特福集团参加"智转数改"企业诊断活动。

2021 年 7 月，新冠疫情防控等级提升，爱特福集团全员生产满足市场需求。

2021年7月，84形象代言人周艳泓回访爱特福企业。

2021年8月4日，爱特福集团董事长沈开成巡检生产基地。

2021年9月，爱特福积极组织申报省级工业旅游示范区。

2021年9月，金湖县监察委书记胡天翔视察爱特福。

2021年9月13日，爱特福集团通过网络参与"扶贫助残募捐行动"，捐赠8484元。

2021年10月，金湖县实验幼儿园组织大班学生参观爱特福。

2021年10月，爱特福组织员工赴南京慈铭体检中心进行体检。

2021年12月，爱特福慰问困难职工。

2022年

2022年2月，爱特福通过江苏省红十字会，向苏州捐赠价值550920元消毒物资用于新冠疫情防控。

2022年4月，新冠疫情防控等级提升，爱特福集团全员生产满足市场需求。

2022年4月，江苏爱特福84股份有限公司向驻金部队（省武警训练基地、武警淮安支队金湖中队、人武部等）捐赠防疫物资84消毒液100桶，用于营房、餐厅、办公场所防疫消毒。

2022年4月，爱特福通过上海红十字会，向上海捐赠价值523840元消毒物资用于新冠疫情防控。

2022年4月，淮安市组织部部长孙虎视察爱特福，了解爱特福党建情况。

2022年4月，淮安市政协副主席张志勇带领市县政协领导视察爱特福。

2022 年 5 月，为招引人才，爱特福与金湖县技师学院开展校企合作委托培养。

2022 年 5 月，经网络评选，爱特福 84 消毒液被推荐为全国消毒液十大品牌第一名。

2022 年 6 月，爱特福集团组织部分优秀员工赴荷花荡、红色兵工纪念馆、尧想国等游玩。

2022 年 6 月，爱特福集团与淮安港能投智慧能源有限公司合作，进行光伏发电，使用清洁能源。

2022 年 8 月，爱特福通过省级军民融合项目验收。

2022 年 8 月 4 日，爱特福集团成立 38 周年庆典活动。

2022 年 9 月，爱特福集团参加金湖县"金荷市集"活动，回馈家乡，让更多的人了解爱特福。

2022 年 9 月 10 日，爱特福集团向全县 3500 多名教职工送上节日礼物，以表达对教师的感激和崇敬之情。

2022 年 9 月，爱特福 84 消毒液被认定为"江苏精品"。

2022 年 11 月，爱特福集团向扬州大学捐赠一批消毒防疫物资。

2022 年 12 月，江苏爱特福 84 股份有限公司获得江苏省专精特新中小企业称号。

2022 年 12 月，江苏爱特福 84 股份有限公司再次获得国家高新技术企业称号。

2022 年 12 月，江苏爱特福 84 股份有限公司通过两化融合管理体系（AA）评定。

2023 年

2023 年 2 月，中央电视台采访爱特福集团，了解企业节后复工复产情况。

2023 年 3 月，爱特福入选江苏省第五批产教融合型试点培育企业名单。

2023 年 3 月，爱特福参加江苏省品牌建设促进会会员沙龙（淮安站）活动。

2023 年 3 月，爱特福电商总部、研发总部办公楼开始奠基。

2023 年 4 月，爱特福参加淮安市知识产权宣传周启动仪式。

2023 年 5 月，集团董事长沈开成参加金湖县高质量跨越发展总结动员大会。

2023 年 5 月，集团董事长沈开成参加越南电动车展览，了解电动车市场最新发展行情。

2023 年 6 月，爱特福党支部换届改选。

2023 年 6 月，集团董事长沈开成赴德国法兰克福、特里尔（马克思的故乡）、法国兰斯、巴黎考察，参加全球电动车展览。

2023 年 6 月 21 日，在县双拥办带领下，爱特福集团慰问县武警中队。

2023 年 7 月 27 日，知识产权护航企业走出去海外知识产权专题培训。

2023 年 8 月 4 日，爱特福集团举办 39 周岁生日庆典活动。

2023 年 9 月，爱特福参加妇联组织的"暖心淮 e 线牵"公益募捐活动。

2023 年 10 月，爱特福组织员工赴外体检。

2023 年 10 月 30 日，爱特福参加"专精特新"企业上市辅导专题培训会。

2023 年 11 月 23 日，"爱特福 84"杯"读史志故事 传红色基因"迎国庆阅读征文活动颁奖仪式。

2023 年 12 月 7 日，县应急管理局、人医、人社局来爱特福现场进行相关业务培训。

2023 年 12 月，爱特福荣获第五届"淮安慈善奖"。

2024 年

2024 年 3 月 26 日，爱特福 84 参加江苏省商标品牌培育与保护（工业品牌）项目现场答辩并获成功。

2024 年 4 月，爱特福开展"慰问送真情，关爱暖人心——爱心守护福利院"捐赠仪式。

2024 年 5 月，江苏省总工会决定授予江苏爱特福 84 股份有限公司 84 消毒液智能生产车间"江苏省五一巾帼标兵岗"。

2024 年 5 月 8 日，爱特福 84 荣获"淮安市环保示范性企业"荣誉。

2024 年 6 月，上海电影团队来公司拍摄《爱特福 40 周年》电影。

2024 年 8 月 4 日，爱特福集团成立 40 周年。

爱特福84经典广告创意广告语

爱特福84消毒液： 小时候妈妈说，生吃的瓜果，用过的餐具要用爱特福84消毒；上学时妈妈讲，医院里的衣物、医疗器械也要用爱特福84消毒；如今她又告诉我爱特福84去除茶垢、汗渍、血渍、瓜果渍有奇效，我们家还是妈妈的话最管用。84，84，爱特福。

84姊妹花： 妹妹我84好帮手，天然活性不伤手；姐姐我84消毒液，医院家庭都要有，瓜果餐具沾污垢，用我洗净最顺手，去除顽渍有奇效，杀菌防病我最拿手，84姐妹齐出手，健康幸福天天有。84，84，爱特福。

飞毛腿杀虫剂： 妈妈，我要到月亮上去。为什么？阿姨说月亮上没有蚊子。乖，妈妈有办法，让"飞毛腿"把月亮带回家。"飞毛腿"真的把月亮带回家。84，84，爱特福。

老好空气净： 感受植物的气息，纯净，绿色，健康，老好空气净，让空气也是绿色。84，84，爱特福。

九里荒蒿茶： 泡我不一样的感觉。

九里荒纯净水： 加热泡茶，色靓味更香。

爱酒： 银婚，金婚，钻石婚，品尝爱酒燃烧爱的岁月。

特酒： 想你，懂你，等着你，品尝特酒忆往事峥嵘岁月稠。

福酒： 儿生，孙生，重孙生，品尝福酒流长福到东海。

飞毛腿磁动车： 都市未来大明星。

飞毛腿磁动车： 学生骑轻便，白领骑时尚，老人骑安全，大家骑环保。

5A洗衣液： 5A洗衣液洗净烦恼，体贴温馨。

爱特福企业理念

你有幸福 我也幸福，84爱特福 为你造福

"四为"：为社会做贡献，为他人谋幸福，为企业求发展，为自己有作为。

"五每"：每人一棵树；每周推优逛新城；每月生日派对快乐会；每季一次义务劳动；每年免费旅游体检。

使用满意时请告诉您的朋友，质量有问题请告诉我们总裁

向节约要效益，向增量要收益。

正牌树形象，副牌拓市场，贴牌挤杂牌。

带好一位徒弟，做好一家贴牌，开发一片新区（新品）。

做好领头羊，迈向老字号。

做爱特福人，骑飞毛腿车。

"四千四万"精神：走遍千山万水，说尽千言万语，想尽千方百计，吃尽千辛万苦。

图书在版编目（CIP）数据

生命护卫神：沈开成和他的爱特福 84 / 何建明著 . 北京：

作家出版社，2024.8. -- ISBN 978-7-5212-2986-8

Ⅰ . I25

中国国家版本馆 CIP 数据核字第 2024TC0544 号

生命护卫神——沈开成和他的爱特福 84

作　　者：何建明

责任编辑：田小爽

装帧设计：丁奔亮

出版发行：作家出版社有限公司

社　　址：北京农展馆南里 10 号　　　邮　　编：100125

电话传真：86 - 10 - 65067186（发行中心及邮购部）

　　　　　86 - 10 - 65004079（总编室）

E - mail: zuojia@zuojia. net. cn

http: // www. zuojiachubanshe. com

印　　刷：北京盛通印刷股份有限公司

成品尺寸：152 × 230

字　　数：301 千

印　　张：23

版　　次：2024 年 8 月第 1 版

印　　次：2024 年 8 月第 1 次印刷

ISBN 978 - 7 - 5212 - 2986 - 8

定　　价：98.00 元